うちの子は誰にもあげません！

～子育て事務官はもふもふしっぽにいやされる～

Uchinoko wa dare nimo agemasen!

~Kosodate jimukan wa mofumofu shippo ni iyasareru~

著者

朝陽天満

イラスト

杏

Contents

うちの子は誰にもあげません！ ― 007

Character

アッシュ

騎士団の事務担当。提出書類を溜めると鬼の形相で取り立てる。
実は剣の腕も立つ。騎士団のメンバーには知られていなかったが、
ブラウのケモ耳としっぽ、そして甥っ子のリオンにメロメロ♡

リオン

アッシュの甥っ子。竜人族のハーフ。
ゆえあってアッシュに引き取られている。
アッシュのお仕事にくっついて仕事場にいるが、
騎士団みなに可愛がられている。

ブラウ・ネロ・ルパンド

黒狼族の騎士団副団長。
一見ヒト族と変わらない見た目の獣人が多い中、
珍しくケモ耳や尻尾がある。子どもの扱いにも長けている。
書類仕事に騎士の鍛錬にと
がんばるアッシュのことを目に掛けていて……？

リオン
ブラウ・ネロ・ルパンド
アッシュ

うちの子は
誰にもあげません!

〜子育て事務官は
もふもふしっぽにいやされる〜

プロローグ

暗い森の中。

それほど広くない道を、一台の荷馬車が走っている。

「……っどうして、こんなに……っ！」

車輪がガラガラと壊れそうな程《ほど》の音を立て、道を疾走《しっそう》するその荷馬車は、何十匹もの魔獣《まじゅう》と呼ばれるモノに追いかけられていた。

普通に荷を運んでいる荷馬車ではあり得ない速度。荷馬車の荷台には家財や道具などが乗せられている。

激しい振動で荷台に乗った荷が跳《は》ねる。紐《ひも》で縛《しば》ったくらいでは押さえきれない振動は、その荷馬車の異常事態を表していた。

「まま……、ぱぱ」

とても幼い子特有の声が、両親の緊迫《きんぱく》した雰囲気《ふんいき》を読んで小さく響く。

「リオン、大丈夫よ、大丈夫。パパとママがついているから……」

ぎゅっと母親に抱き締められ、その幼い子は愛《いと》しい母親の服にしがみつく。

外に見える魔獣の赤い目から隠すように、その幼子の身体は母親の付けたマントで覆《おお》われた。

こうされると、安心する。

幼子は、母親に守られることがわかり、あい、と小さく返事した。

「『炎《ほのお》の刃《やいば》』、切り裂《さ》け！」

荷台に乗った母親が、魔法で魔獣を蹴散《けち》らしていく。魔獣は炎にまかれ離脱《りだつ》して行くけれど、次々に合流し、まるでその荷馬車以外は目に入らないというように執拗《しつよう》に追い詰める。

御者台《ぎょしゃだい》に座った父親は必死で手綱《たづな》を操《あやつ》り、なんとか荷馬車が倒れないよう繋《つな》がれた馬を制御していた。馬に近付く魔獣を小さな魔法で追い払い、「頑張れ、頼む、走れ」と声を震わせる。

時刻は真夜中と呼ばれる時間帯。

通常この時間は魔獣が活性化するので、魔《ま》除《よ》けの結界《けっかい》の張られた休憩場所で休むのが旅での常識だ。

それなのにこの夜中に荷馬車を走らせるのは、よほどの理由があるか、それともそうせざるを得ないか……。

「炎の……っきゃ！」

「ミーシャ！」

「大丈夫……っ、切り裂け！」

母親は腕に幼子を抱えながら、引き裂かれ血にまみれた腕で、荷台に飛び乗った魔獣を切り裂いた。

「まま、まま」

「リオン、大丈夫よ、大丈夫。ねんねして。ここにはアッシュがいるから。きっとアッシュが助けてくれる。だから、アッシュに会うまでは声を出してはだめ、ね」

マントに包まれた幼子は、母親の声に、あい、と答えた。

魔獣に襲撃《しゅうげき》されているとは思えないほどに優しいその声は、幼子から少し恐怖を取り去ることに成功した。

「ミーシャ、多分これは魔獣寄せの香《こう》が使われてるよ」

「やっぱりそうなのね……ごめんなさい、アンバー、巻き込んでしまって……」

「まだだ。まだ諦めない。ここを振り切れれば、きっと今度はもっと幸せで、平穏な……」

二人ともぐっと唇を噛《か》んだ。

溢《こぼ》れそうになる涙は、ここを切り抜けて無事な姿を確認した時のために、ぐっと歯を食いしばって我慢する。

もう二人とも身体の中にある魔力が尽きかけているのはわかっていた。

周りを囲み、この荷馬車を逃がさないように囲む魔獣たちの動きはまるで荷馬車を弄《もてあそ》んでいるかのようだった。

「『炎の刃』よ、切り裂け！　切り裂け！」

胸の中を絶望が走る。けれど、腕の中の小さな命を守らなければという本能が、最後まで諦めることを許さなかった。

道は一本だけ。

本来であれば、これほどの魔獣は出るはずはない、国交のない隣国への道。

荷馬車を引く馬も、足を止めたら魔獣に食べられてしまうことを知っているのか、必死で走る。

ふと、片側の森が開け、渓谷に差し掛かった。

瞬間、周りを囲んでいた魔獣が一斉に荷馬車に飛びかかってきた。

「切り……っ、ぐぅっ……！」

「ミーシャ……っあぁああっ」

「アンバー……っ！」

魔獣が肩に、腕に、足に牙《きば》を立て、なけなしの気力を奪っていく。

酷《ひど》い痛みの中、母親は腕の中の小さな命だけは奪わせはしない、と腕にぐっと力を込めた。

「……、どうか、この子を守って、『障壁《しょうへき》』……っ、アッシュ……後はお願い……」

とうとう馬が魔獣に襲われ、荷馬車が止まる。

勢いで横倒しになった荷馬車の御者台から、父親の身体が投げ出された。

その身体は動かない。何の抵抗もなく地面を転がっていく。すでに魔獣に食い裂かれ、投げ出される前から事切れていた。

母親も荷台の中で、命が尽きた。

命尽きても腕の中にいる幼子を隠すマントだけは、その手でしっかりと握りしめ、離すことはなかった。

横倒しになった荷馬車の車輪だけがガラガラと回り続ける中、魔獣はまるでその荷馬車に興味を失ったかのように、一斉に森に消えていった——。

一、甥っ子との辺境暮らし

「まったく、どうしてこんなに大量に酒場から請求書が届くんですか？」

縮こまった巨体の前に、バサリと大量の請求書を置く。

その目の前の縮こまった巨体は、「でもな、それはな……」と上目遣《うわめづか》いでチラリチラリと俺を見ながら、しどろもどろに言い訳を口にする。

わかってるんだよ。先月入隊した新人を飲みに連れて行って親睦《しんぼく》を深めてるのは。それで、どうして新人二十名では飲みきれないほどの酒代がここに請求されているのかっていうのを、俺は聞きたいんだ。

それに、こんな巨体に身体を丸めて上目遣いされてもちっとも可愛くない。

もっとおめめくりくりでふわふわで小さな身体だからこそ可愛いのであって……。

この丸くなっている巨体は、ここエスクード辺境《へんきょう》騎士団の団長をしている、熊《くま》獣人のトラストだ。

この領地を治める辺境伯様とは貴族学校で親友という間柄だったらしい。だから、ここに私設騎士団を設立する時にトラスト団長を呼んで団長に据《す》えたらしい。

なので、ここのトップだ。

普段はとても強く頼りになるけれど、今現在は、そんな雰囲気は欠片《かけら》もなかった。

「でもほらやっぱり酒を酌《く》み交《か》わすとぐっと距離を縮められるだろ……？」

「相手によりますね」

「ちゃんと、アックス……辺境伯からは許可を得てるから、だから」

「許可があろうがなかろうが、流石《さすが》にこれはちょっと経費にするには値段が大きすぎます！」

テーブルに無造作《むぞうさ》に置かれた請求書を指でトントンとしていると、トトト、と軽い足音が聞こえてきた。

ハッと顔を上げ、団長室の入り口に視線を向けると、そこには最愛の我が甥《おい》っ子がいた。

「あっちゅたん！」

もう一度トトトと軽い足音を立てて、俺の側まで走ってきて、仁王立《におうだ》ちしている俺のズボンをくいっと引く。

くりくりおめめが俺を見上げていた。

「リオン〜〜！　どうしたの？　お腹《なか》すいた？　待ってて、今一番大事なところだから」

「や、あっちゅたんがいい。あっこ。おわり！」

ズボンを摑《つか》んでいた手が開かれ、抱っこをせがまれ、俺はぐっと顔を顰《しか》めた。

可愛い！　これこそまさに可愛い上目遣いなんだよ！　これをこんな熊獣人の巨体がやっても可愛くもなんともないんだよ！

くぅぅ、とあまりの可愛さに胸をぐっと押さえてから、俺は可愛いおねだりをする甥っ子を掬《すく》い上げた。

そして、ぎゅううううっとハグした。

「んんん、リオンは今日もいい子だったね～～」

リオンのぷくぷくほっぺをぐりぐりと堪能《たんのう》してから顔を上げると、今までリオンを連れていたはずの人が笑いを堪《こら》えながら入り口のドアに背を凭《もた》れさせていた。

トラスト団長はまるで救いの神を見るように、その男性をキラキラの目で見ていた。

ここの騎士団の副団長、ブラウさんだ。

リオンを連れて騎士団内をぐるっと視察してきたところだった。

それにしてもタイミングがいいのか悪いのか。

リオンが来たからもう怒られることはないと団長はそわそわしている。

俺はリオンに頬《ほお》ずりしながら、ブラウさんに視線を向けた。

口元が緩《ゆる》んでいるのが小憎《こにく》らしい。でも、頭上に立つ二つの黒い耳が目に入るだけで俺のお怒りゲージはガクッと下がってしまう。知っててこういうタイミングで顔を出すんだもんなー。

「ブラウさん……こういうときにリオンを投入するのは本当にやめてください。団長はちゃんと反省が必要なんですから」

口を尖《とが》らせてブラウさんに文句を言うと、フッと笑ったブラウさんは目を細めて頭上の耳をピクリと動かした。

黒狼族《こくろう》である彼の頭上にはふさふさの黒い毛で覆われた三角に尖った凛々《りり》しい耳、そして臀部《でんぶ》にはふさふさでつやのある手触り抜群《ばつぐん》の尻尾《しっぽ》がついている。

今はそのふさふさの尻尾が下に垂れ、耳はほんの少しだけ警戒したように横を向いていた。きっとあれは、俺の小言を聞きたくないという意思表示だ。それもまた可愛くて小憎らしい。

じっと見つめると、ブラウさんはスッと俺から目を逸《そ》らして、トラスト団長の方に視線を向けた。

「まあなあ。酒の飲み過ぎは良くないよな。でもこれも騎士団を一致団結させるための秘訣《ひけつ》だから、大目に見てくれ。次からはきっと自腹で飲みに連れ出すだろうから。な、トラスト団長？」

「そうそうそうそう！　ブラウはよくわかってるじゃないか！　俺もな、騎士団の団結のためにな、色々と苦心してるんだよ！」

ブラウさんの言葉に乗ったトラスト団長が我が意を得たり、と必死で頷《うなず》く。その様子がどうにも残念すぎて、俺はふぅ、と盛大に溜息《ためいき》を吐《つ》いた。

「わかりました。今日だけはこの辺で説教は終わりにします。次からは自腹なんですもんね」

「そうそう！　自腹……じ、え？」

しまった、という顔をしたトラスト団長にとっておきの視線を向けると、団長は更《さら》に小さくなって「……はい」と答えた。

「よし。団長も反省したことだし、今日はもう帰るか。リオンも疲れたようだしな」

「あい！　おなかしゅいた」

「そうかあ、お腹すいたのかあ。俺もお腹ペコペコだからリオン一緒にご飯食べようねえ。では団長、お疲れ様でした」

リオンにデレッとした顔で頬ずりしたあと、いつもの無表情に戻って団長に挨拶すると、団長は何やら残念なものを見るような目で俺を見上げながらも、小さく「おう」と返事した。

まだまだ軽いリオンは、今日もいっぱい遊んだからか、俺の腕から降りようともせず、じっと首にしがみついている。

この小さい手が可愛すぎて、ついつい顔が緩む。

隣を歩くブラウさんは、そんなリオンをとても優しい蒼《あお》の瞳で見ている。

自身で子供好きだと豪語《ごうご》しただけあり、リオンを構う顔はとても優しく、抱き上げる手はその強さに反してとても優しい。

俺はリオンの背中をポンポンと優しく叩きながら、ブラウさんを見上げた。

俺よりもかなり高い身長が、少しだけ羨《うらや》ましい。

人族である俺は、そろそろ成長も止まって身長も打ち止めのようだから。

今日は俺の側で大人しく遊んでいたリオンがぐずりだした時に、ブラウさんが宥《なだ》めるように連れ出してくれたんだ。

リオンもブラウさんにだけは心を開いていて、甘えることが出来ている。

他の人達のことは、まだ怖がっていた。人見知りなんかでは、決してない。

「今日はありがとうございます」

「いや、大丈夫。……まだまだ落ち着かないからな」

ガリガリと頭を掻《か》いて、ブラウ副団長は肩を竦《すく》めた。

その言葉に、俺は思わずリオンを抱き締める腕に力を込めた。

……多分まだ落ち着かないのは、俺も一緒だ。


俺はアッシュ。平民なので姓はない。生粋《きっすい》の人族だ。

ここアクシア王国の南西の辺境、エスクード伯爵領の騎士団に所属している。

三百人ほどを抱えるこのエスクード辺境騎士団の中で、唯一の顧問事務官だ。

元々は王都の市民街と貧民街のほぼ間にある場所に住んでいたんだけれど、独立して辺境騎士団に就職したんだ。

兄と、同居人の女性の結婚を機に家を出て、学校時代の友人に誘われるままに辺境の騎士団に入団した俺は、見習い騎士を経て、正式な騎士……ではなく、書類や事務一切合切《いっさいがっさい》を取り仕切る『顧問事務官』になってしまった。

本当は騎士になるつもりだったのに、今まで騎士団の副団長と事務全般を兼任していたブラウさんが、一緒に事務仕事をしたことで、俺の事務処理能力や書類整理能力の高さを買って、正騎士じゃなくて顧問事務官を提案してきたんだ。

それまで、商業学校に通っていた兄さんに勉強を教わっていたことと、騎士学校の奨学制度を利用したくて勉強してきたことがここに来て役立ったわけだ。

俺としては剣の腕も磨《みが》きたかったので迷ったけれど、ブラウさんの人柄や、なによりも魅力的な耳や尻尾、俺にとってとても美味しい条件をこれでもかと積み上げてきたので、誘惑に負けて事務官になった。なってしまった。……たまに正騎士になっておけばよかったと後悔する程に仕事は山積みだ。


この国は獅子《しし》の獣人族が治める獣人族上位の国だ。

貴族は獣人族の血の濃い者達だけで成り立っており、そもそもが王都とはいっても全然違う区画で暮らしている。

血の濃い獣人族は、身体的特徴や獣人特有の技能を持ち、何も持たない人族とは比べものにならない力を持っている。

けれど、獣人族同士は子が出来にくいらしい。

それを補うのが、どの種族とも子を作れる人族なんだけれど、獣人族は自分たちを優位に置きたいのかなんなのか、人族は立場的にとても弱かった。

そもそもが貧民街や平民街には生粋の獣人族はおらず、能力が低いハーフと人族しか住んでいない。

両親もギリギリ平民街で、通り一本裏に行けばもう貧民街という立地で小さな家を持つ人族で、細々と魔石の加工職人をしていた。


その両親が俺が十歳の時に物盗《ものと》りに襲われて亡くなった。

商業学校に通っていた兄さんとまだ学校に通う前だった俺が残されてしまい、兄さんは学校を辞めて働き始め、一生懸命《いっしょうけんめい》俺を育ててくれた。そして、そんな俺にとっては親代わりとも言える兄さんの結婚を機に、俺は家を出た。小舅《こじゅうと》なんて新婚には邪魔なだけだろうし兄さんには幸せになってほしいから。

その時に、騎士学校の友人でありライバルであるハイデに誘われたのが、このエスクード辺境騎士団で。

俺は渡りに船とばかりに一緒に入団試験を受けた。

王都から馬車で四日、騎乗で約二日の距離であるエスクード辺境伯領は、我が国と国交の盛んな隣国ガンドレン帝国とは隣接していないことから、国から騎士団が派遣されず、エスクード騎士団はエスクード辺境伯様が独自に作った私設騎士団だ。

国交のない穏やかな国としか接していないためか、国からの補助金などは勿論《もちろん》出るわけもない。

かといって辺境伯領の面積三分の一程もある森から魔獣が溢《あふ》れ出して人々を脅《おびや》かすのであれば、辺境伯様が税と私財でこの騎士団を運営してここを守るしかなく、資金はいつでもカツカツだ。税金から出されると思うと、もっと資金をくれ、なんて言えやしない。

そんなことを知ったのも、俺が事務官になってからなんだけど。


辺境伯領にある広大な森には、いつでも魔獣と呼ばれる獣たちが跋扈《ばっこ》している。魔獣は狩っても狩っても数が減ることはなく、どこからともなく湧《わ》き出してくる。

普段は人里に現れることはないけれど、年に二回ほどある魔獣の繁殖《はんしょく》期や森の実《みの》りが減る冬の季節などは、人里近いところまで魔獣が出てきてしまう。

剣や魔法で戦う術《すべ》を知らない一般市民などは、魔獣一匹がとてつもない脅威《きょうい》で、小さな村などは魔獣たった一匹に村を壊滅《かいめつ》させられるなんていう話も聞こえてくる。

そんな恐ろしい魔獣の数を減らし、辺境伯領の人々を守るのが、俺たちエスクード辺境騎士団の仕事だ。

その騎士団をまとめているのが、今し方俺に説教されていたトラスト団長と、我が最愛の甥っ子リオンを預かってくれていたブラウ副団長だった。

ブラウさんは元々東の方にある黒狼族がまとめる里長《さとおさ》の一族で、三男で里長を継《つ》ぐことはないからとここまで出てきたらしい。トラスト団長の出身町はブラウさんの里と隣り合っており、元々切れ者で腕の立つ里長三男坊が家を出たという噂《うわさ》を聞いて、団長自らスカウトしてきたそうだ。

そしてここはトラスト団長やブラウさん、それに辺境伯様を慕って入団してくる者が大半なので、大抵が獣人族だった。

けれど獣人族と言ってもハーフなどが多く、ブラウさんの様に種族の身体的特徴が現れている人達はほぼいない。大抵は見た目も人族と変わりなく、ただでかくて力が強いくらいだ。

そして、ここ辺境では、人族であろうと差別されない。常に手が足りないので、誰でもウエルカムなんだそうだ。

トラスト団長の身体的特徴はその巨体のみだけれど、副団長のブラウさんは頭上に三角に尖った耳があり、ふさふさのさわり心地の良さそうな尻尾がついている。何なら獣化まで出来るらしい。多種多様な混血が進んだ今、獣化出来る人なんてだいぶ数を減らしているのに。……一度見てみたいと思っているのは内緒だ。

そんな中で、純粋な人族である俺が立つと、皆より頭一つ分くらい小さい。

筋肉ががっちり付いているわけでもなく、しかも騎士じゃなくて顧問事務官。なので、皆にとても舐《な》められやすい。

薄めの茶色の柔らかい髪、瞳は蜂蜜《はちみつ》色。外見の全てが俺を弱々しく見せているらしい。しかし自慢じゃないが、俺は騎士学校時代、ダントツで実技首席だったハイデと、ライバルとして肩を並べるレベルなんだ。

というわけで、ブラウさんとトラスト団長の了承を得て、俺を舐めたヤツは片っ端から地面とキスをさせている。

付いたあだ名が「鬼顧問《おにこもん》」。クソダサいんだが。


俺は腕の中に大人しく抱かれているリオンの柔らかい髪をそっと撫《な》でた。

リオンは眠そうな顔だったけれど、それでも俺を見上げてニコッと笑う。

この子は、俺の可愛い甥っ子であり、今は引き取って育てている可愛い我が子でもある。

「あっちゅたん」

「ん、寝てもいいよ。後は帰るだけだからね」

「あい……」

ぎゅっと小さな手で俺の服を摑む。こてんと肩に乗る頭の重さが愛おしい。

リオンの背中では、小さくて硬質《こうしつ》な羽根がせわしなくパタパタと動いている。

程なくして、羽根の動きが緩慢《かんまん》になり。あどけない寝息が聞こえて来て、愛しさに顔が緩む。肩に掛かるリオンのぷにぷにほっぺが愛おしすぎて目尻が垂れる。あああうちの子世界一可愛い。ちょっとだけ尖った口がまた愛らしくて、ついついリオンを見下ろしながら歩いていたら、廊下の隅に置いていた木箱に躓《つまず》いてしまう。

「う、わ」

「っと、危ないから歩くときは前見て歩け」

がしっとブラウさんの太い腕にリオンごと支えられ、俺は羞恥《しゅうち》と申し訳なさとリオンを潰《つぶ》さなかった安堵《あんど》から頬を赤くしながらブラウさんを見上げた。

呆れたような視線を落とすブラウさんは、俺達の住処《すみか》の家主《やぬし》だ。

リオンを引き取ったときに騎士団の宿舎じゃ狭《せま》すぎるし子育てには最悪に向かない場所だからと、騎士団本部近くにあるブラウさんの館に住まわせてくれている。

そして、リオンをお風呂に入れたり、服を着替えさせたり、ご飯を食べさせたりと、俺よりもよほど手慣れた様子で、住み込みのエイミさんとともにリオンの世話をしてくれている。

エイミさんはブラウさんが赤ちゃんの頃から世話をしてくれていたベテラン乳母で、子供の世話はお手のものだった。

それでも、リオンはまだエイミさんと二人でお留守番をすることが難しくて、俺は毎日リオンを連れて出勤していた。

ブラウさんは騎士団で、多分一番忙しい人だ。

団長が投げ出した書類を捌《さば》いたり、大型魔獣が出た時には率先して騎士団の特別遊撃《ゆうげき》隊を率《ひき》いて狩りにいったり、騎士達の不仲を仲裁したり。実力が群を抜いているから、ブラウさんに逆らう人は騎士の中にはいないので、ブラウさんが出れば大抵丸く収まる。

すごく人格者だと思う。

それに、と俺はチラリとブラウさんの後ろに揺れている尻尾に視線を向けた。

あの尻尾が最高の手触りで。

尻尾の手入れを頼まれた時は、すごいご褒美《ほうび》だと思った。それ以来毎日尻尾のブラッシングを担当している。

ブラッシングされているブラウさんはとてもリラックスしていて、ブラウさんに抱っこされながら遊ぶリオンを見ると、どんな幸せ空間……と俺は嬉しくて嬉しくて……いつでも胸が痛くなった。

リオンと共にいるブラウさんは、普段の怜悧《れいり》な雰囲気が和《やわ》らぎ、とても優しい顔つきになる。その顔が、とても好きだ。


「今日はリオンのやつ、アッシュの顔を一生懸命描いてたぞ。プレゼントしたかったみたいだな」

館までの帰り道、ブラウさんは何気ない口調で、爆弾発言をかましてくる。

一緒に帰っているときは毎回のことだけれど、毎回俺の核心を突いてくるので、いつも引っかかるのが悔しい。

「そ……っ、れは、どこに……？」

大声を出しそうになり、肩に掛かる心地よい体重に思いとどまる。声を潜《ひそ》めてそう訊《き》くと、ブラウさんはクククと笑った。

「出来上がったら見せたいからってアッシュの机の引き出しに隠してたぞ。そこ、開けられたら一発で見つかるぞって教えたんだが、ここに隠すってきかなくてな。くくく、可愛いったらないぜ」

「……っどうして俺は、その場面を見れなかった……っ！　団長になんてかまけてないで、俺がリオンについてればよかった……！」

くっと悔しがると更にブラウ副団長が笑い出した。

「そもそもアッシュが一緒にいたら秘密のプレゼント描かないだろ」

「うあああそれもそうだったぁぁ……」

「ほら、そんな大声出したらリオンが起きるぞ」

「……っ、そうでした」

歩を進めながら、深呼吸して暮れていく太陽に目を細める。

今日も誰一人魔獣に倒れず無事でよかった。

夕日を見るたびにそんな気持ちが浮かぶ。

それはきっと隣を歩きながら同じようにオレンジに染まる空を見上げるブラウさんも同じ気持ちだと思う。

「ブラウ副団長、明日は南に入るんですか？」

「詰所《つめしょ》敷地外で副団長呼びペナルティいちな。ああ。多分夜中のうちに騎士団に行って、日が昇《のぼ》る前に遊撃隊と出るから朝は二人で食ってくれ」

「わかりました……気を付けて」

多分きっと俺は情けない顔をしていたんだろう。

ブラウさんは、手を伸ばして俺の頭をわしわしと撫でると、ニヤリと笑った。

「ペナルティはそうだな……尻尾ブラッシングいつもの倍増しな」

それはペナルティじゃなくて俺にとってご褒美です……。

♡
♡
♡

俺がリオンを育てることになった経緯《けいい》は、今でも思い返すと胸が軋《きし》む。

もともとアクシア王国の王都で魔石加工職人をしていた兄さんと奥さんのミーシャさんだったけれど、魔石鉱山閉鎖《へいさ》で魔石が値上がりしたこと、ガンドレン帝国からの魔石輸入による魔石加工の仕事が激減《げきげん》したこと、他の加工職人が隣国のガンドレン帝国に引き抜かれて流れてしまったことから、王都ではギリギリの状態だったらしい。

そんな中で市民街の地税が上がり、周りの店も次々閉まっていった。

兄さん達もすごく暮らしにくくなってしまって、もう王都では暮らしていけないと移住を決意したんだ。

職人の仲間達と一緒にガンドレン帝国へ、とはならず、どうせならもう一つの魔石鉱山が近く、俺が住んでいるエスクード辺境伯領に来ることに決まった。俺が兄さんに辺境はいいぞってアピールしまくったのが功を奏して。

移住を決めてからは俺もこっちで家を探したり辺境伯様に相談したりと色々と動いていたんだけれど——。

移住当日、馬車で一日かかる隣の領からここまで来る途中の道、隣の領との境目《さかいめ》となっている渓谷付近で事故に遭《あ》い、兄さん夫婦は帰らぬ人となった。

当日兄さん達が来るのを今か今かと待っていた俺は、無残《むざん》な姿の荷馬車と兄夫婦の亡骸《なきがら》、そしてたった一人、まだ命のあったリオンを辺境で迎え入れることとなった。

渓谷自体はそこまで深い谷じゃなかった。けれど、荷馬車には致命的な高さで、ミーシャさん得意の防御魔法とミーシャさんの身体で守られていたリオンだけが無事だった。

兄さんとミーシャさんの身体には、魔獣に襲われたあとが無数にあったことから、もしリオンの意識がはっきりしていて泣いていたりしたら一緒に魔獣に喰われていただろうとブラウさんに教えて貰った。

十歳の時に両親が物盗りに殺され、家の中がぐしゃぐしゃになっているのをこの目で見た俺は、同じような状態の荷馬車と、同じように冷たくなった兄夫婦の身体を見て、頭の中が怒りややるせなさ、そして悲しみで真っ赤になった。

どうして、次々に家族がいなくなるんだ。

その言葉だけが頭の中にあったけれど――。


『う、うあぁぁあああああ！　あっちゅたあああああ！』

意識なくブラウさんに抱きかかえられていたはずのリオンが目を覚まし、俺を見つけて一生懸命こっちに手を伸ばしながら大泣きし始める姿が目に入った瞬間、俺はハッと我に返った。

まだ、リオンがいた。

俺の大事な甥っ子。大事な家族。可愛い可愛い天使。よかった、リオンが生きていた。

――よかった。リオンが一人にならなくてよかった。そして、俺が、一人じゃなくてよかった。

俺がちゃんと、リオンを立派に育てよう。

渦巻《うずま》く負の感情は、リオンが俺に必死で助けを求めたことで、リオン一色に上書きされた。

『リオン……！　よかった……っ』

『あっちゅた……ぱぱは？　ままあああ！』

俺の腕の中に無事やってきたリオンは、まだ二歳とは思えない程に強い力で俺の服にしがみ付き、涙と鼻水で顔をぐしゃぐしゃにしながら騎士団本部全体に聞こえる程の大声で泣いた。

『リオン、俺がいるよ。俺はリオンの家族だから……』

俺が小さいときに兄さんにぎゅっとしてもらった時のように、俺もリオンをぎゅっと抱き締めた。

それから俺は、辺境伯様の伝手《つて》で、最速でリオンを俺の子として書類の処理をして貰《もら》った。兄さんと同じ薄い茶色の髪と蜂蜜色の瞳を持つリオンは、俺と色合いも顔もそっくりで、血縁を疑われることなくスムーズに様々な手続きを終えた。それは全部、ブラウさんの助力があったわけだけど。本当にありがたかった。俺が呆然《ぼうぜん》としている間にサインを書くだけの書類が出てきた時はこの人は神か……？　と思ったくらいだ。

そしてリオンを引き取ったのはいいとして、俺とリオンだけで生活するのは難しくて。

リオンの預け先もなく、何より、リオンが事故の恐怖から、俺とブラウさん以外の手を受け付けなくなっていて、誰かに預けて仕事をするわけにいかず途方に暮れていたときに、ブラウさんが手を差し伸べてくれたんだ。

『俺の家は俺が小さい頃から世話になっているエイミ一人が切り盛りしているんだが、部屋がありあまってな。うちに来い。特にリオンは今、一人に出来ないだろ』

差し出された手がとても大きくて頼りになって。

リオンも自分を助け出してくれたブラウさんにだけは笑顔を見せることから、俺は、情けないと思いながらもその手をとった。

連れられて来たブラウさんの家は、想像以上に快適だった。

お手伝いのエイミさんとブラウさんの二人だけが住む家に、十数個もある部屋。厨房《ちゅうぼう》は立派で、応接室や団らんの部屋のソファはフカフカ。毛足の長い絨毯《じゅうたん》が敷《し》かれているので、リオンが転がっても大丈夫。

エイミさんは老齢《ろうれい》に差し掛かっているので全ての掃除は難しいとのことで、休みの日は俺も掃除を手伝ってくれるとありがたいわと言って、笑顔で俺とリオンを迎えてくれた。

♡
♡
♡

「今日はご飯何かなあ」

「とまと！　とまとのぐちゅぐちゅのやちゅ！」

帰り道の途中で目を覚ましたリオンが、ニコニコしながら大好きな料理を口にする。

「それはミーシャさんの得意料理だね。俺も大好きだよ。でもね、リオン。エイミさんのお料理も全部美味しいよ。違うのでも全部たべようね」

「ん！　えいみばあやのおりょうりおいち」

うっとりとほっぺたを押さえたリオンに思わずクスクスと笑う。

すると横から伸びてきた大きな手がリオンの柔らかい髪を優しく掻き混ぜた。

「今日は人参《にんじん》の柔らか甘々スープって朝エイミが言ってたぞ」

「にんじん！　ちゅき！」

「好き嫌いなくて偉いな。沢山《たくさん》食えよ」

「あい」

優しい目つきでブラウさんが、俺に抱っこされているリオンを覗き込む。

この格好をすると、俺の肩の上にブラウさんの顔が乗るので、ものすごく距離が近くなる。横を向いたらキスでも出来そうな距離だ。

ちょっとドキッとしながら俺はリオンの身体を抱え直した。

こうやってリオンがニコニコ出来るようになったのも、半分はブラウさんのおかげだ。

最初のうちは夜が怖くて眠れず、夜通し泣いていたり、ご飯が食べられず吐き戻してしまったリオン。

俺も一緒になって泣きそうになりながらリオンをひたすらあやしていた時に、ブラウさんが温かいスープを持って俺達が借りている部屋にやってきたんだ。

そして、床にしゃがみ込む俺達の横に座って、そのふわふわの尻尾で途方に暮れる俺達をフワリと包み込んだんだ。

『ほら、リオン。怖いのは俺とアッシュが全部ぽいってしてやるから』

俺ごと腕と尻尾で包み込んだブラウさんは、リオンの背中を優しく撫でながら、少しずつスープを口に運んでくれた。

それからリオンは俺に抱っこされながらブラウさんの尻尾に包まれると、ようやくご飯が食べられるようになった。

一口食べて、「……おいち」と呟《つぶや》いたリオンを見て、俺の方が号泣してしまったのは未《いま》だに忘れられないし、未だにエイミさんはリオンに向ける目と同じ心配そうな目を向けてくる。

あれから二ヶ月。

リオンは今は椅子《いす》に座ってちゃんとご飯を食べられる。

まだ寝るときは俺と一緒だけれど、俺かブラウさんがいる時は、兄さん達と住んでいた時と同じように満面の笑みを浮かべられるようになった。

「ところで今日リオンを連れてて思ったんだけどな」

もうすぐ家に着くというところで、ブラウさんがぽつりと呟いた。

「リオンはもしかして、自分に悪意とか害意を持ってるヤツのことを、ちゃんと把握して見分けてるんじゃないか？」

俺に確かめたかったのか、リオン自身に確かめたかったのかはわからない。

でも、ブラウさんのその言葉に、リオンはしっかりとブラウさんを見上げて「あい」と頷いた。

「ミーシャさんが言うには、竜人族《りゅうじんぞく》っていうのはそういう害意なんかにすごく敏感らしいんですよ。だから、相手の優位に立とうと居丈高《いたけだか》に振る舞い、余計に拗《こじ》れるんだそうです。羽根の立派さや鱗の綺麗さ、地位とか全てを誇りにしているから、上に立つ者ほど、下の者を見下すんだそうです」

「……お国柄か？　うちの国の竜人族はあまりそんなんじゃないけど」

「そもそもこの国には竜人族少ないじゃないですか」

王都ですら殆《ほとん》ど歩いているのを見ることはなかったし、人族と同じような見た目のハーフにはそんな傲慢《ごうまん》な人はいなかった。むしろそういう人達こそ下に見られる方だったらしいから。

「ガンドレン帝国は、そういう傾向が強いそうなので、兄さん達は向こうじゃなくてこっちに来ようとしてたんですよ」

それに、もっと深刻な理由もある。それはブラウさんに伝えていいかどうかわからないけれど。

その理由というのが、兄嫁のミーシャさんが竜人族であることと、リオンの背に羽根が付いていることとかが関係してくるんだけれど。

もう、その理由であるミーシャさんが亡くなってしまったから、そっとしておいた方がいいのかな、なんて思ってしまうし、俺もまだ心の整理が全て付いていないから、口に出すことが出来ていない。

きっとリオンがいなかったら、俺は失意のなか廃人のようになっていただろう。

もう俺にとってリオンはたった一人の家族だ。

俺をあっちゅたんと慕って頼ってくれるのも最強に可愛い。そして、ちゃんと元気にいてくれるのが本当に嬉しい。リオンに負けないよう俺も頑張ろう、そんな気持ちが湧いてくる。

リオンのぷくぷくほっぺに頬ずりすると、リオンはきゃあと可愛い声を出して、自らぐりぐりしてくれた。

「あーちゅ」

いただきます、が言えなくて、舌っ足らずな挨拶になったリオンをにこやかに見守りながら、俺達は夕食をいただだいた。

ここでは使用人がエイミさん一人なので、皆でキッチンのテーブルでいただく。

もう食事を運んだりするのが大変らしく、ブラウさんがここで一緒に食おうと言い出したのがきっかけらしい。

「はいはい。リオンちゃん、ばあやのご飯、たくさん食べてね」

「あい」

リオンが掛けていた小さな鞄《かばん》の中に残っていた兄さんのお手製の小さなスプーンを手にして、リオンはほっぺをパンパンにしながら食事を頬張る。溢れるのもご愛敬。

時折溢しながら一生懸命食べる姿を見るだけで俺は思わず顔を蕩《とろ》けさせる。

食べられなかった時のリオンは見ていられないほどに辛《つら》そうだったから、余計に。

「リオン、美味しいね」

「おいち。ばあや、おいち」

ね、とブラウさんに同意を求めると、ブラウさんが肩を揺らしながら「そうだな」と律儀《りちぎ》に答えてくれた。

「そうそう、ブラウ様、明日の朝食はどうなさいますか？　箱にお詰めしますか？」

「いや、朝は本部の食堂に行くから早起きしなくて大丈夫だ。エイミは少しゆっくりしてくれ」

もうエイミさんには夜中に出勤することを伝えていたらしい。

朝食が欲しいとなるとエイミさんの寝る時間もなくなってしまうことを、ブラウさんは気遣っているんだ。

こうやって少しずつ周りに気遣いをしているブラウさんは本当に優しい人だと思う。

ついつい手を止めてブラウさんに視線を向けていると、その視線が気になったのか、ブラウさんとばっちり目が合った。

「なんだ、アッシュも俺がいなくなって寂しいのか？」

揶揄《からか》うような表情と口調に、思わず口が尖る。

ついチラリと見てしまう尻尾と耳から目を逸らし、俺は強がりを言った。

「別に、寂しくなんてないです。でもちゃんと無事帰ってきてくださいね」

「任せとけ。辺境の森に出てくる魔獣になんか俺が負けるかよ」

ブラウさんの言葉は、今までの経験から来る自信に満ちていて、安心できる。いいなぁ格好いいなあ、ああいう台詞。

俺も一度くらいは言ってみたいけれど、まだ一度もブラウさんから一本取ったことないんだよなあ。

騎士学校時代はハイデ以外には負けなしだったのに。

ハイデは見た目こそ人族そのものだったけれど、ブラウさんと同郷の黒狼族のハーフで、身体能力はそこら辺の獣人にも負けないほどに強い。でもそんなハイデでもブラウさんにはまだ一度も勝ったことがないらしい。俺が勝てるわけがない。

「頼もしいなあ……俺も一度言ってみたい」

口から漏《も》れた呟きに、ブラウさんは楽しそうに笑い声を上げた。


まだまだ夜明けにはほど遠い時間。

俺は隣に寝ているリオンを起こさないようにもそもそとベッドから起き出した。

そっとドアを開けて、廊下に出る。

玄関に向かうため階段を降りていると、丁度《ちょうど》騎士団のコートを羽織《はお》っているブラウさんを見つけた。

「お、どうした。うるさかったか？」

「ここで物音を立てても部屋までは聞こえませんよ」

ブラウさんに近付くと、いつもブラウさんがリオンにするように、ブラウさんの大きな手が俺の髪を指で梳《す》いた。

「じゃあ先に行くから、もう一眠りしとけ」

「はい。気を付けて」

この一言を言うために、早起きをした。


二度も家族が帰らぬ人となったことは、俺の中でもちょっとしたトラウマになっているのかもしれない。

ブラウさんがもし大怪我《おおけが》をしたら。そんなことを考えると、目が冴《さ》えてしまった。

ブラウさんがとても強いのはわかっているけれど。

……リオンの母親、ミーシャさんだって、竜人族らしく魔法はとても得意で、魔獣くらいなら苦戦は強《し》いられないほど強かったはずなのに。

兄さんは頭脳派で戦闘はまるでだめだったけれど。

そっとブラウさんのコートを摑むと、ぐいっと身体を引き寄せられた。

まるで子供にするように額にキスをされて、カッと頬が熱くなる。

「俺リオンじゃないですから」

「はは、顔はそっくりだけどな。じゃあ行ってくる」

笑いながら暗い夜道に出て行くブラウさんを見送って、俺はそっと部屋に戻った。

すると、暗い中で蜂蜜色の瞳と目が合った。

「……あっちゅ、た」

その瞳が暗い中で一際《ひときわ》輝いて見えて思わず足を止めると、リオンがベッドから飛び出すようにして俺の足下に駆けてきた。

あの瞳の光彩《こうさい》はやっぱり竜人族なんだな、なんて思いながら足にくっついてきたリオンを抱き上げる。

「ごめんね、一人で寂しかったね」

「おきたらあっちゅたん、いなかったの」

ぎゅっと俺のシャツを握るリオンの手にはとても力が込められていて、胸がぎゅっと締め付けられる。

「ブラウさんに行ってらっしゃいして来たんだよ」

「ぶあうたん？」

「そう。先に騎士団に行くから、リオンはちゃんとしっかりご飯を食べてからおいでって」

目をぱちくりするリオンは、ふと自分のぽよぽよのお腹に小さな手をあてた。

「おなか、いっぱになったらいける？」

首を傾げるリオンに、もしかして、とドキリとする。

もしや今からご飯を食べて騎士団に行くとか言い出さないだろうか。

まだまだ外は暗く、リオンがまだ暗いところを怖がっているのは知っているから、そう言われたらどうしようとドキドキしながらリオンの背をトントンすると、こつんとおでこが肩に乗った。

「ごあん、たべる……」

ぐりぐりと肩に額を擦《す》り付け、リオンがそんなことを言う。

やっぱり！　でも、この仕草は眠いときの仕草だから、今ならもう一度寝そうだ。

ゆっくりとリオンを揺らしながら、優しくトントンと背中を叩く。

「まだエイミさんはねんねしてるよ。ごはん作ってたらうるさくて起きちゃうね。エイミさんが起きたらおいしいご飯を作ってくれるから、少しだけ待てる？」

「ん……」

「そうだ。リオン、今日はねえ、ブラウさんたちが沢山お肉を持ち帰ってくるよ」

ゆっくりと部屋の中を歩きながら、適当な話題でリオンに話しかける。こういうときに楽しい話題を俺は一つも持っていないから、たまに鼻歌を歌って誤魔化《ごまか》す。

「ん……」

しばらく部屋の中をうろうろしていると、腕の中でスースーと健やかな寝息が聞こえてきた。

チラリとリオンを確認すると、リオンはぎゅっと俺の服を握ったまま、俺の肩に頭を預けてあどけない寝顔を晒《さら》していた。

俺の子天使かな。起きていても可愛いけど、寝てても可愛いってもう天使だね。

この背中の小さな羽根は、天使の羽根なのかもしれない。

この土地に住み始めてからは、リオンが竜人族とのハーフだと隠していないからいいけれど、王都ではこの瞳は大変だったかもしれないなあ、とちょっとだけほっぺたをつついて亡き兄夫婦のことを思う。

リオンのお母さんで俺の義姉《あね》に当たるミーシャさんは、ガンドレン帝国からの亡命者だ。純血の竜人族らしいけれど、その背に羽根がなかったことから、家族にずっと虐《しいた》げられてきたらしい。

そして成人と共に家から逃げ出し、命からがらこの国に逃げて来た。

丁度魔石鉱山が一つ閉鎖になり、兄さんが魔石加工の仕事で大損をしそうになった時のことだ。

魔石が一気に値上がりし、けれど契約書はすでに効力を発揮しているからと、仕事をすればするほど家は食い詰めるような状態に陥っていた。急な価格の上昇で商業ギルドすらその対応は後手に回り、一個人の職人の対応は後回しにされていた。けれどせめてもの情けと、商業ギルドでその廃坑《はいこう》になった魔石鉱山を今だけは職人に開放するとそっと教えてくれた。

魔石が高すぎて買えず、けれど仕事を抱えていて莫大《ばくだい》な違約金が発生しそうになっていた俺達は、その廃坑で一か八か魔石が掘れないかと向かったんだ。

数時間ほど奥に入ったところで、運良く魔石を掘り出した俺達だけれど、そこで倒れている女性を見つけてしまい、そのまま放っておくこともできずに家に連れ帰ったところ、ガンドレン帝国から鉱山に逃げ込んだ女性だった。

怪我も治って元気になった女性は、更に遠くに逃げようとしたけれど、お金もなければ行く先もないからと、俺達がこっそり保護したんだ。

その女性、ミーシャさんは、竜人族特有の薄い水色の髪を茶色に染め、人族として、兄さんの押しかけ嫁になり、俺達の家で暮らし始めた。

ご近所の皆を誤魔化すための、兄さんの押しかけ嫁っていう説明が、いつの間にか本当になったわけだけど。

家族が、一人また一人と増えていくことが、俺にとっては存外《ぞんがい》の幸せで。

だからリオンが生まれた時は、長期休暇を貰って王都に帰り、以来ちょくちょくリオンを構《かま》い倒し……可愛がりに王都に帰っていたんだ。でも、だからこそ、こうしてリオンは俺を全身で信頼してくれているわけで。

それというのも、事務官になるときの条件に、ブラウさんが「半年に一度の長期休暇」を盛り込んでくれたから。

ここに住まわせて貰っているだけじゃない。その前から、ブラウさんは俺によくしてくれていたんだ。

自分の代わりに書類仕事をしてくれる貴重な人材を逃せないから、なんて冗談めかして言っていたけれど。

兄さん達の馬車の事故を発見してその後処理をしてくれたのがブラウさん率いる遊撃隊だった。

俺が王都に遊びに行ったときに一度だけリオンを連れて買い物をしている時にブラウさんに会ったことをリオンが覚えていて、知っている顔に出会えたリオンは、ブラウさんに手を伸ばして俺の名を呼びながら大泣きしてしまったらしい。

そういえば、と王都でばったりブラウさんと会ったときのことを思い出して口元が緩む。

『ぶあう、おじたん？』

『……んん、ああ、そう、だな？』

『リオン、ブラウさん、だよ』

『ぶあう、たん』

リオンにおじさんと言われて、落ち込んでしまったブラウさんは、ちょっと耳がしょげていた。あれは思った以上にキュンとした。

思い出して笑いそうになるのをぐっと堪えて、リオンと共にそっとベッドに入る。

ブラウさんは、色々な面で俺とリオンの恩人なんだ。

♡　♡　♡

エイミさんと三人で朝ご飯を食べると、ランチまで用意して貰って、俺とリオンは徒歩で騎士団本部まで向かう。

顧問事務官になってよかったと思うのは、騎士と違って夜勤がないことだ。勿論仕事が終わらなければ何時《いつ》までも執務室に詰めていないといけないけれど、基本的には夜は家に帰ることが出来る。

道中、街の人達に挨拶しながらリオンの手を引いて歩くと、いつもあと半分の距離でリオンが疲れたと手を伸ばしてくるのが俺の今の楽しみだ。

今日はもうそろそろ手を伸ばしてくるはず。

ニコニコとゆっくり歩いていると、案の定ズボンをぎゅっと引っ張られた。

「あっちゅたん、あっこ」

「疲れたの？」

きっと俺は今、とてもだらしない顔をしていると思う。

自覚はしている。

でもリオンに抱っこと手を伸ばされると目尻が自然に垂れ下がってしまうんだ。

ああ今日もリオンは世界一可愛い。

伸ばされた手を愛おしく思いながらリオンの軽くてポヨポヨの身体を持ち上げると、リオンが嬉しそうにぎゅっと抱きついてきて、更に俺の目尻は下がる。

丁度道ばたで店開きの用意をしていた雑貨屋の店主と目が合って、店主はブハッと噴き出した。

「リオンちゃんおはよう！　今日も鬼顧問の顔を蕩けさせて、リオンちゃんは最強だな！」

ほらよ、と店主がポケットから固めた蜜飴《みつあめ》の包みを取り出し、リオンに渡す。

「あーと」

にこっとお礼を言うリオンに店主の目尻も下がる。

「店主も人のこと言えないじゃないですか。リオンを見る目がまんま孫を見る目になってる」

「いやあ、ほんと孫を思い出すよ。王都にいるからなかなか会えなくてなあ。代わりにリオンちゃんうちの孫になるかい？」

店主の軽口に、俺は氷のような視線を店主に向けた。途端に店主の肩がビクッと跳ねる。

俺は努めて笑みを浮かべながら、店主を凝視した。

「うちの子は誰にもあげませんよ？」

「わかってる！　わかってるよ！　アッシュ君がリオン君を可愛がってるのは！　冗談だって！　怖いから殺気を出さんでくれよ」

「やだなあ、殺気なんて出してませんが？」

「おっと仕事途中だった！　リオンちゃん、今日も一日沢山遊べよ〜」

店主は誤魔化すように視線を逸らすと、サッと店の中に入っていってしまった。

俺はリオンがニコニコと手を振っているのをいい子だねーと撫でながら、少しだけ足早に騎士団に向かう。

街の人達は、リオンが荷馬車の事故で一人生き残ったことを知っていて、一丸となって見守ってくれている。それは知ってる。

嬉しいとも思う反面、もし俺よりもリオンを養うのにいい人が出てきてリオンがその人を選んだら、なんて思ったら、ちょっとだけ切なくなる。

たとえ俺以外の誰かにリオンを委ねるということでも、リオンが望めば、多分俺は全てを叶えてあげたいと思うから。

「ねーリオン」

「ねー？」

意味もわからず同じように「ねー」と言ってくれるリオンが愛おしくて、思わず歩きながらリオンのほっぺを堪能してしまう。

「リオン大好きだよー。俺、頑張るからね」

「あっちゅたん、ちゅきよー」

リオンの返答が可愛すぎて、俺は今日一日何でも出来ると気合いを入れた。


顧問事務官の仕事は多岐に渡る。

騎士団で行ったあらゆる業務の書類まとめ、経理、在庫管理、食材や武器防具の管理、そして騎士達の管理。

とにかく団長副団長がサインを書かないといけない書類以外の雑務系の書類は全部俺のところに回ってくると言っても過言じゃない。

なにせこのエスクード辺境騎士団、殆どの団員が脳筋《のうきん》だ。

洗濯や厩舎の掃除、馬の世話、武具の手入れや魔獣の解体などを見習いは教わりながらこなして行くんだけれど、執務室に来る見習いは絶対に長続きしない。むしろ一日で音を上げて、汚れ仕事の方がマシだとここを敬遠する。

着任してみるとわかる。

どうしてブラウさんが俺に殊《こと》の外手《ほか》を掛けてくれたのかが。

むしろ執務室に居着いてくれる見習いは貴重すぎて絶対に逃したくない。

リオンはお隣の椅子に行儀良く座って、騎士達が手作りしてくれた玩具《がんぐ》で遊んでいる。

小さな袋に毛皮と魔獣の軟骨が入った、カラコロと音が鳴る玩具が山積みになっていて、リオンは一生懸命その袋を積んでいる。落ちるときにカラコロ音が鳴るのがとても楽しいらしい。

ニコニコと遊ぶリオンに顔を綻《ほころ》ばせると、俺は机の上に玩具と同じように山積みになっている書類に視線を戻し、眉間の皺《しわ》を深くして鬼のような形相《ぎょうそう》で仕事に取りかかった。

三百人ほどの騎士達が所属するこの騎士団、正騎士は約二百五十人、そして見習い騎士が約五十人いる。

正騎士にならないと森の巡回《じゅんかい》に行くことは出来ず、見習い騎士達は基本本部の中で雑務や鍛錬《たんれん》に時間を使っている。

正騎士は五人一組で小隊を組み、その小隊が十組合わさって一つの大隊になる。

一日のシフトの組み方は、大隊二組が森の巡回を行い、一組が卒業間近の見習いを率いて街の治安を維持、一組が見習い達の鍛錬を行い、一組が休みとなる。それの繰り返し。

その中に含まれないのが、トラスト団長、ブラウ副団長、副団長直属の精鋭部隊である特別遊撃隊、そして、顧問事務官の俺。

騎士達をまとめる小隊長、大隊長はその日にあったことをまとめ、決められた期間内に一度は日誌を俺に提出しないといけないことになっている。

その日誌を元に森の状況、魔獣の数や種類の把握、そしてその時に必要な道具類を用意しなければならないんだけれど。

「くっそ、第一と第三提出してないじゃないか」

重ねられた日誌は三冊。残り二冊は、昨日までの提出なのに出ていなかった。いつも提出が遅れる大隊長は決まっていて、一人は単なるずぼらか俺をからかっているガレウス大隊長、もう一人は辺境伯様の系譜《けいふ》の男爵《だんしゃく》家の三男であるウィル大隊長。

「仕方ない、奪《うば》いに行くか……」

溜息を吐いて腰を上げると、リオンも俺を見上げてから椅子を降りた。

「あっちゅたん、おちゃんぽ？」

「そう。お散歩。気分転換だよ」

机の横に立てていた剣を腰に差して、リオンを抱き上げる。

「今日はガレウスおじさんのところと、ウィル様のところに行くよ」

「……」

行く場所を告げた瞬間、リオンの顔が顰められた。

「イルしゃま、や」

口を尖らすリオンに、俺の目が半眼になる。

「わかった。俺に任せろ」

ぎゅっとリオンを抱き締めて、俺はまずウィル様のところに行くことにした。

ウィル大隊長は貴族であることを誇りに思っている狐《きつね》獣人なので、平民で人族の俺のことをいつも下に見ていた。それでもブラウさん達から何度か注意を受けて書類提出はしていたんだけれど、ブラウさんに気に掛けて貰っていることや、特権を笠《かさ》に着て威張《いば》り散らしている（ウィル大隊長が言っていたらしい）こと、それにリオンを騎士団につれてきていることなど、俺のやることは何でも気に入らないらしい。

辺境伯様の顔に泥を塗《ぬ》るのも良くないので、俺一人だったらちゃんと仕事をしている限りは気にしなかったんだけれど……。

きっとリオンがこんなに嫌がるってことは、ウィル様はリオンのことも馬鹿にしたってことだよな。

そんな人は大隊長だろうと貴族だろうと何だろうと、しっかりと抗議しないとね。

こういうときに団長と副団長の実力行使ありの許可が輝くんだよな。


今日の第三大隊の割り当ては、見習い騎士と一緒に鍛錬か。

本部の建物裏に設置されている広い鍛錬場に向かうと、百人ほどが鍛錬をしていた。

鍛錬場の半分は雑務を終えた見習い達がウィル大隊長に見てもらっていて、残り半分で正騎士達が打ち合いをしている。

俺はまっすぐ見習い達がいる方のベンチへ向かうと、リオンを下ろした。

「リオン、危ないからここで座って待っていられる？」

ベンチに座らせてそう訊くと、リオンはいいお返事をくれた。

俺達に気付いた休憩中だった見習い騎士がぞろぞろとこっちに向かってきた。

「アッシュさんお疲れ様です」

「鍛錬お疲れ様です。ちょっとだけ場所をお借りしますね」

「はい！」

見習い達もいい返事をして、リオンに挨拶をしている。

後ろの方で「こんにちは」「ちわー」という会話がされているのが聞こえて和む。

俺はいい笑顔で、見習い達に指導しているウィル大隊長の元へ足を運んだ。

「ウィル大隊長」

俺の呼びかけに、ウィル大隊長はチラリとこっちを見てから、俺にもわかる程盛大に溜息を吐いた。

「今は見ての通り見習い達に稽古を付けている。邪魔はしないでくれないか」

「俺も貴方に用がありますので。昨日提出の日報のまとめがまだ提出されていないので、早急に提出をお願いします」

顔に笑顔だけ貼り付けた俺は、頭を下げるでもなくへりくだるでもなくウィル大隊長を見上げた。

「あんなものを書く必要性も提出の必要性も感じられないといつも言っているだろう。むしろお忙しい団長や副団長に意見できる君の方が日報など無意味なものを廃止して我々大隊長や団長達の時間を奪ったことを反省すべきだろう」

「無意味……では、食堂前に掲示されている森の状況変化の一覧を、ウィル大隊長はいらないというんですね。あれを掲げ始めてから、怪我人が三割減って回復薬の使用量がぐっと減ったんですが」

「それは、皆の腕が上がってきたからだろう。それに、あの掲示が日報とどのような関係があると？あの掲示物は我らが団長に報告した情報を元に書かれていたのではないのか」

そんなことも知らないのかという顔で俺を見下ろしてくるので、俺はフンと鼻で嗤《わら》った。

「大隊長達がまとめてくれた日報である程度の情報をまとめて、それを団長達が精査して掲示されるというのを、知らなかったんですね。なるほど。よかったですね、知識が一つ増えて」

リオンが怖がるほどの悪意をこっちに向けるこの人には、いい加減腹が立っていたんだ。

俺は腰の剣に手を添え、周りをぐるりと見回した。

「力尽くで回収してもいい、という許可は団長と副団長からいただいているんですよ。俺がもし模擬《もぎ》戦で勝ったら、次から大人しく日報を出してくださいね」

剣を抜き去り、笑みを浮かべると、周りにいた見習い達がサッと場所を空けてくれた。ガレウス大隊長の時も良くやるので、見習い達はすでに慣れたものだ。

俺の渾身の煽《あお》りで、ウィル大隊長の額には青筋が立っていた。

「お前平民のくせに生意気だな！」

「平民とか貴族とかまったく関係ないですが、そのムカつく視線をリオンにまで向けるのはやめて貰えます？」

口元の笑みを消した瞬間、ウィル大隊長と俺は同時に足を踏み出した。

ガキィン！　と剣と剣がぶつかる音が鍛錬場に響く。

びりびりと痺《しび》れる腕に、久しぶりに気分が高揚《こうよう》する。

こういうふうに身体を動かしたいのに、どうして俺は机にへばりついているんだろう。

……それは、リオンをすぐ側で見ながら仕事をするためだ！

ぐっと腕に力を入れて大隊長の剣を押し返し、同時に後ろに飛んでもう一度踏み込む。

大隊長の剣が迫《せま》るのを屈《かが》んで躱《かわ》し、そのまま懐《ふところ》に入った瞬間後ろに逃げられ、更に追い込む。

大隊長の剣を一つ一つ自分の剣で流し、弾《はじ》く。

流石大隊長まで上り詰めただけのことはあり、ウィル大隊長は弱くない。

力では負けるな、と思いながら後ろに飛ぶと、ふと可愛い声が聞こえてきた。

「あっちゅたん！　がんばえー！」

「応援ありがとうリオン！　俺は負けないよ！」

リオンが見習い達に囲まれながら、一生懸命俺に手を振っていた。

ああ手を振るリオンも可愛い！　どうしてあんな可愛いリオンを睨《にら》むことができるんだ、この人は。

フッと頭を下げると、頭上でブン！　と剣が空を切る音が聞こえた。

「真面目に！　やりたまえ！」

ガンガン距離を詰め、手数を出してくるウィル大隊長の剣を避《よ》けながら、顔が緩むのを止められない。

「真面目です！　だってあんなにリオンが俺を応援してくれてる……！」

「その笑顔をやめたまえ！」

素早い一手一手をいなしながら、俺は蕩ける顔をどうすることも出来なかった。だって！

「リオンに応援して貰えたら森の特A魔獣も倒せる気がします！」

気合いを入れ直し、俺は受け身から一転、攻撃に転じた。

ウィル大隊長の剣を弾いた瞬間、足に身体強化の魔法を掛け、一瞬で後ろに回り込み、そのまま首に剣を突きつける。

ウィル大隊長の動きが止まり、はぁ、とまた盛大に溜息を吐いた。

「……どうしてそれだけの剣の腕がありながら事務官になんてなったんだ……」

「事務処理能力をブラウさんに見初《みそ》められたんです。さ、向こうで手合わせしてる皆に声を掛けて、日報まとめてください。一応白紙の紙は持ってますから。それと、金輪際《こんりんざい》リオンに嫌な感情を向けないでください。心の成長の妨《さまた》げになって最悪です」

剣を下ろし、鞘《さや》にしまうと、ウィル大隊長が「まったく……」と吐き捨てた。

「ブラウ副団長に取り入って危険の少ない事務に回して貰った軟弱な平民だと思っていたのに……」

「俺、騎士学校ではハイデ以外に負けたことないんですよ。ウィル大隊長、ハイデに勝ったことないですよね」

ポケットからハンカチを取り出して汗を拭《ふ》きながらこっちを凝視《ぎょうし》してくるウィル大隊長に答えると、大隊長は渋い顔をして、舌打ちした。

「……ハイデは黒狼族でも腕利きだと、ブラウ副団長が言っていただろ。見習いも数ヶ月で卒業し、ブラウ副団長自ら特別遊撃隊に誘ったくらいだ。あいつは別格だ」

一応ウィル大隊長もハイデのことは認めているらしい。

騎士学校時代に俺をここに誘った張本人《ちょうほんにん》のハイデは、黒狼族の族長の血筋の末子《まっし》でハーフだから、親は一応貴族だとか何だとか聞いたことはある。自分は継ぐ家もないから平民になるとも言っていたけれど。

『騎士になるのに平民も貴族もないだろ』

そう朗《ほが》らかに言っていたハイデの台詞をウィル大隊長にも聞かせたいもんだ。

俺は胸元のポケットから折りたたんだ紙を取り出すと、それをウィル大隊長に渡した。

「白紙の日報です。もし書いてあるのならすぐ提出。なければこの場で書いてください」

「……わかった」

流石に負けてまで反発する気はないらしい。

俺は一仕事を終えたことと身体を動かせた爽快感《そうかいかん》で、ニコニコしながらリオンの元に駆け足した。

「あっちゅたんちゅおい！　あっちゅたん、かっこい！」

大喜びのリオンを抱き上げ、てれてれと笑う。だって格好いいって！

俺はリオンに格好いいところだけ見せたい！

「りおんもえいっ！　えいってやりたい」

抱っこされながら手をブンブンするリオンに、デレッとしながら「そうだね」と頷く。

「リオンがもう少し大きくなって、体力が付いたら始めようね」

「あい！」

小さな手がシュッとあがると、見習い達も和んだように笑顔になった。

無事ウィル大隊長から日報を受け取った俺は、リオンと共にガレウス大隊長のところへ向かっていた。

第一大隊は今日は休暇なので、きっとあそこにいるだろうと目星《めぼし》を付けて、団長室に向かう。

ドアに近付くと、中からは数人の大きな笑い声が聞こえてきた。

ノックをすると、トラスト団長の返事が聞こえてきたので、ドアを開ける。

「うお！　鬼顧問が来た！」

ふざけた様にわざとらしい大声を出したガレウス大隊長は、手にしていたカードをサッと背中に隠した。

手持ちのものだけを隠しても、テーブルの上のカードはそのまま。

「……ガレウス大隊長たちはいいとして。トラスト団長は今日休暇でしたっけ？」

じろりと団長に凍えるような視線を向けると、トラスト団長はウッと怯《ひる》んだ。

「それに、団長室は賭博場《とばくじょう》じゃありません」

「まちぇん」

厳しい顔をしているはずなのに、リオンが俺を真似する口調が可愛すぎて顔が緩みそうになる。

それにめざとく気付いたガレウス大隊長がニヤリと口角を上げた。

「リオン、お前の叔父《おじ》さんは強いか？」

「あっちゅたん、ちゅよいよ」

キリッと頷くリオンに、ガレウス大隊長が眉をヘニョリと落として見せた。

そして肩を竦めるようにして、残念そうな声を出す。

「でもなあ、俺はアッシュより強いんだよなあ」

「あっちゅたん、ちゅよい！」

「剣はなかなかだと思うぞ？　でもなあ、これはどうかな」

サッと俺の前に出したのは、カードだった。

どうやらガレウス大隊長はカードで勝負を仕掛けるつもりらしい。

「あっちゅたんちゅよいの！」

ムキになって言い返すリオンに、大丈夫だよとほっぺをくっつけると、リオンがむーと膨《むく》れた。

「あっちゅたんまけない！」

えぐっとしゃくり上げながら叫ぶリオンを宥めるように背中をポンポンすると、目を潤《うる》ませたリオンが口を尖らせていた。ああぁそのくち！　レアな口！　なかなか見られない拗《す》ね口だぁ！　かぁわいい！

思わず和んで目尻を下げると、ガレウス大隊長が盛大に噴き出した。

「いつもと全っ然違うじゃねえかよ！　鬼の面はどこ行ったんだよ」

指を差されたので、その指を渾身《こんしん》の力で払う。グキッと音がした気がしたけれど、気のせい気のせい。

「俺がガレウス大隊長に負ける？　何寝言をほざいているんです？　リオン、大丈夫だよ。俺は絶対に負けないからね。リオンを泣かせた報《むく》いは受けてもらわないとね」

それがたとえカードでも。

トラスト団長をどかしてガレウス大隊長の前に座り、リオンを膝《ひざ》に載せる。

「カードが見えてもしー、だよ」

「しー……」

口の前に指を立てると、リオンが同じように「しー」と指を立てた。

後ろに控えていた休暇中の第一大隊の騎士がカードをシャッフルして俺と大隊長の前に配《くば》っていく。

残念だったな。カードのやり方はちゃんと兄さんに習ったんだよ。接待モードと本気モードといかさまモードを。

あれだけリオンを挑発したんだ。本気で潰しにかかっていいってことだよな。

リオンのふわふわの髪を一撫でして、俺は気合いを入れた。

時間にして十分。

俺の目の前には、テーブルに突っ伏して「参りました……」と情けない声で呟くガレウス大隊長がいた。

「あっちゅたんちゅおい！」

俺の連戦連勝に、リオンは大興奮。

こんなに喜ぶなら、手加減なしで勝負して本当によかった。

手元のカードをテーブルに置くと、俺はリオンのほっぺをふにふにしてから、目の前で打ちのめされているガレウス大隊長に声を掛けた。

「俺があんなちゃちないかさまに気付かないと思ってるんですか。ペナルティ一」

テーブルに散らばったカードをまとめながら半眼を向けると、横で勝負の成り行きを見守っていたトラスト団長が肩を揺すった。

「それにリオン相手に挑発なんて大人げない。ペナルティ二」

トントンとひとまとめにしたカードを団長に渡す。

「団長も、どうしてあんないかさまにしてやられてるんですか。あんなのそこら辺のごろつきと同じ手口ですよ」

じろりと団長を見上げると、団長は今度こそ盛大に噴き出した。

「アッシュとリオン、同じ顔してこっち見るな！　目つきから表情から本当にそっくりな！」

「あたりまえです！　リオンはうちの子ですから！　ってか休憩そろそろ終わりじゃないですか？　さっさと仕事してください。まだ裁可《さいか》回ってきてない書類が大量にあるんですが団長がサインくれないとこっちは進められないんですけど？」

そっくりと言われて顔が緩みそうになるのをぐっとこらえてじろりと団長を睨む。

嬉しいことを言って誤魔化そうとするんじゃありません。

「そしてガレウス大隊長は今日の昼までに日報を提出してくださいね。一刻の遅れも許しません」

「無理だ」

「大丈夫です。カードをする余裕があるんですから、出来ます。というか、やれ」

最後は殺気を出しながら囁《ささや》くと、ぐっと唇を噛んだガレウス大隊長が渋い顔をして後ろを振り返った。

「お前ら……鬼顧問にコテンパンに伸《の》される前に日報書け」

「え、あれ大隊長の仕事じゃないっすか！　頑張れ大隊長！」

「俺は応援部隊ですが何か？」

「頑張れ大隊長」

「お前ら……」

後ろに助けを求めるも、離れて行く騎士達に、ガレウス大隊長が情けない顔を見せる。

「食堂に行く前に執務室に出しに来てくださいね。あと一刻ほどですが、大丈夫ですよね」

リオンに向ける笑顔とは全然違う厳しい表情で最後通告を突きつけると、ガレウス大隊長は震えながら「やっぱ鬼だった……」とそっと呟いた。

二、アッシュとリオン

子育ては、やってみて初めてわかる大変さがある。

リオンは夜半の事故が心に傷を作ったのか、よく夜中に起きて大泣きをする。

ブラウさんの家に間借りをして、ほぼ全ての食事の世話をしてもらっていて大変だというのも恐縮だけれど、眠い中リオンを抱いてあやすのは俺にとってはかなり大変なことだった。

「あうぅぅ……うっうっ……」

あ、もう寝る。

ホッと息を吐いた瞬間、またしても耳元でリオンの泣き声が聞こえてくると、たまに俺も泣きたくなる。

「大丈夫、大丈夫だよ。俺がリオンを守るから。俺強いんだよ。リオン、いい子だね」

背中をトントンしながら部屋の中をゆっくりと歩く。

最初はどうしていいかわからなかったけれど、一度ブラウさんがこうすると子供は安心するんだと抱っこして歩いてくれてから、俺もそうしている。

寝息を立てていてもたまにしゃくり上げるのが、聞いていて辛い。

兄さん達はどうしてこんな小さなリオンを残して逝《い》っちゃったんだ。

あの馬車のぐしゃぐしゃ状態を思い出して、俺まで泣きたくなる。

あれだけ酷い状態だったのに、リオンが無事だったのは本当に奇跡だ。

そして、ブラウさんが一人だけ生き残っていたリオンを辺境伯領の孤児院《こじいん》に連れて行かずに俺のところに連れて来てくれて本当によかった。

落ち着くまではうちに来いって言ってくれたブラウさんは、たった一度王都で見ただけのリオンを覚えていてくれて、まるで自分の子の様にリオンを可愛がってくれる。

前にハイデに、ブラウさんは世話好きで子供好きなんだと聞いたことはあったけれど、本当にそうだった。もうこの恩はどうやって返せばいいのかわからない。

今も現在進行形で世話になっている形だし。

救いなのは、ブラウさんの部屋は俺達が借りている部屋からそれほど近くないので、リオンの泣き声でブラウさんの睡眠を妨げることがない、ってことだよね。

「ふあぁ……あっちゅ、あ……ったん……」

「いるよ、リオン、俺はちゃんといるよ。大丈夫」

一日剣を振るっていても次の日には元気いっぱいな体力を誇る俺でも、流石に疲れた。そんなことをリオンの前では言えないけれど。

「アッシュ、目の下のクマがすごいな……」

朝食の席で、ブラウさんが眉を寄せて俺の顔を覗《のぞ》き込んだ。

確かに最近はちょくちょく夜中に起きていたけれどそんなに酷いかなあ。

「大丈夫です」

努めて笑みを浮かべて、エイミさんが作ったごはんを食べる。

「全然大丈夫そうにみえないんだが？」

「あっちゅたん、だいおぶ？」

リオンもちょっと心配そうに眉毛をふにゃっとして聞いてくる。

ああ顔に出ちゃってたか。まだまだ俺未熟《みじゅく》だなあ。

「大丈夫だよリオン。綺麗に食べられてえらいね。ごちそうさまする？」

「あっちゅたんと、いっちょ」

リオンは俺の前にある皿に目を向けた。

いまいち寝不足の胃は食事を受け付けなくて、まだ半分ほど残っている。

これを食べ終わるまではリオンはごちそうさまをしてくれないってことか。

……エイミさんのごはんはとても美味しいけれど、今日はちょっと食べきるのは辛いかもしれない。

「……一緒にごちそうさましたいの？」

「ん！」

元気に頷かれて、俺はよし、と気合いを入れた。

一気に詰め込んでしまえばなんとかいけるかも、なんて思って食べ始めたのはいいけれど、最後の一口を食べて、リオンと一緒にごちそうさまをした瞬間、胃から食べ物がせり上がって来た気がした。

ここで戻したら大惨事《だいさんじ》だ。

「ちょ……ごめ……っ」

必死でそれだけ言うと、俺は一人椅子を立ち上がって食堂を飛び出した。

トイレに駆け込み、せり上がってきたモノを全て出し切ると、ようやくすっきりした。

ホッと息を吐いてドアを開けると、そこにはブラウさんとリオンとエイミさんが心配そうな顔で並んで俺を待っていた。

「あっちゅたああああああああ！　ちんじゃう！」

リオンが大泣きしながら俺に飛びついてきたので、抱き上げる。

中身をすっきりさせたことで、眠気も疲れもすっきりした俺は、リオンに笑顔でぎゅっとした。

「死なないよ大丈夫。今すっごくすっきりしたから、もう元気！」

「アッシュ」

リオンのほっぺを堪能していた俺は、未だに険しいブラウさんの声にハッと顔を上げた。

「最近眠れてないだろ」

ブラウさんの大きな手が近付き、俺の目元を拭った。

確かに眠れてないけれど、それをリオンの前で言っちゃやだめだよ。

抗議の眼差しを向けると、ブラウさんは盛大に溜息を吐いて、俺の手からリオンを受け取った。

「リオン、今日は俺と寝るか？」

「ぶあうたん？」

リオンが目をぱちくりさせて、間近にあるブラウさんの瞳を見上げた。

「たまには俺もリオンと一緒に寝たいんだよ」

「いっちょ？」

「そう。リオンが可愛いから、アッシュがうらやましくてなあ。たまにはリオン、俺と一緒に寝てくれたら嬉しいんだけどなあ」

どうだ？　と訊かれて、リオンは「うれち？」と自分が嬉しそうな顔になった。

「尻尾にくるんって包まれて、俺と寝るのはどうだ？」

「ちっぽ！　ねる！」

あい！　と元気良く手を上げたリオンに、ブラウさんが満足そうな顔になる。

尻尾に包まれて、とか。俺が一緒に寝たい。

そんなことを考えたのは内緒だ。どっちも羨ましい。

「あらあら、ではブラウ様のお部屋にリオンちゃんのおねんね用意を運ばないとですねえ」

後ろで俺たちの会話を聞いていたエイミさんは、いつの間にやら心配そうな顔つきから、ニコニコ顔に戻っていた。

休んでもいいんだぞというブラウさんの言葉を断って一日仕事をした俺は、夕食後に「今日はこっちな」とブラウさんにリオンを連れていかれてしまって、手持《ても》ち無沙汰《ぶさた》になっていた。

一人で風呂に入り、一人でベッドに転がる。

ホウ……と息を吐いて、そういえばいつもはここでリオンを着替えさせたりお話をしたり、本を読んだりしている時間だなと天井を見上げる。

リオンの声はとても高くて、お話しをしているだけで部屋が華《はな》やぐ。

一日の一番楽しい時間だ。

夜中に泣かれるのは辛いけれど、それ以外の時間が辛いなんて思ったことはなかった。

「なんか……寂しい」

ぽつりとつぶやいて、ベッドから身を起こす。

久しぶりにゆっくりと味わった一人のお風呂。リラックスはできたけれど、楽しいわけではなかった。

リオンを洗ってあげたり、お湯で遊んだり。背中の羽根をパタパタさせて俺にお湯をかけてくるリオンが可愛くて。

思い立った俺は、そっと部屋を出て、ブラウさんの部屋に向かった。

廊下の絨毯はふかふかで、足音が消える。

そっと部屋の前に立ってノックをしようとすると、中からブラウさんの落ち着いた声が聞こえてきた。けれど、さすがに扉を挟んでいるので、何を話しているのかは聞こえない。

リオンの泣き声も聞こえない。

もし今リオンが寝付いたところだったら、俺が来たせいでリオンが起きたりしたらどうしよう。

ノックする直前の状態のまま、俺はそう考えて動きを止めた。

戻るに戻れず少しの間その格好で止まっていると、目の前でドアが開いた。

「……リオンが気になったのか？」

ドアを開けてくれたブラウさんは、声を潜めて「リオンはぐっすり寝てるよ」と教えてくれた。

「ここじゃリオンが起きるから、少しだけ違う場所に行こうか」

ブラウさんに促されて、俺はすぐ隣にあるブラウさんの書斎に連れて行かれた。

本に囲まれた部屋の中心にあるソファは、ブラウさんが寝転がりながら本を読むようにと注文した大きめのもので、テーブルの下には数種類の酒瓶《さかびん》が置かれている。

初めて入ったその書斎をきょろきょろと見回していると、ブラウさんが俺をソファに座らせてから隣に腰を下ろした。尻尾がくるりと俺の腰に回る。

思わずその尻尾を手で撫でると、ブラウさんが気持ちよさそうに目を細めた。

「この書斎はいつでも使ってくれていいからな。リオンも、入りたいと言ったら入れてやってくれ。そのうち子供用の本も用意する」

「そこまでしてもらっていいんですか？　そうじゃなくても、迷惑をかけていて」

申し訳ないのに、と続けようとしたら、ブラウさんの指が物理的に俺の口をふさぎ、言葉を止めた。

「俺がしたくてしてることだ。この家は部屋が余ってるから使ってもらったほうが家が傷まないし、エイミは常々俺だけの世話はつまらないと言っていたから、リオンを大歓迎しているし。アッシュも慣れない子育ては、たぶん一人では無理とは言わないけれど、大変だと思う」

それに、と言葉を続けながら、ブラウさんの手が俺の髪をひと房摑んで弄んでいる。

「俺が、疲れたアッシュの顔より、楽しそうなアッシュの顔を見ていたいんだ」

「……どうしてそこまで」

ありがたいけれど、どうしてそこまでよくしてくれるのか。

リオンは可愛いし、もうリオンがいない生活なんて考えられない。

実際今日だって、初めてリオンが俺のところで寝ていないというだけで、寂しくてブラウさんの部屋を訪問してしまっているくらいだ。

でも、もしこれが一人だったらなんて考えると、こんな風にリオンを可愛いって笑って見ていられたか、わからない。

夜泣きされたら、俺も泣きたくなるし、泣きながら「やだあ」と言われたら、どうしていいかわからなくなる。

リオンの世話を放棄《ほうき》するなんて考えたことはないけど、もしも俺一人でリオンの世話をすることになったら、ずっとそう思っていられるんだろうか。

本当の親じゃないからこそ、余計にそんなことを思ってしまう。

俺なんかよりもよほどブラウさんのほうが親みたいじゃないか。

ジワリ、と目元が熱くなる。

ああ、情けない。こんな感情で、ちゃんとリオンの親ができるのかな。

俯《うつむ》いていると、ブラウさんの手が俺の頭をぐいと引き寄せた。

鍛《きた》え上げられた腕に頭を抱《かか》えられ、半分抱きしめられた状態になる。

「どうしても何も。俺がアッシュを気に入ってるからってだけだ。アッシュとリオンに色々してやりたいと思っている、俺のたんなるわがままだ」

「わが……ままってそういうのじゃないと思います……」

優しいブラウさんの言葉に、俺はふっと心が軽くなった気がした。

「むしろアッシュにあれだけ可愛がられてるリオンが、将来どんな風に育つのか気になる。そのうちリオンに『アッシュに近付くな！』なんて言われたりしたらと思うと、くくく……」

「リオンはそんなこと言わないですよ。俺よりもブラウさんのほうが好きですから」

「いいや、リオンは絶対アッシュのほうが好きだぞ」

「……」

いつでもブラウさんの姿を探すリオンを脳裏に浮かべて、俺は疑いの眼差しをブラウさんに向けた。

さっきの気持ちは、いつの間にやら消えていた。

ブラウさんは俺の視線に、余計に肩を震わせると、「じゃあ試してみるか」と提案してきた。

「俺とアッシュが二人で仲良く座っていると、絶対に間に割り込むからな？　そして絶対に俺を牽制《けんせい》してくる。アッシュをとるなって」

翌朝に、リオンの前で二人並んでソファに座ってみるぞと提案されて、俺は半信半疑のまま頷いた。

「じゃあ、そろそろ戻るか。今日は夜ちゃんと寝るんだぞ」

俺に回っていた腕が離れ、尻尾がふわりと俺を撫でてから離れていく。

それを少しだけ残念に思いながら、俺は頷いて書斎を後にした。

ブラウさんと別れ、廊下を歩いていて、ふと気づく。

「……なんか、寂しいって気持ちがなくなった？」

明日の検証が楽しみかも、と足取り軽く部屋に戻る。

一人広いベッドに寝転がった俺は、すぐに夢の世界へ旅立っていった。


次の日。朝食が終わると、俺とブラウさんは早速ソファに移動して並んで座ってみた。

エイミさんに口の周りを拭いてもらっていたリオンは、ぱちくりと目を瞬いてから、椅子を飛び下りて俺たちのところに突っ込んできた。

そして、俺の膝の上によじ登り、俺にギュッと抱き着く。

「あっちゅたん、ぎゅ」

「はいはい」

ぎゅううううっと抱き着くリオンに思わず顔をにやけさせていると、ブラウさんがすっと顔を近づけてきて、耳元で「ほらな」と囁いた。

「リオン、俺には？」

ブラウさんがおどけてそう聞くと、リオンは首をぶんぶん横に振って更にしがみついてくる。

ブラウさんは楽しそうに笑いながらリオンの頭を撫でると、俺とリオン二人に腕を回した。

「二人より三人でぎゅうするのはどうだ？」

楽しそうな声音で訊かれて、リオンは俺とブラウさんの腕にぎゅうぎゅうにされながらも、なるほど！　と目を輝かせた。

俺とリオンの二人を抱き込むブラウさんの腕は、俺にとっても心地よいものだった。


夜泣きによる寝不足をブラウさんにフォローしてもらってからは、胃が重くなることもなくなった。

リオンはブラウさんの尻尾が気に入ったのか、たまにブラウさんと一緒に寝たいと言い始め、俺はちゃんと睡眠時間をとれるようになった。

たまにリオンが気になることを言っているけれど。

「ぶあうたん、ふあふあなの。ぶあうたんおなか、ふあふあ。きもちーの」

にこにこと教えてくれるリオンの言葉に、首をかしげる。

おなかがふわふわで気持ちいい？

ちらりとブラウさんに視線を向けると、薄いシャツ越しに見えるそのおなかは鍛え上げられていて、バキバキに割れている、はず。

「……毛深い？」

「ぶは！」

考えが口に出てしまったらしく、それを聞いたブラウさんとエイミさんが盛大に噴き出した。

お茶を飲んでいたブラウさんは、お茶が変なところに入ったらしく、ゲホゲホとむせている。そんなにおかしなことは言ってないいんだけど、と首をかしげていると、ブラウさんが口元をワイルドに拭ってから服に手をかけた。

「……見たいか？」

「大丈夫です！」

いつになく野性味を帯びた表情で俺を見つめるブラウさんは、いつもよりもなんだか強そうでかっこよくて、ぐっと息が詰まった。

今こんな状態で腹なんて見せられたら、直視できないから。

熱くなっていく頬をごまかすように、俺は「用意してきますね！」とそそくさと席を立った。

♡
♡
♡

リオンは、俺と離れて寝ることができるようになってから、急速にブラウさんの館に慣れていった。

慣れたってことは、エイミさんと二人で遊ぶこともできるようになるわけで。

エイミさんが休憩していると、リオンがたたたとエイミさんのところに行って、一緒に遊ぼうと声をかけることが多くなった。

「ばあや。あちょぼ」

「あらあら、今日はばあやとあそんでくれるのね。ありがとうねリオンちゃん。何をして遊ぼうかしら？」

エイミさんが立ち上がると、リオンはその手を引いて部屋を出て行ってしまった。

その際、後ろを振り返って「ゆっくりしてくださいね」と俺に声をかけてくれることを忘れない。

その日もリオンはエイミさんとかくれんぼをするといって部屋を出て行ってしまった。

エイミさんは廊下で数を数えながら、リオンが隠れるのを待ってくれている。

「エイミさん、いつもありがとうございます」

丁度通りかかったときに数を数えていたので、ありがたくて頭を下げるとエイミさんはニコニコと首を横に振った。

「私も黒狼族の端くれ、こんな年でもまだまだ体力には自信がありますからね」

ふん、と腕に力こぶを作る真似をして、エイミさんはにこにこと俺を見上げた。

黒狼族の特徴である黒い髪は、ところどころ白髪が混じっていて、本人が体力自慢をしてくるけれど、ブラウさんが言うには、だいぶ身体にガタが来ていて、重い物なんかは持たせられないんだそうだ。主でありながら、たまに重い荷物をブラウさんが嫌な顔一つせずに運んでいるのを見かける。

でもリオンはまだ軽く、エイミさんでも問題なく抱っこで移動できるらしい。

「さあ、リオンちゃん、もういいかしら？　数え終わりましたよ」

エイミさんが声を張り上げ、部屋の中で隠れているだろうリオンに声をかける。

その声はとても楽しそうで、リオンをすごく慈《いつく》しんでくれているのがわかる。

本当は先の書斎に行こうと思っていたけれど、足を止めて部屋に入っていくエイミさんを見送った。

途端。

「きゃあああああ！」

いきなり聞こえたエイミさんの悲鳴に、心臓が跳ねる。

慌てて後を追うように部屋に飛び込むと、へたり込んだエイミさんと、俺が背伸びしても届かない程高い棚の上に上がり込んでいたリオンが視界に飛び込んできた。

「うわあああああ！」

俺もエイミさんに負けない悲鳴を上げながら、棚の上にいるリオンに駆け寄って腕を伸ばした。

「リオン！　あ、あぶ、危ないから、早く降りておいで……！」

「あのね、いないいない~ちてたの」

「そうだね！　でもそんなところに隠れちゃダメでしょ！　危な、危ない！」

落ちたらただじゃすまないような高いところからニコニコと手を振るリオンは、今にも落ちそうで見ているこっちが眩暈《めまい》がしてくる。

「あっちゅたん！　ばあやといっちょ？」

「そう、そうだから、待って、身を乗り出さないで……っ！」

「あっちゅたん」

嬉しそうなリオンは、どうやら俺とエイミさんしか目に入っていないらしく、自分が高い場所にいる自覚がないようだった。

棚の上は、俺が背伸びして手を伸ばしても全く届かないほどに高く、足場をもってこようにも目を離した隙《すき》に落ちてしまいそうで、どうにもできない。

「エイミさん、足場を、持ってきてください……！　リオン、そのままじっとしててね！」

「は、はい、すぐに」

エイミさんは何とか立ち上がると、すぐに足場になるものを探しに行った。

この部屋に置いてあるソファは重厚で、だからこそ動かすのにも足場にするのにも適さない。

心臓がバクバクし過ぎて、俺のほうがパニックになりそうだった。

なんでリオンはあんな危ない場所に乗ってるんだろう。どうやって上まで登った？

背中の羽根はまだまだ未成熟で、身体を支えるほどの力はないはず。

「あっちゅたん。あのね、ここ、よいちょちたの」

リオンがにこやかにカーテンを指さす。あああ、そんなよそ見したら落ちるから……！

リオンが怖がっていないのはいいことだけれど、動かないでじっとしていてほしい。

半泣きでリオンを見上げていると、リオンは手を伸ばす俺のほうにむかって、身体を乗り出した。

「ぎゃあああああ！　落ちる！」

リオンの身体が宙に浮き、俺は悲鳴を上げながら手を伸ばす。

リオンをパニックのまま必死で掴み、バランスを崩して倒れ込んだ。

ごつっと鈍い音がして、背中に痛みが走る。

次いで、バキバキッ！　と破壊音が部屋に響いた。

天井とリオンの顔が視界に入る。リオンはようやく自分が落ちたことに気付いたのか、次第にウルウルと大きな瞳に涙が浮き上がってきた。

「あっちゅたん！　うあああああん」

俺は情けなくも、リオン一人を受け止めるのに失敗して転んでしまって、ソファの近くにあったサイドテーブルを壊してしまったらしい。

リオンが寝転がっている俺にしがみついて元気に泣き始めたので、腕を動かしてリオンの無事を確認した。

「よか……ったあああ……リオン、痛いところない？」

「あっちゅた、いたいいたいなの！　うあああ、うあああん」

怪我はしてない。よかった。

背中は痛いけど、それよりもテーブルを壊しちゃったのが、痛い。

「リオン、高いところは危ないんだよ。乗っちゃ、め……」

ぎゅっと眉を寄せてめっとすると、リオンが「ごめんちゃあ……」としがみつきながら謝ってきた。

「謝れて偉いよ、でもね、リオンが危ない場所に行くと、俺もエイミさんも怖いから」

だめだよ、とその状態でリオンに言い聞かせていると、バン！　と扉がすごい勢いで開いた音がした。

「リオン！　アッシュ！」

扉の音と焦った声に視線を動かすと、ブラウさんが大きめの足台を抱えて部屋に飛び込んできたのが見えた。ひっくり返っているので、視界はさかさまだ。

すぐに足台は投げ出され、俺の上から泣きじゃくるリオンが抱き上げられる。

「ブラウさん、すいません、テーブル弁償させてください」

リオンが胸の上から持ち上げられたおかげでようやく身体を起こすことができた俺は、テーブルの惨状に顔を青くして頭を下げた。

「そんなもんいい。怪我は？」

「リオンは大丈夫みたいです」

リオンは安心できるブラウさんの腕に抱き上げられたからか、今度はブラウさんの胸元にくっついてえぐえぐとしゃくりあげている。大泣きは終えたようで、ホッとしながら立ち上がろうとして、ビリっと背中に走る痛みに顔を顰めた。

すると、腕をとられ、ひょいっと身体を起こされる。

「リオンじゃなくて、アッシュのことだ。背中打っただろ。見せてみろ」

「これくらい大丈夫です。それよりテーブルが」

「テーブルは買い直せばいいが、アッシュはそうじゃないだろう？」

「あっちゅたん、いたいいたい？」

険しい顔のブラウさんと、眉を寄せたリオンが俺を見下ろす。

リオンの可愛い顔が涙でぐしゃぐしゃだ。


ソファの背もたれに寄りかかって、背中を晒された。

ブラウさんの手が、ぶつけたところを優しく撫でる。

「くろい」

「そうだな。これは、皮膚《ひふ》の下で血が出ているからこんな色になるんだ」

「ち……！」

ブラウさんの説明に、理解してしまったらしいリオンが目に涙を溜《た》める。

「あっちゅたん、いたいのいたいのぽい！」

リオンがブラウさんと同じように俺の背中に手をくっつけて、おまじないをする。

転んだときなどによく両親にしてもらったな、なんてほんの少しだけほっこりしていると、打ち身部分がほわんと少し温かくなった。

「え……？」

驚いて振り返ろうとすると、またしてもリオンがおまじないを唱《とな》える。

「いたいのいたいのぽい！」

またしてもほわりとそこが温かくなり、フッと痛みが消えた。

「リオン……お前、治癒魔法使えるようになったのか？」

「いたいのぽいちゅる！　ぽい！」

リオンの声と共に、本当に痛みが消えていく。

え、齢《よわい》二歳にして治癒《ちゆ》魔法が使えるなんて、うちの子天才では……？

「リオン、いたいの治ったよ！」

振り返ってリオンを抱き締める。

うちの子才能の塊《かたまり》だよ。

「よく考えればこんな小さいのにあんな高い場所まで登れる身体能力とか、ブラウさんとか俺の言葉をちゃんと理解して実行できる頭脳とか。リオン天才すぎない……？」

呟きながら、心配そうに俺を覗き込んでくるリオンに思わず口元が緩む。

目の前に柔らかいほっぺがあって、俺は思わず自分の頬をぎゅっとくっつけた。

ふよふよのほっぺが気持ちよすぎてデレッとなる。

「いたいのない？」

「もうない！　リオン、治してくれてありがとう」

俺にされるがまま、ただただ俺の心配だけをその顔に浮かべているリオンのふくふくのほっぺをぐりぐりと堪能していると、ブラウさんがリオンの頭をわしわしと撫でた。

「治癒魔法か……元々竜人族だから魔力は高いだろうが、確かにリオンは才能があるのかもな。でもな、リオン。大事な人を心配させるようなことはするな。いいな」

「……あい」

ほんの少しだけブラウさんにきつく注意をされて、リオンはシュンと俯いて、小さく頷いた。

「あっちゅた、ばあや、ごめんなちゃい……」

口を尖らせながらちゃんと謝るリオンに、青い顔をしていたエイミさんもようやく笑顔に戻った。

通常、文字を読める程度の知能がないと魔法は使えないと言われている。

早くて四、五歳、遅くても十歳くらいまでには魔法が使えるようになるので、魔力操作を教えるのは親の大事な仕事だ。

魔力操作を教えるのはもう少し先だと思っていたのに、まだ二歳のリオンにどうやって教えればいいんだろう。

それに、治癒魔法は難しくて、普通の属性魔法を使える様になってから覚えるのが普通だ。

俺は魔力が多いのに不器用で、魔力操作が下手くそだから、リオンにちゃんと教えられるのかが心配すぎる。

兄さんだったらきっと上手に教えてたんだろうな、なんて思いながらエイミさんにいたいいたいぽーんをしているリオンを見ていると、目の前のソファに座って同じくリオンを見ていたブラウさんが、ふむ、と頷いた。

「治癒魔法は俺も使えるから、俺が教えるか？　アッシュは繊細《せんさい》な魔法、苦手だろ。火球で的《まと》を吹っ飛ばしてるのを見て、豪快だなって」

「あれは忘れてください！」

入団当初に魔法の訓練をしていて手加減を間違えた過去を持ち出されて、俺はカッと頬を赤くした。

あれは、緊張していたから！　もう忘れて欲しい……！

でもまさに俺が憂《うれ》えていたことをブラウさんも気付いてくれて、少しホッとした。

「でも正直、俺は雑にしか魔法を使えないので、助かります」

顔を綻ばせて、ありがとうございますと礼を言うと、ブラウさんが目をスッと細めた。

「ここまできたらもう家族も同然。少しは教えるのが得意なつもりだからな。任せろ」

「ブラウさん……」

こうして親身になって貰えるのは、申し訳ないと思う反面、すごく嬉しい。

でも、どこまで頼ったらいいのか、未だに俺は距離感が摑めなかった。

ブラウさんはとても世話好きだからここまでしてくれるんだ。

しばらくしてリオンが落ち着いたら、ちゃんと住む家を探そう。

俺がリオンの親なんだから、しっかりしよう。

そう決意した。


とはいえ、まだまだリオンの夜泣きは続く。

「いつまでブラウさんの世話になるんだろうね」

エイミさんに持たせて貰った小さなランチボックスを開けながら、思わず溢す。

中から小さなお菓子を取りだして、リオンに食べさせると、すごくいい笑顔で「おいち」と食べ始めた。

この大きさの子は、まだまだ一度の食事では十分な栄養をとれないから、間食はとても大事なんだとエイミさんに教わり、そんなことも知らなかったと落ち込むこともあり。

それでも少しずつ世話の仕方を習いながら、自立できるように知識を蓄《たくわ》えていった。

そんな俺にブラウさんとエイミさんが何か言いたそうな視線を向けていたのは知っていたけれど、でもさ、単なる職場の上司に、これほどに世話になってしまうのは、良くないじゃないか。

それに、ブラウさんの負担にはなりたくない。

ブラウさんの下について、その為人《ひととなり》や強さなどに憧れを抱いたから余計に。

昨日もリオンはブラウさんの部屋で寝たので、俺は一人ぐっすり眠れたけれど、ブラウさんは寝ずにリオンの相手をしていたんじゃないのかな。

大物魔獣などを討伐《とうばつ》する、身体が資本のブラウさんは、それじゃダメなんじゃ……。

本人に直接そう言っても、俺の体力を舐めるな、なんて冗談めかして流されてしまうのが、リオンの親代わりとして情けなくて辛い。

ブラウさんは今日は、特A魔獣を狩りに遊撃隊と共に森に出ているので、体調面での心配が尽きない。これでブラウさんが怪我して帰ってきたらどうしよう。俺の責任だ。

溜息を呑み込んで、間食をし終えたリオンの口を拭く。

「これから団長の部屋に行くよ」

「だんちょー？　あい！」

構ってくれる団長のことはリオンも好きらしく、団長室に行くというと、リオンは満面の笑みで喜ぶ。うん、その顔可愛い。

多分よくブラウさんも団長室で執務をしているから余計に好きなんだと思う。

リオンを抱き上げ、必要な書類を手にして団長室に向かう。

部屋に入ると団長しかおらず、やっぱりリオンは少しだけ表情を曇《くも》らせた。


用事を終わらせて執務室に戻ろうとリオンを抱き上げて廊下を歩いていると、裏にある解体場の方がにわかに騒がしくなったのが窓から見えた。

「ブラウさん達が帰ってきたのかな」

俺の呟きに、リオンがキラキラとした目をこっちに向けた。

「ぶあうたん、いく！」

窓の外を指さし、リオンがジタバタとし始める。

「そういえば今日は朝挨拶できなかったもんね。でも、魔獣の解体をしてるからなあ……」

「ぶあうたん！　いこ！　あっちゅたん！」

ね、ね、と急《せ》かされると、ダメとも言えない。

ちらっと覗いて、魔獣の姿を見せなければ大丈夫かなと足を解体場の方に向けた。

解体場では、第三大隊に所属する第十二小隊のメンバーと見習い達が待ち構えているところだった。

まだ解体場の中に魔獣は運びこまれていないのを確認すると、俺とリオンは中に入ってブラウさんを探した。

「まだ遊撃隊は戻ってないんですか？」

第十二小隊長に声を掛けると、小隊長はリオンの頭を一撫でしてから、「もうすぐだ」と教えてくれた。

「特A魔獣を討伐した信号が今さっき見えたところだから、あと半刻くらいしないと戻ってこないんじゃないか？　十一の奴らが荷台を引いて森に駆けて行ったところだから」

小隊長の指さす方向を見ると、まだ信号魔石の光はチカチカと点滅《てんめつ》していた。

「流石遊撃隊ですね」

「ああ。あの人達がいれば安心して撤退《てったい》してこられる」

腕を組みながら朗らかに小隊長がうんうんと頷く。

ここではちょっとの油断や甘い判断が命に直結するから、この小隊長の様にすぐさま撤退の判断を出来る人じゃないと隊長にはなれない。だから、それを徹底するために見習い期間は王都の騎士団よりもかなり長く、見習いのまま辞めていってしまう騎士も少なくない。

多分王都の騎士達よりもここの騎士の方が絶対に強いと思う。王都の騎士学校の生徒達はハイデと比べるとかなり温《ぬる》い腕だったから、その状態で王都の騎士団に就職すると、そのレベルの騎士団になるってことだ。

俺に剣を教えてくれた騎士も、ハイデより強いわけではなかった。

俺が小さいころに通っていた騎士団の主な任務は、王都の外壁に近付いてくる魔獣を討伐したり、街を見回ったりするくらいだ。

正直、騎士学校での思い出はハイデと切磋琢磨《せっさたくま》したことくらいしかなかった。それよりも兄さんと二人、そして途中からミーシャさんと三人で暮らした家でのことの方が俺にとって大事だったから。

ふと思い出したあの楽しかった時のことを心にしまい込むように、俺はその忘れ形見《わすれがたみ》のリオンをぎゅっと抱き締めた。

「あっちゅたん？」

首を傾げて俺を見上げたリオンは、次の瞬間ほんの少しだけ眉尻を下げて、俺の頭をその小さな手でなでなでした。

……もしかして、俺の気持ちがリオンに伝わっちゃったかな。リオンは感情の機微《きび》を読み取るのがとても上手だから。

「リオン大好きだよ」

ふくふくほっぺにチュッとキスをすると、リオンはぎゅっと俺に抱きついた。


解体場に来たついでだからと常備道具類に不備がないか見習い騎士達に手伝って貰って調べていると、裏のドアが開いた。

「もうすぐ着くから大扉開けるぞ」

顔を出したのは、ブラウさん。

見習い騎士達と共にテーブルで木切れを積んで遊んでいたリオンは、顔を輝かせてバッと椅子から飛び降りた。

「ぶあうたん！」

駆け寄るリオンに気付いたブラウさんは、驚いた様に眉を上げた。

「リオンちょっと待て！　俺今討伐後だからかなり汚れてるから！」

ブラウさんに「えー！」と抗議の声を上げたリオンは、キョロキョロしてから、見習いの一人に近付いてズボンをぐいっと引いた。

「ぶあうたん、じゃー、ちて」

「へ？　俺？　じゃー？」

声を掛けられた見習い騎士が戸惑って俺に視線を向けてくる。

もしかして、リオンはあの見習いが水魔法が得意なのを覚えてるのかな。

ブラウさんもリオンの行動を見て目を瞠っている。

その後フッと苦笑して、解体場の真ん中に立った。

「トマ、悪い。水魔法で俺の身体を流してくれるか？」

「あ、はい。ジャーって水のことだったのか。待ってろよリオン。水流」

リオンの頭を撫でた見習いが魔法でブラウさんを丸洗いする。

「熱風」

ブラウさんの声と共にゴォ……と一瞬熱い風が吹き抜けた。

濡れそぼったブラウさんは自分で魔法を発動して、濡《ぬ》れた髪や服を乾《かわ》かした。

ブラウさんは自分の服に返り血や汚れがなくなったことを確認してから、リオンに向かって両手を広げた。

「こい、リオン」

「あい！」

リオンが最上級の笑顔でブラウさんのところに走りより、その腕に突っ込んでいく。

ふわっと身体を持ち上げられて、きゃーっと楽しそうに声を上げた。

「トマ、サンキュ」

「きゅ！」

ブラウさんが見習いに礼を言い、リオンが満面の笑みで、ブラウさんの真似をしてお礼を言った。

ああ……そこには幸せ空間が広がっている気がする。場所が血なまぐさい解体場じゃなければきっともっと幸せだった。

すっかり開かれた大きな扉から外の風が入って来ているので、今のところは生臭さはないけれど。

「掃除は徹底しないとダメだな……」

染《し》みの付いた足下や、少しだけ錆《さ》びている道具が、多分匂いの元だ。

皆が倒した魔獣はここに運びこまれて、念入りに解体されて、それから必要な場所に売りに出されるから、洗浄機能が落ちたら素材の価値も落ちる。

課題は多いな。

溜息を吐いて、必要な道具をメモした紙をポケットに忍ばせると、ブラウさんの側に行った。

「特A魔獣討伐お疲れ様でした。どの種類でした？」

「今日のは魔狼上位種のロックボルトウルフだった。北西の岩場から出てきたハグレものっぽかったから、しばらくの間は魔獣の移動があるかもしれない」

「わかりました。ロックボルトは毛皮も高く買い取って貰えるので助かります」

「肉はまずいけどな」

確かに、と頷いていると、遠くから荷台の音が聞こえてきた。そしてすぐに木々の間から荷台に載せられた大きな毛皮が見えた。

「あっ、と。リオンには解体現場はまだ早いな。腹が減ったから一緒に飯食いに行くか」

「リオン、そろそろガレウス大隊長が執務室に来る時間だから行こう」

流石に倒した魔獣を見せるのはまだ良くないと思って慌てて声を掛けると、リオンはブラウさんの肩越しにじっと外を見ていた。すでに、見られてしまっていた。

リオンは俺とブラウさんの声がけに、珍しく反応しない。

リオンらしくない無表情に、俺は心がザワリと揺れた。

「リオン、行こう」

「リオン、行くぞ」

ブラウさんも何かを感じ取ったのか、その場を離れようとした時、リオンがぽつりと呟いた。

「がうっがうってきて、いっぱいガラガラってにげたの。ぱぱががぶされて、ままが、あっちゅたんくるまで、しーって」

リオンの視線には、一体何が見えてるんだろう。

ブラウさんはそのまま足を進めて、俺と並んで解体場を出た。けれど、リオンはまだ外を見ているかのように、ブラウさんの肩越しにじっと後ろを向いている。

「ままも、がぶって。ばちゃが、いっぱいはちって。がたーんってとまって。がうがうばいばいちたの」

「リオン……？」

後ろを向いたまま、リオンの大きな目にふわっと涙が浮き上がる。

ああ、思い出させちゃった。

解体場に行ったことを後悔しながらリオンを受け取ろうとして、ふとブラウさんの顔が目に入る。

とても険しい顔をしていた。

兄さん達の馬車事故で一番初めに見つけて対応してくれたのがブラウさんだから、その時の状況はきっとリオンよりもブラウさんの方が詳しいはずで。

ブラウさんは一度ぎゅっと目を瞑《つむ》ってから、フッと息を吐いていつもの表情に戻り、リオンの背中を優しくポンポンした。

「よく覚えてたな。偉いなリオン。それに、リオンはアッシュを見るまで泣くのも我慢できてたもんな。お母さんの言いつけを守ったんだな。偉かったぞ」

「ん」

ぐっと下唇を噛んで頷いたリオンは、ぎゅっとブラウさんの肩に顔を埋めた。

ああ、見つけてくれたのがブラウさんでよかった。

そして、頼りにされたのに何も出来なかった俺の非力さに更に後悔が上乗せされる。

俯いた瞬間、フワリと手に何かが触れた。

まるで包み込むように、ブラウさんの尻尾が俺の腰に回る。

「アッシュは頼りになるからな。ちゃんと迎えに来ただろ？」

「ん。あっちゅたんちゅよい」

「ああ。俺の見込んだ男だ。頼りになるぞ」

「あっちゅたん、いるしゃまをえいってちたの。あと、しーって、おじちゃん、まいりまちたって」

ブラウさんの言葉にパッと顔を上げたリオンの目から、すでに涙は引いていた。そして、いつものように目をキラキラさせて、午前中の日報回収をとてつもなく要約してブラウさんに報告していた。

その報告に思わず顔を綻ばせる。

ちゃんと説明出来るの偉いぞ。流石うちの子。

ブラウさんの尻尾とリオンのキラキラに元気づけられ、俺もなんとかいつも通りの顔に戻ることが出来た。


その日の夜、ブラウさんはリオンが寝付いたのを確認すると、そっと俺を自室に呼び寄せた。

言われた通りにソファに座ると、隣にブラウさんが腰を下ろす。

そして、兄さん達の事故の調書を見せてくれた。前にさらっと見せて貰ったことはあったけれど、ここまで詳しいことは載っていなかった。


『操作を誤り荷馬車が渓谷付近の道で崖下に落ちる。

その滑落《かつらく》により、御者の男性、荷台に乗っていた女性が死亡。

荷馬車は多大な損傷があり、乗せられていた荷は大半が破損していた。

二名の遺体は魔獣により欠損あり。しかしすでに事切れていたことから、それほど食い荒らされることなく魔獣はその場を離れたとみられる。

生存者一名、騎士団員により保護される』

兄さん達が使っていた荷馬車の無残な姿と、潰れて粉々になった荷物は引き上げた時に見せて貰った。

無事だったのは、父さんの時代から使っていた魔法鞄と兄さんが使っていた魔石職人が使う強度の高い工具類だったので、魔法鞄だけは手元に置いて、工具は手放した。

魔法鞄は普通の鞄に偽装《ぎそう》されていて、見る限りはそうとは見えない。父さんが兄さんと俺の魔力を登録していてくれたので、今はもう開けられるのは俺だけだ。内容は落ち着いたら見ようと、それが魔法鞄だということは報告していなかった。だって取り上げられたらリオンに残してあげられる物がなくなるから。

リオンを抱きながらの検分は辛かったけれど、他にも少しでもリオンに何かを残したいと思ったので、必死で形ある物を探した。

けれど結局は服や食器などはもう使えないような状態になっていたので、残ったのはボロボロの鞄だけだった。

俺はそっと胸元を押さえた。もう一つ、もう一つだけ、形見になるものはある。

ここに、まだ両親が存命だった時に兄さんが両親からもらい、両親が亡くなった時に兄さんが俺にくれたものがここに下がっているんだ。それも、リオンが大きくなったら渡そうと思っている。

でも、今はまだ、俺がこれを手放せそうもない。リオンがもう少し大きくなって、俺がこれを手放せる様になったら、リオンのお父さんの形見だと渡そう。今だけは、俺の支えにしてもいいだろうか。

渡された調書は、前とさほど変わりないように見えた。

けれど、隣に座るブラウさんは、いつもよりも雰囲気が重い。

尻尾が俺を守るようにくるりと身体に巻き付いていて、自然と俺の眉も寄ってしまう。

「……アッシュも解体場でのリオンの言葉を聞いただろう？」

「はい……でも、あの時はリオンをあの場から離さないとって思ってて……でも正直あれだけしっかりと状況を覚えているとは思いませんでした」

「ああ」

ブラウさんは俺の言葉に頷くと、険しい顔付きで俺の方に視線を向けた。

「リオンは、魔獣に襲われて両親が亡くなったって言ってたんだ」

「……え、でもそれって」

「魔獣に襲われて馬車で逃げた。でも、結局は魔獣によって二人は死んだ、と、はっきりと言っていた」

「全然、状況検分と違いますよね」

荷馬車が滑落してから魔獣に襲われた、と書かれていたあの調書は、状況からそう読み取ってブラウさんが書いたものだ。森や領地を守る騎士団は、馬車事故の調書もある程度の数書いているので、間違えるということはないはず。

怪訝な顔でブラウさんを見返すと、ブラウさんは大きく息を吐いた。

「少なくとも、俺が見た限りは調書のような状態だった。でもなあ……唯一の当事者であるリオンが間違うなんてこと、ないんだよ」

「リオンが二歳だということを考慮に入れて……ミーシャさんの腕の中にいたら状況はそれほど、わからない、かも……」

言いながらも、俺もそれはないな、と俯く。

あれだけ賢《かしこ》くて、人の機微に聡《さと》いリオンが、しっかりと聞こえていた音を間違えるわけがない。

「道で魔獣に襲われて逃げる途中に馬車が落ちたなら、まあわかるんだ。けどなあ、俺があの場に駆けつけた時には、『滑落した荷馬車を魔獣が襲った』んだと思ったんだ」

その言葉に、ざっと背中に冷たい汗が流れた。

それってもしかして、ガンドレン帝国からミーシャさんを追ってきた竜人族、とか……。

ぎゅっと眉を寄せていると、ブラウさんがおもむろに腕を組み替えた。

「俺は、純血の黒狼族で、その地を治める血筋の出だ。だからこそ入ってくる情報もある。例えば、竜人族のこととか」

ブラウさんの言葉にハッと顔を上げると、腕組みして背もたれに背中を預けたブラウさんが尻尾をパタリと動かした。

人族が知る竜人族のことは、全ての能力に於《お》いて人族よりも秀《ひい》でているということと、人族を下等生物とでも思っているのではないかということくらい。この国は竜人族はハーフくらいしかいないので、あまりその違いを感じたことはないけれど。

「リオンはハーフでも力は多分そこら辺の傍系《ぼうけい》竜人族よりもよほど濃い竜人族の血を持ってるんじゃないかと思う。竜人族にとって羽根の大きさは能力の大きさに比例するんだ。リオンの羽根は、あの歳にしてはとても立派だ。直系の竜人族と大差ないほどに。アッシュがどれほどのことを知っているのかはわからないが、多分母親は純血の直系《ちょっけい》の血筋なんじゃないか？」

ごくり、と俺の喉が鳴った。

そういうことまでわかっちゃうんだ。

俺はブラウさんから視線を外して、俯いた。

「……俺も、ミーシャさんの家のことは詳しく知らないんです。多分それは兄さんも。だって倒れていたミーシャさんを放っておけず成り行きで保護することになって、そして兄さんと恋に落ちて家族になったので。ミーシャさんは一度も家名を名乗りませんでした」

ただ、多分帝国でもかなりいい家柄だったのはわかる。

だっていくら竜人族と言っても、平民やハーフなどは、そんな身体的特徴が劣っているだけで蔑《さげす》んだり閉じ込めたりはしないと思う。羽根がないからと蔑むのは自身が立派な羽根を持ち、それを誇れる身分がある者だ。

「……とりあえずは、リオンは母親の血のどこかに竜人族の血が入っているらしい、で通す。それと、馬車の調書は……そのままにして、終わったことにした方が良さそうだな」

呟いた言葉は、とても疲れたような声だった。

「……俺もそう思います。リオンを危険にさらしたくない。リオンは俺の子です。俺が全力で守ります」

もしもミーシャさんの追っ手がリオンに気付いたら。そしてリオンをまた狙ってきたら、なんて思うと、怒りがふつふつと湧いてくる。

顔を手で覆って努めて冷静でいようと深呼吸していると、そっと肩に腕が回った。

「俺の家も多少はこの国で力を持っているからな。俺もリオンは可愛い。俺にもリオンを守らせてくれないか？」

肩に回った腕が、とても温かくて、力強い。

「今現在も迷惑を掛けまくりなのに、どうしてそこまで俺達によくしてくれるんですか？」

顔から手を外してブラウさんを見ると、先ほどよりも優しい目をしていた。

「俺は子供が好きでね。それと、大事なうちの事務官のためにもせめて仕事以外の負担は減らしたいと思ってるんだよ」

フサリ、と黒くてつややかな毛並みの尻尾が俺の手を撫でていく。それに胸がぎゅうんとして、思わず手でその毛並みを堪能した。

尻尾を撫でる手に合わせて、ブラウさんの目がスッと細くなる。

それはとても、何か熱を含んだような視線で、見られているだけの俺も、心臓が跳ねた。俺相手にそんな色っぽい目をしてもどうかと思うんだけど……！

ドキドキしながら尻尾を堪能していると、ぐっと肩に回っていた腕に力が込められ、俺の身体がブラウさんの胸元に倒れ込んだ。

気付いたら、ブラウさんの膝の上で仰向けにブラウさんを見上げる形になっていた。

「え、あれ？」

動きがスムーズすぎて抗《あらが》う隙もなかった。

「俺に助けられてろよ。沢山甘えてくれ。リオンと共に」

覆い被さるように身を屈め、とても間近に迫ったブラウさんの囁くような言葉に、俺の脳味噌《のうみそ》は一瞬にして沸騰《ふっとう》した。

そんなこと。今まで誰かに言われたことなんて一度もなかった。

けれど、その言葉は、その綺麗な深い蒼の瞳と相まって、俺の心臓をぎゅっと鷲摑《わしづか》んで、離してくれなかった。

モフモフの尻尾と戯《たわむ》れて、落ち着いたところでブラウさんと話し合った結果、結局は馬車の事故は訂正せずにそのままにすることにした。

「でもむしろ調書だけでも生存者がいたということは訂正した方がいいかもな」

「でも辺境の街ではリオンのことは広く知れ渡ってますよ」

「いや、リオンがアッシュの元に来た経緯は知ってるが、その事故現場は俺達しか見てないし、どこの事故でとかそういうのは時間が経つと少しずつぼやけていくものだからはっきりと言わなければ問題ない」

「そういうものでしょうか」

いまいち納得いかなくて首を傾げていると、ブラウさんがクッと口角を上げた。

「故意にこういう事故を起こさせるようなヤツは、大抵権力者だ。そして、権力者ってのは調べる場合、街の噂なんて信憑性《しんぴょうせい》の低いものよりも、こういう誤魔化しの利かないちゃんとした書類の方をしっかりと調べるものなんだよ」

確かに、調書とリオンの発言の誤差を考えると、殺人を完璧《かんぺき》な事故に見せかけたのかもしれないとは思う。

でもそこまでして、どうして事故に偽装しないといけなかったのか。

裏には俺なんかが知ることもできない何かがあるんだろうか。

もしもその相手が、ガンドレン帝国から秘密裏に亡命してきたミーシャさんの血筋を絶つことが目当てだったとしたら、次はリオンが狙われるわけで。

ミーシャさんはばれないように逃げたと言っていたし、俺たちが保護したとき、誰にも見られてい

ないはずなので、そうそうばれることはないと思っていたけれど。

貴族のことなんて何も知らない俺なんかが想像もつかないほど、ミーシャさんが逃げ出した一族は力があるんだろうか。

でも、今はそんな考えてもわからないことに頭を悩ませている暇はない。

「調書の内容弄って捕まりません？」

「調書を書いたの俺だぞ？　そんで、馬車の検分に立ち会ったのは俺と辺境伯様とその側近だ」

事故なら見慣れているブラウさん達が検分しても、事故だと結論づける程に違和感がなかったらしい。偽装だとしたら、凄腕《すごうで》と言わざるを得ない。むしろそこまですることが信じられない。

だからといってリオンが間違っているとは、俺もブラウさんも絶対に思わなかった。

ということは、やはり何らかの作為《さくい》があるってことで。

話を聞いていて、だんだんと胃が重くなっていく気がする。

何かとてつもない大きなものに巻き込まれているような。

でも、と俺はぐっと手を握りしめた。

ちゃんとリオンが生きて見つかったのだから、その相手はリオンが生きていたことに気付かなかったってことだ。そうじゃなかったら絶対に殺しているはずだから。

だったら、あの事故でリオンが生き残っていたことは、書類に残しちゃだめだ。

ぐっとこぶしを握って息を詰めていると、ブラウさんが落ち着くようにと俺の背中をポンポンとした。

「この調書はまだ、辺境伯様のところに提出してないから、あの事故の詳細はまだ、公表されてない。それに」

ブラウさんは目を細めて口角を上げると、まるで悪だくみをするような顔つきをした。

「辺境伯様は、信頼に値する人物だ」

「じゃあ辺境伯様も巻き込んで調書の内容を少しだけ書き直しましょう。リオンのために」

リオンが狙われ続けることだけは絶対に嫌だ。

リオンは健やかに毎日楽しく元気いっぱい育てるんだ。

リオンのためなら俺はどんなことだってできる気がする。こういう調書の改ざんでも。

決意を新たにしていると、ブラウさんにもう一度背中をポンと軽くたたかれた。

「改ざんなんかはしない。ただ、それほど重要じゃないことを省こうかなと思っただけだ」

「物は言いようですね……くそ、いまさらながら悔しい。今すぐ乗り込んでいって相手の首を身体と分離させたい」

事故だったら、まだ諦められた。けれど、それが故意だったら。そう思うだけではらわたが煮えくり返りそうだ。

奥歯を噛み締めた瞬間、ブラウさんの尻尾が俺の身体に巻き付いた。緩やかに動くその尻尾が、まるで落ち着けとでも言っているようで、沸騰した頭が沈静していく。

「復讐したらリオンが一人になるからやめとけ。そういうのは、しかるべきタイミングが来ると自《おの》ずと出来るもんだ。それを見極めないと、自滅するぞ」

「……はい。しかるべき時が来たら、一気に殲滅《せんめつ》してやる……！」

うちの子をこれ以上危ない目にあわせやがったらただじゃおかない、そう呟いた瞬間、ブラウさんがフハッと噴き出した。

「その意気だ。まあ、むしろ今の話題は騎士団の鬼の事務官が甥っ子にはとんでもなく甘い顔をするってことのほうが主題だから、そのままリオンを可愛がってればいい」

ブラウさんは、調書の中の最後の一行を消した。

嘘《うそ》は吐いてない。ただ、情報を全て書かなかっただけ、というスタンスを貫《つらぬ》くらしい。些細《ささい》なことは省くのが当たり前だからだと。

いつも皆の日誌から情報を読み取る方としても、書類一枚から故意に事実を抜いたら、状況を読み取るのはすごく難しくなるので、手段としてはとても有用だった。

……騎士団の報告書では絶対に使ってほしくない手段だけど。

やってないよね？　と横目でブラウさんを見ると、ブラウさんは悪びれることなくニッといい笑みを浮かべた。

騎士団の方の定期報告の書類一式を鞄に入れてリオンを抱き上げ、片腕の力で馬の背に乗った。リオンを俺の前にしっかりと座らせて、リオンのために付けた取っ手を握らせる。

「リオン、これは絶対に離しちゃだめだよ。それといきなり動くと馬さんがびっくりしちゃうからじっとしてるんだよ」

「あい！」

「用意できたか」

「あい！」

すぐ横に馬に乗ったブラウさんが近付いて声を掛けてくる。

リオンは顔を上げて、「おでかけ！　ぶあうたんとあっちゅたんとおでかけ！」と喜んでから、アッと慌てて口をおさえた。

「うまたん、びっくりね」

「リオン、馬のことを考えられるなんていい子だね。そうだね。馬さんびっくりしちゃうね。降りたらなでなでさせてもらおうね」

「あい」

ニコッと嬉しそうに笑うリオンが可愛くて、思わずその小さな頭にキスをする。

すると、隣から視線を感じて、ふと顔を上げた瞬間、ブラウさんと目が合った。

「親愛のキスか？」

「ええ。家族ですから」

にっこり返すと、ブラウさんはふと考えてから、独り言の様にぽつりと呟いた。

「俺がしたら……怒られるか？」

しっかりと聞いてしまった俺は、首を傾げた。

ブラウさんもリオンに親愛のキスをしたかったんだろうか。まあリオンは可愛いし愛らしいからキスしたくなるよね。

他の人だったら家族である俺の特権だから、って突っぱねるけれど、ブラウさんの場合は家主であり、お世話になっている人であり、一つ屋根の下で暮らしているし、家族枠にギリ入るのでは？

「ブラウさんならむしろ嬉しいかもです」

「あ、え……!?」

俺の返答に、ブラウさんはいつになく動揺しているみたいだった。

もしかしてやっぱりさっきのは独り言だった？

聞いてしまってちょっと申し訳ないな、と思い、俺はさっさと馬を歩かせ始めた。

♡　♡　♡

目の前にお茶とお菓子を出されて、俺は困惑していた。

隣には目を輝かせているリオンが座っていて、リオンを挟んだ向こう側にブラウさんがくつろいでいる。

テーブルを挟んだ向かい側には、三十代後半くらいの見た目年齢の紳士……アックス・エスクード辺境伯様がニコニコしながら座っていた。トラスト団長と同じ歳だと聞いてたんだけれど……。

その人好きのする笑顔からは、年齢は読み取れなかった。

そんな辺境伯様の視線はひたすらリオンに注《そそ》がれている。

「元気になってよかったね！　さあさありオンくん。遠慮なく食べたまえ。沢山食べて大きく育つんだよ」

リオンの前に手ずから取り分けてくれた辺境伯様は、チラリと俺を見て、ふ、ふふ、と笑み崩れた。

「あーと」

リオンが頭をぺこりと下げてから、うずうずしながら俺を見上げてきた。

食べたいんだろうな。目の前のお菓子を。でも俺のゴーがないとダメだからとチラリとこっちを見る上目遣いがいい。

「お礼を言えて偉かったね。辺境伯様自ら分けてくれたものだから、食べていいよ」

「あい！」

シュバっと手を上げて、リオンがフォークを手にする。

クリームをふんだんに使ったお高そうなお菓子は、リオンが一人で食べるにはとても難しそうで、ハラハラしながら見守ってしまう。

リオンが中心にざくっとフォークを刺し、勢いよく持ち上げると、載せられていた果物《くだもの》がごろりとテーブルの上に落ちてしまった。

「あ」

最近はリオンが自分で食べると言って頑張っているから、俺は布巾《ふきん》を手に見守っていたけれど、流石にこのお菓子は難しすぎる気がする。

俺がフォークを手にしてリオンのものを掬おうとすると、「め！」と怒られてしまった。

「リオン、これはちょっと食べるのが難しいんだよ」

「め。じぶんでしゅる」

「あああその心意気《こころいき》は素敵だけれども……」

あとで結局食べられなくて泣くのが目に見えている。

こういうときどうすればいいんだろう。辺境伯様の前だと下手なことも出来ないし、何より、こういうときにどういう作法をすればいいのかいまいちわからない。

でも自分で頑張るリオンを応援したい。

辺境伯様の館で辺境伯様の目の前じゃなかったら！

あうあうしている俺を横目に、ブラウさんが自分の前に出されたお菓子に載っている果物をフォークで刺した。

「リオン。お前の果物、落ちちゃったぞ？　それを拾って食べるのはマナー違反なんだ。それにな、目の前のおじちゃんはお前の口の周りがクリームだらけになるのを見たいだけなんだ。そんなところを見せてやることはないから、こっち向け」

「くいーむ？　おくちを？」

「そう。ほら、あーん」

目の前に果物を差し出されて、リオンが釣られたように口を開ける。そこにブラウさんが果物をカポリと突っ込むと、リオンはモグモグと口を動かし始めた。

「おいち」

「そうだな。美味いな。でも、リオンのものはもう落ちたから食えない」

「あ……」

リオンはテーブルの上に転がっているクリームまみれの果物を見て、何かを考えているようだった。

そして、ポケットにしまわれていたハンカチを取り出して、それを包んだ。そして、ゴシゴシと散らばったクリームを拭き始めた。ただただクリームがのびただけのような気がするけれど。

「お。ちゃんと片付けもできて偉いな。でも出されたものはしっかりと綺麗に食べないといけないから、今日はアッシュに食べさせて貰え」

「あい」

ブラウさんの言葉に何やら納得したようで、リオンは持ち手の部分にまでクリームの付いているフオークを「はい」と俺に差し出した。

思わず目尻を下げながらそれを受け取る。

「ちゃんとお話が聞けて偉いよリオン。じゃあ、今日は俺にあーんさせてね」

「あい」

あーん、と口を開けたので、クリームとふわふわの生地を一緒に掬ってリオンの口に入れた。

ちょっと大きかったみたいで、口の横にクリームが付いた。

ふは！　と目の前で噴き出す声が聞こえてきたけれど、俺はリオンにお菓子をあげるのに一生懸命すぎて、そっちを気にする余裕はなかった。

大きめのお菓子が一つ丸々リオンのお腹に入ると、リオンは満足した様に可愛らしくフーと息を吐いた。

「いっぱい」

お腹が苦しいのか、俺に寄りかかってくるリオンを抱き上げ、口の周りを改めて拭く。綺麗になった顔はいつも通りふにふにで可愛らしく、お腹いっぱいで満ち足りたその顔に、俺も一緒になって満足してしまった。

「いやいや。聞きしに勝るとはこのことだね。鬼の顔が蕩けている」

耐えられなくなった様に盛大に笑った辺境伯様は、笑いを収めた瞬間そんなことを言い出した。

「それになんだ。リオン君の顔付きが、この間と全然違うな。アッシュ君を信頼しきっている。リオン君とはそれほど交流が持てなかったと聞いていたが」

リオン君の住んでいた王都とここでは距離が離れているだろう？　と首を傾げた辺境伯様に、俺はリオンの背中をポンポンしながら説明した。

「ブラウ副団長に取り計らってもらって、半年に一度は半月程度休暇を貰ってリオンに会いに行ってたんです。顔を忘れられたくなくて」

んふ、と辺境伯様の口から変な音が飛びだした。

「確かに、なかなか会えない同種族の子供達とは小さい頃に遊んであげても次に会ったとき誰？　と泣かれたりはするが……くっ、それが、嫌だったのか……」

「はい。リオンがあまりにも可愛すぎて、むしろここを辞めて王都の騎士団に入団しようかとすら思いました」

「お、思いとどまってくれてよかった……。ブラウ、君には優秀な事務官を引き留めることが出来た報償《ほうしょう》を」

「いりませんね。むしろアッシュがいないと俺が困るので。当たり前の措置《そち》です」

「むしろ君たちはあれだね。三人で家族に見えてしょうがないよ……く、ふふ」

辺境伯様の「家族」という言葉に、胸が温かくなって思わず微笑んでしまう。

本当は俺がブラウさんに寄りかかってしまってるだけなんだけど。

でも辺境伯様とブラウさんはそこまで俺を買っていてくれたなんて、と感動している間に、話は進んでしまった。

「そういえば調書を確認したよ。少し気になるところがあったのだが、それは説明してくれるのかな？」

辺境伯様の言葉に、俺は背中を伸ばした。


「辺境伯様の目から見て、あの事故は俺が出した調書の通りに見えましたか？」

ブラウさんの問いに、辺境伯様は迷いなく頷いた。

「間違いはなかった」

「でしたら、問題ありません」

実際にはありまくりだけど、と俺は心の中で突っ込む。

リオンが言っていた言葉を信じるなら、あの調書のように事故に見せかけるため、誰かがあの現場に手を入れたということだから。

よくまあリオンは見つからなかったなと思う。……本当に見つからなくてよかった。

ちゃんとミーシャさんの言葉を聞いて本当にいい子だったよね。

思わず隣に座っているリオンにぎゅっと抱きつくと、リオンが嬉しそうに俺の膝によじ登ってきた。

俺に抱きついてから、辺境伯様の方に顔を向ける。

辺境伯様はリオンと目が合うと、すっと目を細めた。

「リオンくん。君に質問してもいいだろうか」

「あい」

リオンはにっこりと笑って俺に抱き着きながら頷いた。

では、と辺境伯様がきれいにそろえたひげをひと撫でしてから背筋を伸ばした。

「馬車から助け出されるまでは、怖くて声を出せなかったのかな」

「んーと、ね」

リオンは首を横に振った。

「ままね、あっちゅたんがくるまで、しーってちなちゃいって」

「アッシュ君がくるまで、とお母さんが言ったのかね？」

「ん。あっちゅたんたちゅけにくるって。だからそれまでしーって。あのね、しーがんばったの」

辺境伯様は目をぱちくりしてから、俺を見た。

「リオンの母親が、俺が絶対に助けてくれるから、それまでは声を出してはいけないと言い聞かせていたようです」

「待て……それではやはり……」

そこからもう矛盾が生じるんだということに、辺境伯様は気付いたらしい。

少しの間だけ考え込んだ辺境伯様は、パタ……と遠慮がちに動いているリオンの背中の羽根を見てから、真顔でブラウさんに視線を向けた。

意味深な表情で見つめ合う二人は、何やら音声のない会話をしているようだった。

「ひとまず、わかった。リオンくんは元気になって本当に良かった。またおじちゃんのところに遊びにおいで」

「あい。おいちいのある？」

「ああ。用意しよう」

「あい！」

にこやかに手を上げて返事をするリオンに苦笑しながら、俺は冷めた紅茶の入ったカップを手にした。


ブラウさんはまだやることがあるそうで、俺はリオンと二人で帰ることになった。

今日はもう早く上がっていいとのことで、馬を返したらあとは帰宅するだけ。

リオンは乗馬がとても楽しいらしく、馬に乗ると途端に目を輝かせていた。

あんな事故があった後で馬や馬車を怖がらないようでよかった。荷馬車を見かけると少しだけ身体が固まるけれど、普通に乗る箱型の馬車は外見が違うからか、過剰《かじょう》な反応はしなかった。

「うまたん！」

「気持ちいいね」

「うん！」

弾んだ声を出すリオンがとても愛おしくて、胸がつきんと痛む。

あたりはもうそろそろ夕日のオレンジに染《そ》まるという時間。

いつもよりもちょっとだけ早い帰宅。

だったら、今日は思いっきりリオンと遊び倒そうか。

ふと兄さんたちを思い出して、寂しいと思わないように。俺も、リオンも。

「今日は馬を返したらエイミさんのいるお家に帰ろうね」

「やったあ！」

両手をぱちぱちと叩くリオンを片手で支えながら、はしゃいだら危ないよと胸元に引き寄せる。

これから先、リオンが怖い思いをしなければいいのに。楽しく笑って大きくなってくれたらいいのに。

俺を見上げるその蜂蜜色の瞳が曇らないように。

どんな者がうちの子の目の前に立ちはだかろうとも、俺が全員なぎ倒すから。完膚《かんぷ》なきまでに叩き潰してやる。

一方、辺境伯邸に残ったブラウは、辺境伯に勧められるまま、夕日の差す時間からグラスを片手に銘酒《めいしゅ》を味わっていた。

「さて、今度こそ詳しい話を教えてくれるんだろうね」

「遮音《しゃおん》の魔法は展開してますよ」

くつろぎながら、ニヤリと笑う。

「私も現場に行ったが、おかしなところはなかったように思う」

「だからこそ、おかしいんですよ。リオンが言うには、魔獣に襲われて荷馬車で逃げたと。もう駄目だと思った母親が、アッシュに会うまでは絶対に声を出してはダメだと言い聞かせながらリオンを抱き込み、何かの脅威《きょうい》から守っていたようですね」

「しかし……亡くなった夫婦の遺体は、滑落の事故で息絶え、その後魔獣に襲われたのではなかったか。出血が少なかったから、もうこと切れた後に魔獣に喰われたようにしか見えなかったが……」

ふむ、と辺境伯は顎髭《あごひげ》を撫でると、自分でグラスに酒を注いだ。

「……リオンくんは竜人族のハーフか……」

「ええ。立派な羽根と鱗《うろこ》があります」

「見たのかね？」

「一緒に風呂に入りますんで」

ブラウの言葉に、辺境伯がぐふ、と変な音を出す。

かろうじて噴き出すのをこらえた辺境伯は、はー、と盛大な溜息を吐いた。

「しっかりと父親してるねえ。アッシュ君そっくりで可愛いからな」

「ええまあ」

しれっと頷くブラウに、辺境伯はにやにやと嫌な笑みを浮かべた。

「さりげなくアッシュ君に尻尾を絡めて周りを牽制するあたり、本気か」

「ご想像にお任せしますよ。ただ、ちょっとアッシュがうちに迷惑が掛かるからと出て行こうと頑張ってるので、うちにいたいと思わせるのにこの尻尾と耳を使って試行錯誤《しこうさくご》しているところです。……それで、あの調書はそのまま受け取ってもらえるってことですかね」

カラン、と魔法で作られた氷がグラスの中で揺れる。

そのグラスに入った琥珀《こはく》色の液体にオレンジ色の光が反射して、キラキラと光るその色がアッシュとリオンの瞳を彷彿《ほうふつ》とさせた。

「そういえば、最近、帝国のほうでちょっとした揉《も》め事《ごと》があったらしいな」

「……」

静かにグラスを傾ける、ブラウの頭上にピンと立っている耳だけが興味深げにピクリと動く。

「詳しい話は王都で止まってしまうのでなかなかここまで入ってこないんだが……高位の貴族家で、

家督《かとく》争いがあったとか。この国は最近帝国と懇意《こんい》にしているから、巻き込まれないといいがね……」

「ガンドレン帝国……か」

そういえばリオンの母親の詳しい出自など、聞いたことがなかったな、とふと思う。

アッシュが生粋の人族でリオンが竜人族のハーフだから、リオンの母親が竜人族で間違いがないんだけれど。

あの時リオンを守っていた女性は、見る限り人族にしか見えなかった。

その背に羽根はなく、うろこも見えるところにはなかったと記憶している。

けれど、リオンのあの立派な羽根は、少なくともどちらかは純血に近い血筋じゃないと出ないはずで。

この国には竜人族がほとんどいないので、そういう情報は市井《しせい》まではいきわたらないけれど、貴族家の息子であるブラウはある程度深い貴族知識を持っていた。

「……とりあえず。ブラウがどうしたかったのかはわかった。調書はあの状態で預かるよ。欲しがるとしたら私のところの調書だろうからね。ブラウは引き続きあの二人をよろしく頼む。くれぐれもほかに逃さないよう」

「わかってます。辺境伯様も何かあればぜひ情報をいただきたく」

「もちろんだとも」

「あ、あとアッシュに情報を流すのはやめてくださいね」

ブラウが辺境伯にくぎを刺すと、彼は驚いたように目を見張った。

「どうしてだね？　一番情報を持っていたほうがいい人物だろう」

「一人で飛び出して相手を細切れにしかねないんで。あの可愛らしい見た目を裏切って熱い男なんですよ」

少しでもあの事故のことで人為的なものを思わせる情報がアッシュの耳に入ったりしたら、きっと剣を片手に飛び出してしまう。なまじ腕が立つから引き留めるのも難しい。

(俺が御《ぎょ》せればいいんだが……無理だな)

リオンを抱き上げて蕩けるアッシュの顔を思い出し、ブラウはほんの少しだけ顔をほころばせた。

三、アッシュの過去（王都）

俺が十歳の時、両親が殺された。

騎士団に剣を習いに行って帰ってきたときに何か家の様子がおかしいことに気がついた俺は、恐《おそ》る恐《おそ》る父さんの仕事場に声を掛けた。

けれど父さんの返事はなく、フワリと鉄のような匂いが鼻について、俺は返事も待たずに部屋のドアを開けた。

――床が一面赤くなっていて、その上に父さんの仕事道具と、父さんと母さん二人の身体がピクリとも動かずに転がっているのが見えた。

「……ッ、え、何、これ……っ」

ただただそこに突っ立って目の前の壮絶《そうぜつ》な光景に固まっていたら、学校から帰ってきた兄さんの悲鳴で我に返った。

「父さんッ母さんっ！　アッシュは、怪我は!?」

「だ、いじょうぶ、でも……っ」

兄さんは真っ青な顔で、俺の身体中に触れ、怪我の有無を確認した。そして怪我がないのがわかると、ぐっと引き寄せ、俺をぎゅうっと抱き締めた。

俺は、ただただ怖くて、ガタガタ震えていることしかできなかった。

すぐに近所の人が異変に気付いて騎士団を呼んでくれたらしく、さっきまで俺に剣を教えてくれていた騎士達が家の中で呆然としていた俺と兄さんを連れ出して、中を色々と調べたり、両親を教会に運んだりしてくれた。

「単なる、物盗り……」

「どうやら抵抗したらしくてな。騒がれて捕まるよりは家人を……という物盗りは珍しくないんだよ」

後日説明してくれた騎士は、沈鬱《ちんうつ》な表情でそう説明してくれた。


その日、うちからなくなったのは、父さんの仕事用の加工前の魔石と現金、そして両親の命。

床一面の赤は綺麗に消えてなくなり、前と同じ床に戻っていた。

兄さんは色々と動いてくれていたのに、俺はあの現場を見てから三日くらいは何も考えられなかった。何を食べたかも覚えていなくて、何時に起きて兄さんとどんな会話をしたのかも、殆ど記憶にない。

我に返った時には、兄さんと共に教会にいて、両親に別れを告げていた。

遺体を残しておくとアンデッドになってしまうので、葬儀が終わったら速やかに火葬にし、教会の共同墓地に埋めてもらうことになった。

「安らかな眠りを……」

兄さんが涙を流しながら、父さんたちを燃やしている火を見つめて呟いた。

俺の手を握っていた兄さんの手にぐっと力が入り、その痛みで我に返った俺は、燃えさかる炎の前で、二人が死んでから初めて声を上げて泣いた。


家に帰ってくると、兄さんはしゃがんで俺に視線を合わせ、少しだけ辛そうな笑みを浮かべた。

「もう俺とアッシュ二人だけの家族になっちゃったけど、俺、アッシュがちゃんと大きくなれるよう頑張るから。アッシュも手伝ってくれるか？」

「うん……父さんと、母さんはもういないもんね……」

また溢れそうになる涙をぐっと歯を食いしばって堪えると、兄さんが俺をぎゅっと抱き締めた。

「そうだね。俺は、父さんの請け負っていた仕事を続けるよ。幸いやり方はかなり習ってたから」

「兄さん魔石加工が上手だもんね。俺は、全然ダメだったけど。手伝った時、魔石をボロボロにしちゃって父さんに怒られたもん」

「アッシュは魔力量が多いから、繊細な操作が俺よりも格段に難しいんだよ。それはそれで才能だから」

肩に手を乗せ、兄さんが大丈夫、と頷く。

そして、ふと思い出したように、自分の首から一つのアクセサリーを取り外した。

革の紐でくくられている、珍しい模様の入った美しい魔石だった。

それは物盗りが入る少し前、父さんが買ってきた魔石の中に紛れ込んでいたものだった。

他の魔石と色は一緒なのに、鉱山で採れる魔石じゃないのかなんなのか、どうやっても加工が出来なかったらしい。

他の赤い魔石と紛れて入っていたそれは、石の中央に黒い模様が入っていた。

すごくかっこよくて欲しいと思ったけれど、兄さんもいつになくそれを気に入って欲しいと呟いたので、兄さんに持っていてもらうことにした魔石だった。

母さんに革紐で首にさげられるよう加工して貰ったそれは、兄さんがとても喜んでいたものだった。

「これ、でも、兄さんが大好きなやつじゃ」

「うん。でも俺は父さんの工具を形見代わりにもらうから。アッシュはそういうのないだろ。だから、今度はこれをアッシュが持ってて」

形見。

その言葉に、俺は俯いてから、そっと頷いた。

兄さんが俺の首にそっと掛けてくれる。

その魔石を服の中にしまうと、ほんの少しだけ温かいような気がした。

兄さんがあと半年ほどで卒業するはずだった商業学校を辞め、魔石職人になってからは、俺が慣れない家事を請け負うことになった。

何度野菜が消し炭になったかわからない。

母さんが作ったら美味しいはずのスープは、俺が作ると塩辛いだけで美味しくもなんともない。

トマトを潰して煮込んでも、苦いだけでよくわからない味の赤いドロドロが出来上がっただけだった。

「なんでだ……」

何度鍋《なべ》の前でそう呟いたかわからない。

兄さんが作っても似たようなものだった。魔石加工の腕は上がったし、俺の剣の腕も上がったけれど、二人とも料理の腕はあまり上がらなかった。

それでもしばらくやってみると、まあ食べられなくはないという状態になったので、兄さんが仕事、俺が剣の練習と料理と洗濯、掃除は二人でという状態に落ち着いた。

兄さんは細かい仕事が肌に合うようで、めきめきと加工の腕を上げていった。

俺も何度かやらせて貰ったけれど、その都度魔石がパリンと割れてしまって、全然物にならなかったので仕事の手伝いは諦めた。その代わり、物理で兄さんを守ればいいと、更に剣に力を入れ始めた。

二人での生活も落ち着き年月が経ち、俺も学校に入れる歳になった。

アクシア王国では、平民もちゃんとお金さえ払えば学校に通うことが出来る。

そして貴族の学校と平民の学校は分かれているから、結構気楽に通うことが出来る。

算術や文学を極めて就職の役にたてたい人は兄さんが通っていた商業学校、頭は良くないけど動くのが好きという人は騎士学校と、学校も比較的自由に選べる。

勿論学校に通う程の蓄えがない子供は学校に通わずに下働きや商業ギルドで小さな仕事を受けたり、家の手伝いをしたりしているので、絶対に通わないといけないわけでもない。

ただし、商人になりたい人は商業学校を出ていないと信用されないし、正式な国の騎士として登用されたい場合は騎士学校出身が必須だ。

俺は騎士団の下働きをして、その後見習いになろうと思っていた。

正直まだまだ若くて、しかも商業学校を途中で退学した兄さんは、商業ギルドではあまりいい仕事を斡旋《あっせん》して貰えないらしいから。学校のお金も出して、なんて頼めない。

そう思っていたんだけど。

「兄さん。あのね。今日騎士団で見習いさんからすごい話を聞いたんだ」

夕ご飯の時間、二人で食卓を囲んだところで、俺は話を切り出した。

「すごい話って？」

お、これ美味いな、なんて野菜を塩もみした物を食べながら、兄さんは首を傾げた。

「あのね。俺の学校の話なんだけど」

「ああ。そうだよな。アッシュそろそろ学校に通う歳だな。大丈夫だよ。アッシュが学校に通うためのお金は貯めてるから」

「へ？」

「そのことじゃないのか？」

貯めてるなんて聞いたこともなかったから俺も首を傾げたら、兄さんもまた首を傾げた。

「そうじゃなくて、学校にお金が掛からないで通える方法があるんだって」

かみ合わない会話に笑いながら、俺はスプーンを置いた。

「騎士学校って、成績が優秀だったら学費が免除になるんだって！　しかも実習で魔獣を狩ったらその素材代は生徒が手に入れられるって！」

興奮気味に聞いた話を披露《ひろう》すると、兄さんは目をぱちくりした後に、ふと表情を曇らせた。

「……アッシュは騎士学校じゃなくて、商業学校に行かないか？」

「なんで？　俺、結構剣の筋がいいって褒められるよ」

「そうだけど……街の騎士団なら街の中を守ればいいけど、魔獣と戦うのはアッシュが危ないだろ」

心配そうな兄さんの様子に思い至る。

兄さんもあの惨状を見ているから。

「兄さん。もし学校にお金が掛かるなら俺は学校に行かない。家で勉強するだけでも仕事なら出来るし、騎士団の下働きも出来るしそのまま見習いにもなれるから。出世は出来ないみたいだけど、暮らして行くことは出来るでしょ」

ぎゅっと手を握って、俺はじっと兄さんを見た。

最近兄さんは仕事に根を詰めすぎてると思ったんだ。

夜も遅くまで工房の灯《あか》りがついているし、兄さんは寝不足でふらふらしているし。

その無茶が俺の学費を貯めるためだったんじゃないか。

だったら俺は学校に行かないほうがいい。だって学校に通う数年間、ずっと兄さんは寝不足でふらふらになるってことだろ。

「そんなのはやだ」

「アッシュ？」

「俺が安全に学校に行っても、兄さんが無茶して倒れたら嫌だ」

多分きっと、俺も兄さんも全く同じ気持ちでいるんだ。

たった二人の家族で兄弟。

お互いを大事に思ってて、だからこそ、自分を省《かえり》みずに相手のことばっかりを考えて。

……それはきっと騎士学校に行こうとしてる俺も一緒なんだけど。

「アッシュ……」

「学校って五年くらい通わないといけないんでしょ！　だったらその五年間、兄さんはずっと無理な仕事をしないといけなくなるよ。そんなのは絶対にやだ。それだったら下働きして自分の剣を買って、森で魔獣を狩ってそれを売って俺も稼《かせ》ぐ！」

「それは危ないって言ってるだろ！」

「そうだよ、危ないよ！　だからこそ、お金が掛からないで通える騎士学校なら、基礎とか魔獣の狩り方とか教えて貰えるかもしれないから。危なくなくて無理じゃないのを選ぶんだよ兄さん！」

俺がそう叫ぶと、兄さんは何も言えなくなった。

一人で森に行くのも、寝ないで仕事をするのも、どっちも無茶なんだよ。

「すっごく頭がいいと騎士学校はお金が掛からないようになるんだって。その騎士学校を出た騎士が教えてくれたんだよ。下働きしたいってお願いしたら、もし俺が勉強を頑張ったら学校に通えるかもって」

下働きでそのまま入るより、学校を出てから入った方が上に行けるから、絶対に学校を出た方がいいって。

兄さんは険しい顔のまま、俯いた。

兄さんだって学校を卒業出来なかったせいでまともな仕事が貰えなかった時、夜中に一人で泣いていたのを知ってるんだ。

卒業したかったって。夜中、商業ギルドからの契約書を見ながら声を殺して。

たまたま寝付けなくてキッチンに水を飲みに行こうとしていた時にその姿を見かけて、俺は何も言えなくてそっと足音を忍ばせて部屋に戻ったんだ。

きっと俺がいたから、兄さんは学校をやめないといけなかったんだ。

俺がいなければ、兄さんは夜中に泣く程に大変な思いをしなくて済んだんだ。

俺は布団を頭から被って丸まって、でも、朝まで眠れなくて。次の日二人ともちょっとだけ眠そうな顔で挨拶をしたけど、兄さんはいつも通りの表情と声音で何事もなかったかのように俺に笑いかけてきて。兄さんはすごいなっていう気持ちと、兄さんを急いで大人にしてしまった自分に不甲斐なさをすごく感じたんだ。

だから、せめて、兄さんに育てて貰うんじゃなくて、俺も兄さんを支えたかったんだ。

じっと兄さんを見つめていると、しばらく瞑目《めいもく》していた兄さんは、諦めたように溜息を吐いて顔を上げた。

「……騎士学校で奨学制度があるのは俺も聞いたことがある。俺が条件を確認してくるから。アッシュはそれに向けて全力で頑張ること。もし落ちたら商業学校に行ってもらうからそのつもりで頑張れ」

「うん」

真剣な面持ちに、俺も背中を伸ばして返事をした。

最初は渋っていた兄さんも色々と調べてくれて迎えた試験当日。

騎士学校で受けた試験内容は、半年必死で勉強した内容よりかなり易《やさ》しいものだった。

ただ、奨学制度を受ける者だけ面談があったので、緊張しながら受け答えをした。正直どんな質問を受けたのか殆ど覚えてなかった。

しっかりと推薦状も提出したので、後は結果を待つだけ。

「これで落ちたら騎士団の下働きするね」

「これで落ちたらちゃんと俺がお金を払うから、普通に学校に通え」

兄さんと二人、笑いながらそんな話をするくらいには、肩の力が抜けた。

三日後、騎士学校からの手紙が届いた。

兄さんと二人、緊張の面持ちでテーブルの上に置かれた手紙を見下ろす。

「兄さん開けて」

「これはアッシュが開けるべきだ」

「ドキドキする」

「俺まで緊張してくるから早く開けろよ！」

兄さんにバッと渡されて、うわーと思いながら封を開ける。

バクバクする心臓を深呼吸で静めながら、俺は中身を取り出した。

「……奨学制度適応者としての通学を許可する、だって」

「わ――――！　やった！　やったなアッシュ！　合格だ！」

俺の言葉に、兄さんが感極まって椅子から立ち上がり、両手を上に突き上げて快哉《かいさい》を叫んだ。

一人大喜びする兄さんを見た俺も、じわじわと嬉しさがこみ上げてきた。

「あはは、兄さんの方が喜んでるじゃん」

「だって嬉しいだろ！　アッシュが優秀だって証拠じゃないか！　はー！　よかった！」

満面の笑みで椅子に座り直した兄さんは、俺から紙を受け取ると、手続き方法などを読み始めた。

「これが届いたら学校に必要書類を持っていくんだな。よし、今から行くか」

「兄さん仕事は？」

「今日は休み！」

行こう！　とすぐ様鞄を手にした兄さんのあとを慌てて追いながら、俺以上にテンションの高い兄さんに思わず含み笑いをした。


王都内を走る馬車に乗って、西区《にしく》の方にある騎士学校に向かう。

徒歩で一時間ほどだけれど、馬車の場合は徒歩よりは早い。

「通うなら走ってかなあ」

「結構遠くないか？」

「そうでもないよ。だって普通にいつも走ってる距離くらいだもん」

「アッシュはすごいなあ」

ゴトゴトと乗り合い馬車に揺られながら、始終兄さんはニコニコしていた。

その顔が、俺が文字を覚えて本を読んだときに見せた父さんの顔とそっくりで、じわりと胸が熱くなった。

手続きは滞《とどこお》りなく終わり、俺は無事、無料で騎士学校に通えるようになった。

「学校は来週からか。服とかも新しくしたいなあ。それに剣も必要だろ？」

「剣は学校から貸し出して貰えるから大丈夫。服だって動きやすい物っていう指定しかないから」

「でもほら、お祝いしたいだろ」

「兄さん父さんみたいになってるよ」

一つくらいアッシュに何か買ってあげたいという兄さんにそうツッコむと、兄さんはハッとした後そっと声を抑えて、俺に訊いてきた。

「俺、そんなに年食ってるように見えるか？」

そうじゃないよと俺は今度こそ声を上げて笑った。

「じゃあ、どうせだからお祝いに美味しいものを街で食べて帰るか！　アッシュは何が食べたい？」

「ええとね。燻製肉《くんせいにく》のトマト煮！　美味しいトマト煮食べたい！」

だいぶ料理も出来るようになったけれど、俺トマト煮だけは未だに納得いく味に作れないんだ。

母さんの得意料理で、父さんは母さんのトマト煮を食べてずっとご飯を作って欲しいとプロポーズしたって聞いたことがある。

俺も兄さんもトマト煮よりも好きな料理があったけれど、大きな仕事が取れたときや皆の誕生日、そして兄さんが商業学校に受かったとき、好成績を取ったときなど、お祝い事では絶対に母さんが燻製肉のトマト煮を作ってくれたんだ。

「お祝いはそうじゃないとな」

その表情で、兄さんも俺と同じ気持ちだったのがわかった。

その日に食べた燻製肉のトマト煮は、母さんの作ってくれた物と同じくらいに美味しかった。

◆◆◆

騎士学校の座学は、それほど難しいものじゃなかった。

商業学校の勉強内容を知っていた俺にすると、こんな算術でいいのかな、こんな簡単な作文でいいのかなと、むしろ不安になるような内容だった。とはいえ、定期的に行われる座学の試験ではしっかりと首位をキープしている。

張り出された試験結果に満足していると、後ろから「アッシュ」と俺を呼ぶ声が聞こえた。

「なに、ハイデ」

振り返ると、そこには友人の姿があった。

「また首位かよ」

肩に腕を回されて、捕獲《ほかく》状態になる。

「やるじゃんお兄ちゃんっ子が」

そのまま小突かれて、俺もお返しにと鍛えている腹に拳《こぶし》をぶつけた。

ハイデは同じ歳に入学した同級生で、今まで一度も剣で勝てたことがない友人だ。

最初は話をしたこともなかったけれど、土下座で「勉強を教えてくれ！」と頼まれて以来、友人になった。

ハイデの腕に摑まったまま試験結果をざっと見ると、ハイデの名はほぼ最後の辺りに書かれていた。

「今回は二十五点も取れてるじゃん。ハイデにしては頑張った？」

「く、首位のアッシュに言われると胸が抉《えぐ》られる……でもほんと俺今回頑張ったよ。ゼロ点だったら親父にまた殴り飛ばされてた」

「激しいお父さんだよね。ところでこの腕離してくれない？」

「放課後、鍛錬に付き合ってくれるなら離してやる」

「放課後は家に帰ってご飯作らないと」

これだからお兄ちゃんっ子は！　とズリズリ引きずられて、結果が貼られた掲示板から離れると、ようやくハイデの腕が解かれた。

何度か放課後に誘われてその都度兄さんにご飯を作るからと断ったら、いつの間にかハイデに『お兄ちゃんっ子』と呼ばれるようになっていた。まあその通りだからと文句を言うでもなくそのままにしている。

奨学制度を利用し続けるためには剣の成績も関係してくる。今のところ上位にいるけれど、まだハイデには一度も勝ったことがない。

ハイデはどうやら獣人族の血が入ったハーフらしく、身体能力がすごく高かった。動きが速くてトリッキーで全然次の動作を読めず、まだまともに打ち合うことも出来ないんだ。

あまりにもレベルが違いすぎて遠巻きにしていたら土下座《どげざ》事件（!?）があり、仲良くなったという経緯がある。

ハイデの剣の腕は、密《ひそ》かに尊敬しているし、目標にしているんだ。本人には言わないけど。

「じゃあ今日の昼飯で勘弁してやる。あ、試験勉強の礼だから俺の奢《おご》りな」

「わかった。ありがとう」

ハイデと並んで食堂に向かいながら、もう少し剣の鍛錬の時間も増やしたいなと溜息を呑み込んだ。

◆ ◆ ◆

なんとか首位をキープしつつ騎士学校の四年になった俺が買い物をしながら家に帰り着くと、商業ギルドの人が工房に来ていた。

話の邪魔になるからとそっと中に入ってキッチンに立ち、食事を作り始めると、工房から兄さんが声を荒らげるのが聞こえてきた。

「どうしてそんなに高くなったんですか……！　それじゃあ納品金額よりも仕入れ値の方が高くなるじゃないですか……！」

「そうは言ってもね。王都西側の魔石鉱山の一つが閉鎖されて魔石が産出されなくなってしまってね、ギルドも寝耳に水でね」

「じゃあ、それも踏まえて金額調整して貰えませんか。これじゃあ仕事を請《う》け負《お》えば請け負うほど首が絞まる」

「私もそうしたいんだけどね。その依頼書は鉱山が閉鎖される前に契約したもので、効力も発揮しているからどうしようもないんだよ。わかってくれアンバー君」

じっと聞き耳を立てながら、どうやら兄さんの仕事に問題が発生したみたいだと顔を顰める。

そうでなくても安い納品代で仕事を請け負わなければならないのに、絶対に仕入れないといけない魔石が一気に値上げされたなんて。

こういうときの商業ギルドじゃないのかな。

商業ギルドはシビアだとは聞いていたけど、こういうときにも手を差し出してくれないのか。

「できる限り依頼の相手を説得してはみるけれど、あまり期待しないで待っていて欲しい。私たちもいきなりの値上げで手が回らないんだよ。……アンバー君のお父さんには私も世話になったから、なんとかしてあげたいとは思うんだけどね」

「オッドーネさん……」

「とりあえずは後で契約書を持って商業ギルドにきてくれるかい？　そういう相談の窓口もあるからね」

「……わかり、ました。すいません、声を荒らげて」

「いいよ。気持ちはわかるからね。私も頑張ってみるから、アンバー君もなんとか踏ん張って乗り切って欲しい。一時期だけだからね」

じゃあね、と商業ギルドの職員が出ていくと、溜息とともに兄さんがキッチンに来た。

そして俺の姿を見て驚いたあと、ばつが悪そうに苦笑した。

「おかえりアッシュ。ごめん、聞こえてたか？」

「うん。なんか問題あったんでしょ。もう夕方だけど、これから商業ギルドに行くの？」

「ああ。用意してくれてたのに悪いけど、飯は帰ってきてからだな」

暗い表情で上着を手にする兄さんに、俺は思わず「一緒に行く」と声を掛けた。

こんな夕暮れ、絶対に治安が悪い。ここら辺は治安の悪い地域のすぐ側だから、夜に一人で出歩くのは絶対にだめだ。特に兄さんは剣とかまったく使えないから。

俺も椅子に掛けていた上着を手にして、腰に剣を付けた。

「用心棒《ようじんぼう》として付いてくよ。流石にこの時間は危ないから」

「……頼もしいよ、アッシュ」

商業ギルドに着く頃には、もう夜の帳《とばり》が落ちていた。

灯りのある店はほぼ飲み屋で、まっとうな店はすでにかんぬきが下りている。

こんな時間に商業ギルドは大丈夫なのかな。

心配になって隣を歩く兄さんを見ても、そんな心配はまったくしてないみたいで、少しだけ安心する。

「そういえば兄さん、今日初めて魔獣討伐数がハイデと並んだんだよ」

夜だからこその喧噪《けんそう》に負けないように、ほんの少しだけ声を張り上げた。

昼にはなかったテーブルが店先の道まで出ていて、そこここで酒を飲む男がダミ声で笑い声を上げている。夜はほぼ馬車が走らないからこその光景だ。

「そうか。今まで一度も勝ててないって言ってたよな」

「うん。でもまだ並んだだけだから、勝ってはいないよ」

「並んだだけでもすごいことじゃないか」

「そう？　そうかな」

会話をすると、俯きがちだった兄さんの顔が少しずつ上がってくる。

ほんの少しの間でも、兄さんの気持ちが上向けばいいなと思いながら、俺はハイデとのやりとりをあれこれ話した。

そうこうしている間に、商業ギルドの建物が見えてきた。

外につるされた灯りはまだついており、入り口からは人の出入りがある。

「まだ終わってないんだね」

「ここは夜でも受付に人がいるから、いつ来ても対応してくれるんだ」

「へぇ……大変だね。夜も入り口を開けてたら酔っ払いとか入ってきそうだけど」

チラリと後ろを向けば、道まで出されたテーブルには空きがないほど人が座っているのがここからでも見える。

「夜の受付は腕の立つ人がカウンターに座るから、騒いだら力尽くで追い出されるらしいぞ。アッシュも大人しくしとけよ」

「暴れないよ」

理不尽《りふじん》なことを言われない限り、と心の中で付け足しながら、兄さんと共に商業ギルドのドアをくぐった。


商業ギルド内はもう夜にもかかわらず人の出入りが結構あった。混雑しているのは、いきなりのトラブルで皆が混乱してここに詰めかけているからかもしれない。

時折《ときおり》怒号《どごう》が響き、職員が落ち着かせる声や、外につれて行かれる者、それをこわごわ見て大人しくなる者など、雰囲気があまりよくなかった。

「いつもはこんなじゃないんだよ。多分、どこも今回のことで揉めてるんだと思う」

そっと兄さんが耳打ちしてくれる。

「ギルド内も対処しきれてないみたいだね。兄さんは大丈夫？」

「ちょっと混乱はしてるけど、まあ落ち着いたよ」

そう言って苦笑する兄さんは、確かに家にいたときよりは顔色が良くなっていた。

兄さんと共にしばらく待っていると、ようやく呼ばれ、奥の個室に向かう。

さっき魔石がどうのと言っていたから、もしかしてこの人出は魔石関連の職人かもな、と思いながら部屋に入ると、あまり広くないその部屋には簡素なテーブルが一つ置かれており、職員が一人座っていた。

「オッドーネの担当のアンバー君だね。オッドーネは今職人達のところへ足を運んでいて留守にしてるんだよ。僕も君たちのお父さんにはお世話になったから、僕が相談を受けるからね。葬儀《そうぎ》には足を運んだんだよ。覚えてないかも知れないけどねえ」

「すいません。あの時は混乱していて。でもありがとうございます」

「そっちの弟君も大きくなったねえ」

職員は好意的な雰囲気で話を始めてくれた。

俺もそっと頭を下げて、入り口付近で立つ。

「弟君もどうぞお座りなさい。もしかしたら長くなるかもしれないから」

「いえ、俺は兄さんの護衛《ごえい》とでも思っていてください」

俺は兄さんの仕事には一切関わってないから、話に混ざっても場を混乱させるだけだ。

俺の言葉に二人は頷くと、早速話し合いを始めた。

職員から教えて貰ったのは、家で兄さんたちが話していたことの詳しい内容だった。

アクシア国内で二つしかない魔石鉱山のひとつが、突然の内部の落盤《らくばん》で閉鎖してしまったらしい。

そしてそれに巻き込まれた作業員達がアンデッド化してしまって、手も付けられない状態なんだそうだ。

「まだ魔石が産出されると思われていた鉱山だっただけに、僕たちギルドもかなり痛手を被《こうむ》ってしまってね。それにもう一つの鉱山を有する領主がこれを機にぐっと魔石の値を上げてしまって」

「それであんな法外な値になってしまったんですね……」

「そうなんだよ。急遽《きゅうきょ》国で魔石の輸入を検討してくれることにはなったんだけどねえ。魔石の主な産出国は隣の大国ガンドレン帝国だから、どんな条件になるか僕たちもちょっと読めないんだよ」

「……」

職人が文句を言ったくらいではどうしようもない案件だったみたいだ。

ドアの近くで話を聞きながら、溜息を呑み込む。

今度は兄さん達は今契約している案件についての相談に移行していた。

これは違約金の方が痛手を被らない、この件はギルドの方で保留にする、これは貴族相手だから違約金の方が莫大になる、等々。俺が聞いてもちっともわからない内容だった。

「でもこれ、大口なんです。今抱えている魔石では足りないからって卸《おろ》して貰おうと思ったらオッドーネさんに驚くほどの値段を伝えられて、賄《まかな》える程の魔石を買うことが出来ないんです。それだけでもなんとか出来ないでしょうか」

身を乗り出す勢いで兄さんが職員に迫ると、職員は心持ち身体を後ろに引きながら「そうだね」と汗を拭く仕草をした。

「確かに、個人で穴埋めするには大きすぎるしなあ……」

どうするか、と首を巡らした職員は、ふと俺のところで目を留めた。

正しくは、腰に下げている剣を。

「……もしや、弟君は剣を嗜《たしな》むのかい？」

「ええ。騎士学校で成績優秀なんですよ」

俺じゃなくて、兄さんが答える。心なしか、得意げに見えるんだけど気のせいかな。

俺は肯定《こうてい》の意味を込めて一つ頷いた。

すると、職員は今度は俺に声を掛けてきた。

「君は魔獣を倒せるかい？　王都西の森に出る程度の魔獣を」

「はい」

西の森は俺達が実習で入る東の森と同等の強さの魔獣が出る。なので、俺にとっては問題ない強さだった。

でもどうしてこんな質問をするんだろうといぶかしんでいると、職員は俺を手招きして、兄さんの隣に座るよう示唆《しさ》した。

「ここだけの話をしよう。あくまで、非公開情報であり危険も伴うし博打《ばくち》に近いものだからどうするかはアンバー君と弟君が判断していいんだけれどね……」

そっと声を抑えたので、おれは改めてテーブルに近付き、椅子に座った。

「西の閉鎖された鉱山がね、所持していた方がさっさと手を引いて手放してしまって、今商業ギルド預かりになっているんだよ。けれどアンデッドが出るということで調査もままならなくてね。その調査費用を持つのが嫌でさっさと持ち主が手放したんだけれど、だからこそ――今だけのことなんだけどね……」

とても回りくどい説明をした職員は、ふぅ、と深呼吸して、更に声を潜めた。

「今ならギルド登録の商人が個人で傭兵《ようへい》なんかを雇って鉱山に入っても関係者ということで咎めないことになったんだ。こちらとしても声を大にして勧められないから、苦肉の策である救済措置なんだけどね」

「は？」

二人で声を上げてしまい、職員に「しーっ、声を抑えて」と慌ててたしなめられる。

兄さんと顔を見合わせて、俺は口を押さえてまた職員に耳を近付けた。

「でもね、入ったとしても魔石が必ず出るわけではないし、出なかったところで傭兵を雇《やと》った料金は自身で出さないといけないから博打だと言ったんだけれど、もし弟君が魔獣系を倒せる腕があるなら、一度入って掘ってみるのも一つの手だ。ただし、次の地主が決まってしまうまでなので、いつまでとも言えないんだがね……」

「……」

もう一度俺と兄さんは顔を見合わせた。

「それは、もし運良く魔石が掘れたら個人の物としていいってことですか……?」

俺がそっと訊くと、職員はうんと頷いた。

「ギルド預かりだから、今だけはギルド員なら持ち帰ってもなんとかなる。でもやはり危ないし自己責任になってしまうから、問題のある者なんかには絶対に教えられないんだ。これは僕たち管理職員の権限で伝える者を選べはするんだけどね。傭兵を雇うのは違約金を払うよりも高いし、魔石も掘れるかもわからないから、行く職人は少ないだろうと思うよ。手前の鉱山村もすでに廃棄されているようだからね……」

ギルドも痛手を受けているからこんな形の救済《きゅうさい》しか出来ないのは辛いねえ、と締めくくった職員は、ギルドで対処出来そうな案件の契約書控えを手に、席を立った。

「期限はまだ少しはあるから、こちらも尽力はしてみるよ」

「お願いします。俺も家にある分の魔石はいつでも納められるようにしておきます」

「アンバー君は仕事も丁寧だし納期もしっかりと守ってくれるから、信用してるよ。でも今の話はくれぐれも内密にね。それに、もし少しでも躊躇《ためら》うようなら絶対に行かないようにね。ではね。気を付けて帰るんだよ」

「はい」

手を振って出て行く職員を見送ってから、俺達も部屋から出た。

ギルド内の受付は未だに混乱していて、思った以上にギルドも大変なことになっているんだというのが、話を聞いてしまったからこそわかる。

兄さんと共に建物を出て、道を歩く。

二人とも無言で家まで辿り着き、中に入って鍵を閉めると、考えをまとめるためにキッチンに向かった。

俺の中では、もう鉱山に採掘《さいくつ》に行く一択しかなかった。

◆◆◆

職員に言われたように採掘に行き魔石を探した俺達は、入り組んだ鉱山のだいぶ奥まった道の入り組んだところで、鉱山内に残っていたたくさんの魔石と共に——……なんと行き倒れている女性を拾った。完全に想定外だったけれど、そのまま見捨てることも出来なかった。

外に出ると、まだ夜中。馬車を走らせれば朝には家に着く。

意識のない女性は、薄い水色という髪の色からして、竜人族のようだった。


拾ってきた女性は、ミーシャと名乗った。

隣の国、ガンドレン帝国から逃げて来たらしい。

そして、岩山の間にある洞窟《どうくつ》に逃げ込んだら偶然あの廃鉱山に繋がっていて、俺達が彼女を見つけた辺りまで逃げたところで力尽きたんだそうだ。

体調が戻ったミーシャさんは、俺達を、というか甲斐甲斐《かいがい》しく世話をした兄さんを信用したのか、歩けるようになってから鉱山に倒れていた経緯を話してくれた。

「私、純血の竜人族なのだけど、羽根がなくて、ずっと周りから出来損ないって言われ続けていたの」

ぽつりぽつりと自分の身の上を話すミーシャさんに、俺も兄さんも同情してしまっていた。

「ずっとハネナシと呼ばれてて、まともな扱いをされなかったの。殺されなかったのは、私以外の直系がいなかったから。でも、もうすぐ成人っていう時、従兄弟《いとこ》が私に直系の子を産ませてその後殺せばいいという話をしているのを偶然聞いてしまって、こんなところでそんなふうに死ぬのは嫌で逃げ出したのよ」

思った以上に重い話に、兄さんと俺は何も言葉を掛けることが出来なかった。

「幸いにも魔力は多かったから、なんとか鉱山に逃げ込むまでは出来たんだけどね、鉱山の中は食べられる木の実もないし、後を追われないように道を崩して偽装して進んだの。もう何日彷徨《さまよ》ったかわからなかった。もうだめかもと思ったけれど、あの家であんな最低の人達に好きにされて殺されるよりは全然幸せだわと思ったら全然苦じゃなくなったのよ」

薄く微笑んだミーシャさんは、もう思い残すこともないような顔つきで俺達にありがとうとお礼を言った。

そんな話を聞いてしまっては、俺も兄さんも彼女の身体が治ったからと家から放り出すことは出来なかった。

採掘してきた魔石で、兄さんはなんとかその場をしのぐことができ、また仕事を請け負い始めた。

ミーシャさんは身体が全快すると、隣国とはいえ見つかるのは嫌だからと、魔法で髪の色を変えて家のことを手伝うようになった。たったそれだけで、ミーシャさんは人族にしか見えなくなった。けれど流石純血の竜人族だけあり、羽根はなくてもミーシャさんは魔力が多く、魔力操作がとても上手だった。

「料理も掃除もたくさんやらされたから得意よ」

ミーシャさんは朗らかにそう言うと、本当に慣れた動きで料理や掃除をし始めた。

そして兄さんの仕事の手伝いもし始めた。

何なら俺に昼飯を作ってくれるようになった。

兄弟二人の家にいきなり女性が住み着いたことで注目を浴びてしまった時には、ミーシャさんがにこやかに「アンバーの嫁になりたくて追いかけてきたの！」などと堂々と広め、周りを納得させてしまった。

髪の色を変えたミーシャさんはどこからどう見ても人族にしか見えないし、竜人族特有の差別発言もまったくなかったので、いつの間にやら周りからしっかりと受け入れられていた。むしろ兄さんが「あんないい子、さっさと嫁にしてやれよ」なんて言われるほどに馴染《なじ》んでいた。

そしてミーシャさんがそうやって家で頑張ったおかげで、俺は放課後に鍛錬の時間が取れるようになった。


騎士学校の鍛錬場で身体を解す。

今日の魔獣討伐はハイデに五匹も差を付けられて、悔しかった。

こうして鍛錬の時間が取れるようになったのは、ミーシャさんのおかげだ。

ミーシャさんが家のことを一手に担ってくれて、兄さんの手伝いまでしてくれて、俺も兄さんもすごく助かっていた。もうずっといて欲しいと思うくらいに。

何より、ミーシャさんの作る食事は、とても美味しかった。俺なんかまだまだだったなと思いながら、今日の夜飯に思いを馳《は》せた。

「アッシュ！」

呼ばれたので振り返ると、ハイデがこっちに駆けてくるのが見えた。

「今日はお兄ちゃんの世話はいいのか？」

何やら上機嫌でそんなことを訊いてきたので、俺は拳を繰り出しながら頷いた。

「すごく料理が上手な人が家に来たから」

「なんだ。兄ちゃんもとうとういい人が出来たのかよ。なるほどな。アッシュは身の置き所がないから放課後は鍛錬してるのかぁ」

可哀想になと楽しげに呟くハイデの腹にもう一度拳を繰り出した俺は、そんなんじゃないよと口を尖らせた。

身の置き所がないとか、そんなことはないよ。実際には兄さんとミーシャさんはそんな関係じゃないから。

「自分の時間が取れるようになったから。次こそはハイデに討伐数勝とうと思ってさ」

「まじか！　じゃあ一緒に鍛錬しようぜ！　アッシュ以外あんまり手応えがなくてつまらなかったんだよ」

「それ大声で言っちゃダメだよ……」

周りの視線を気にしながら注意すると、ハイデは「いいんだよ」とニヤリと笑った。

毎日ハイデと鍛錬をこなし、最終学年になる直前。

俺はとうとう初めてハイデに魔獣の討伐数で勝利を収めた。

「とうとう負けたかー……くっそ悔しい。アッシュ、次は負けない」

本当に悔しそうな顔のハイデに、俺は苦笑を返した。

本当は今回はすごく運が良かったから勝てただけだと思っていたから。

終了時間ギリギリで丁度狼型魔獣の集団にかちあって、それを全て討伐出来たからこそギリギリでハイデの討伐数を上回っただけだ。

その代償《だいしょう》は刃の欠けた剣と腕の傷。

「剣を買って回復薬を買ったら素材報酬《ほうしゅう》はすっからかんだけどね」

対してハイデは、無傷でまだまだ余裕のある状態だった。

それでも、初めてハイデを上回ったのはやっぱり嬉しくて、家に帰り着いた俺は兄さんとミーシャさんに浮かれてハイデに勝ったことを報告した。

「ずっと悔しいって言ってたからな。アッシュ、頑張ったな」

「すごいじゃない！　じゃあ今日はアッシュの初勝利お祝いね。なにかアッシュの好物をつくりましょ」

二人も喜んでくれて、顔が緩む。

何がいい、とミーシャさんに問われて、俺は緩んだ顔のまま、お祝いの時にはなくてはならない料理を口にした。

俺の学校合格のときに二人でお祝いして以来、口にしていなかった料理の名前。

「燻製肉のトマト煮」

「任せて」

ミーシャさんは腕まくりをして、すぐに俺のリクエストを叶えてくれた。

俺が作るとどうしても納得の行く味が出なくて、いつしか自分では作らなくなったその母さんの得意料理は、ミーシャさんの手によってすぐに食卓に上がった。

手を合わせ、スプーンでトマト煮を口に運ぶ。

その味に、俺は思わずふふっと笑ってしまった。

「母さんの味とおんなじだ……」

そう呟いたのは俺だったのか兄さんだったのか。それとも同時にだったのか。

呟いた後、俺と兄さんは顔を見合わせた。

すごく美味しかった。と同時にとても懐《なつ》かしい味で、ぐっと胸を締め付けられた。

それは兄さんも同じだったようで。

「アンバー、何泣いてるの？　そんなに美味しくなかった……？」

オロオロするミーシャさんの横で、兄さんは静かに涙をこぼしながらトマト煮を食べた。

そこからは明確に、兄さんがミーシャさんに向ける感情が変わった。

多分あのトマト煮で胃袋を掴まれたんだ。

元々ミーシャさんは俺達に全幅《ぜんぷく》の信頼を置いていてくれて、「アンバーの押しかけ嫁」っていう言葉にはほんの少しだけ本音が滲《にじ》んでいたのはわかってた。

でも今度はその感情のベクトルが、片方だけじゃなくてお互いに向いていて……。

「じれったい」

俺は放課後の鍛錬場で、ハイデの横でそう溢した。

俺の呟きにハイデはめちゃくちゃ笑い転げている。

笑い事じゃないんだよ。

二人ともすっごくお互いを意識してるのに、ちらっと俺を見ては遠慮がちに離れて行くんだから。

「俺、お邪魔虫じゃん」

まだ笑い転げているハイデの横で頬杖をついて溜息を吐き、ハイデの太ももをペシッと手のひらで軽く叩く。

「だったらさ、俺と一緒に辺境行くか？」

「へ？　辺境？」

いきなりの提案に首を傾げると、ハイデが身を起こして座り直し、はー笑った、と伸びをした。

「三年前にさ、俺が小さい頃ずっと世話になってた人が、辺境騎士団の副団長になったんだ。その人、黒狼族の族長の三男で、その腕を見込まれてスカウトされたらしいんだよ」

「へえ」

「すごく世話好きで、黒狼族の殆どの子供を束ねて面倒を見てた人なんだけど、俺、一度も勝ったことないんだよな」

ハイデのその言葉に反応する。

ハイデが一度も勝ったことがないって、どれだけ強いんだろう。ハイデはすでに学校の騎士上がりの先生達にも負け知らずなのに。

俺が興味を持ったことに気付いたのか、ハイデはニヤリと笑って、だからさ、と続けた。

「俺、その人の下につきたいから、アッシュも一緒に行こうぜ」


俺は家に帰ってからも、ハイデの言葉をずっと考えていた。

ここはすごく居心地がいい。

兄さんがいて、ミーシャさんがいて。

三人でもう家族と言ってもいい。そして、とても離れがたい。

でも俺がそう思っていても、兄さんとミーシャさんは俺とはまた別の気持ちがあるのも、知ってる。

俺なんか関係なく二人くっついてくれればいいのに。

ミーシャさんと夫婦になったら俺が疎外《そがい》されたとか感じるんじゃないか、なんて思ってるんだろうなあ。たった二人で頑張ってきたからこそ、余計に。兄さんは本当に俺のことを大事に思ってくれているから。俺も同じ気持ちだけど。もし俺が兄さんの立場だったらやっぱり同じように気持ちを押し殺すだろうし。

「やっぱり家から独り立ちするのが一番かなあ」

寂しいけれど。

兄離れしないといけないんだろうな。

草臥《くたび》れたベッドに寝転がりながら、溜息を吐く。

多分俺達の遠慮に気付いてるから、ミーシャさんも絶対に兄さんと一線を越えようとしないんだろうな。

俺のせいで兄さんとミーシャさんの仲が進展しないのは現状維持より嫌だなあ。

はぁ、と盛大に溜息を吐いた俺は、勢いで身を起こす。ベッドが盛大にギシッと鳴った。

もう今年は学校の最終学年。そろそろ進む道を決めないといけない時期だ。

ハイデの『お兄ちゃんっ子』という台詞が頭を過《よぎ》る。

いくら二人だけの兄弟だからって、ずっと一緒に住むのは違うのかもしれない。

そう考えると確かに胸はずきっと痛む。

でも、兄さんはちゃんと家庭を持って幸せになるべきだし、それを俺が邪魔しているなら、ちょっと距離を置いて祝福するのはあり。

「行くかな……辺境」

ハイデとまた一緒に騎士団で切磋琢磨するのも楽しそうだ。まだハイデには一度しか勝っていないし。

物理的に距離は空くけれど、帰ってこられない距離じゃない。

ベッドから下りて水を飲みに階下に下りると、兄さんの仕事部屋にはまだ電気が付いていた。

「あーもう、どうしてここが欠けるのかしら。アンバーほんと上手すぎない？」

「ミーシャ始めたばかりじゃないか。すごく腕がいいよ。そのうち俺も抜かされそうだよ」

「もっとアンバーが楽できるように頑張るわ。働き過ぎよ」

「アッシュもミーシャも養わないとだから、今が頑張り時だよ」

口を尖らせているミーシャさんの顔が簡単に浮かんで来て、思わずクスッと笑ってしまう。

あのやりとりがずっと続けばいいのに。

お互いがお互いを想い合うあの視線が交わるのを見るのが、すごく嬉しいのに。どれだけ説明しても、やっぱり兄さんは俺のことを一番に考えてあと一歩が踏み出せないんだよなあ。そんなところも大好きなんだけれど。

水を一杯飲んで、よし、と気合いを入れると、俺はハイデの誘いへの返答を決めた。

四、辺境の騎士団へ

兄さんに号泣されながら辺境に向かった俺は、初めてハイデの言っていた人を見た瞬間、衝撃を受けた。

頭上の耳が。背中で揺れる尻尾が。

黒くつややかな毛並みは人を魅了し、俺の目を釘付けにした。

その顔はとても整っていて、青よりも蒼と言った方がいい綺麗な瞳が鋭利《えいり》な光を帯びて俺を見ていた。

「ブラウさん！　久しぶりです！　これから世話になります！」

そんな触れると切れそうな光など物ともせず、ハイデが親しげにその人に声を掛けた。

次の瞬間、その瞳がフッと柔らかく変化し、持ち上がった口角が冴え冴えとした雰囲気を瞬時に一《いっ》掃《そう》した。

ぴんと立ち上がった耳がピクリと動き、ハイデの方に向く。

なんだあれ。

俺は衝撃のまま、ただただその人の姿に見蕩《と》れていた。

今まで、こんな風にはっきりと獣人族の外見的特徴を持っている人は俺の周りにいなかった。

黒狼族の一人であるハイデも、見た目はほぼ人族と変わりない。

こんな風に種族の特徴を持っている者は血がとても純血種族に近い者達なので、人族で平民の俺が近寄れるような立場じゃなかった。

「辺境騎士団の副団長、ブラウだ。よろしく頼む。期待している」

「アッシュです。よろしくお願いします」

緊張しながら答えると、ブラウさんは目を細めて、親しげな視線を俺にも向けてくれた。その視線の柔らかさにとてもホッとして、肩の力が少しだけ抜ける。

「ハイデは久しぶりだな。前に親父さんがあいつ頭悪すぎるって嘆《なげ》いてたが、ちゃんと学校で勉強したのか？」

「大丈夫っすよ。点数低すぎて退学とかならなかったんで！　っつってもギリギリのところをアッシュに泣きついて勉強教えて貰ったんですけどね」

悪びれることなくニッと笑って答えたハイデに、ブラウさんはすごく複雑な表情をして、最後は残念な子を見る目をハイデに向けた。その視線がお兄さん的立ち位置のそれに見えて、小さい頃から世話して貰っていたという言葉が本当だったことを知る。

「アッシュ、悪いな、ハイデが世話を掛けたようだ」

「丁度自分も復習になっていたので、大丈夫です」

「すごいんですよ。アッシュは五年間ずっと首席だったんですから。腕だってすごいし、学校では俺、一番頼りにしてました」

ハイデの大絶賛にくすぐったく思っていると、ブラウさんの尻尾がパタリと軽く振られた。


今期の新人は俺を含めて十五名だったらしい。

ここではだいたい見習いから正騎士になれるのは入隊時に比べて約半数。

王都と違って、辺境の魔獣は強くて、特殊な個体も多いらしく、実力が伴わないと足手まといどころか命に関わる。

魔獣にもランクがあり、王都付近はどれほど高くてもB級、エスクード辺境伯領付近になると結構簡単に特A級なんかも出てくるんだと、壇上《だんじょう》に立つ辺境騎士団トラスト団長が説明してくれた。

なので、正式な騎士になるためには、単独でA級程度の魔獣が倒せる程度の腕にならないといけないんだそうだ。

すごいな。やりがいがある。……と気合いを入れたのは、俺とハイデだけで、他の人達は少しだけ表情を曇らせていた。

「皆、途中で投げ出さずにしっかりと腕を上げて欲しい！　困ったことがあれば俺のところに来い！」

頼もしい顔つきで、トラスト団長はそう締めくくった。

見習い騎士の間は、鍛錬の合間に騎士団の雑用などもこなさないといけないらしく、持ち回りで色々なことをやらされた。

食事の用意だけは近くの人が通いで作ってくれるので、その他のことが割り当てられる。

掃除、洗濯、武具の手入れ、討伐された魔獣の解体、馬の世話、そして事務の書類整理など。

「解体は学校で習っててよかった」

ハイデと並んで魔獣の皮を剝《は》ぎながらホッとしていると、慣れない手つきで皮を剝いでボロボロにしている同期が「羨ましい」と残念な成果の物を力なく掲げた。

掃除洗濯は楽な分類で、不人気なのは解体。一番やりたいという者が多いのが武具の手入れ。

そして、誰一人希望しないのが、書類整理。

どうやらここに入る皆はそういった事務関係が苦手な人が多いらしく、手伝いに行っては「二度と行きたくない」と解体に回されたときよりもげっそりとして帰って来ていた。


俺、事務はそんなに嫌いじゃないんだけどな。

事務関係はブラウさんが一人で指導をしているそうなので、明日は一緒に仕事かぁ。

俺はあのピンと立った凛々しい耳を思い出しながら、楽しみだなとほんの少しだけ口元をほころばせた。

「とりあえず、こっちの書類を種類別に分けてくれ」

最初に指示されたのは、そんなことだった。

二つの大きめの木箱に山になっている書類を、俺と見習い二人は何とも言えない顔で見下ろした。

その指示を出したブラウさんは、軽く種類の説明をしたあと、席に戻って机に山積みになっている別の書類を捌き始めた。

その視線はとても真剣で、ペンを持つ手は躊躇いなく。

一枚一枚の確認はとても早いのに、時折精査《せいさ》するように手を止めてじっと書類を覗き込む視線は、ちゃんと内容を確認しているということが窺える。

俺は早速書類を手にして、分類していった。こういう仕事は嫌いじゃない。

最初からいやぁな顔をしながら仕分けている同僚の見習い騎士を横目に、俺はさっさと言われたことを終わらせた。

一息吐いて視線を上げた先には、俺をじっと見つめているブラウさんがいた。

「すごいな。とても手際がいい」

「ありがとうございます？」

単純作業だからそこまで褒められることをしているわけじゃないんだけど、と首を傾げながらふと反対側に目を向けると、まだ木箱に沢山書類を残しながら呆然《ぼうぜん》と俺の方を見ていた二人が視界に入った。

「……アッシュ、そういうの、慣れてるな……？」

「まあ。実家で兄の手伝いをしていたので」

「それにしても、事務が得意なのに騎士を目指すって……」

「俺、騎士学校の出だから」

何か言いたげな見習いの二人は、複雑な顔のまま、俺の真似をするように残りの書類をわけ始めた。

俺もそっちを手伝おう、と腰を上げたところで、ブラウさんが「アッシュ」と俺を呼んだ。

「なんでしょう」

「アッシュは、もしかして計算も得意だったりするのか？」

「まあ、ある程度は。商人達の様に早く計算するなんてことは出来ないですが」

俺の答えに、ブラウさんの深い蒼の瞳がキラッと輝いた気がした。

三日後には、書類整理にやってくる見習いはいなくなった。

皆青い顔をして、二度としたくないと他を希望する。

そんなんでいいのかな、なんて思っていたら、ブラウさんがいつものことだと諦めた様に笑った。

そして、俺が書類整理……というか実質ブラウさんの助手に指名された。他の見習いがやる雑務は免除するから、ずっと書類整理に来て欲しい、と。俺としては書類整理はまったく苦じゃないので問題なかったから二つ返事で了承した。

そんな感じでブラウさんの下につく様になってわかったんだけれど、ブラウさんは副団長としての職務もあり、実はものすごく忙しい。ゆっくりと食堂で食事を取る暇もないんじゃないかと思うようなタイムスケジュールで動いていた。

事務が出来るのは一日のうちそれほど長くない。

にもかかわらずブラウさんの他に、事務を出来る人が一人もいないんだそうだ。

「何度か募集をかけたり辺境伯様に紹介して貰ったりして、事務官を雇い入れたんだけどな……」

どうしてなのか聞いた時、ブラウさんはそんなふうに言葉を濁して、盛大に溜息を吐いた。

「うちの騎士は荒い奴らが多いせいか馴染めなかったり、仕事が多すぎて精神的に追い詰められたり、どう頑張っても提出されない書類を前に心折れたりと、全然長居しなかったんだ」

「……大問題では」

俺の返しに、ブラウさんは我が意を得たりと口角を上げた。

「だから、俺にはアッシュが救いの女神《めがみ》に見える」

「大げさ過ぎます」

「本当だとも。ハイデにアッシュの腕は聞いてる。剣も使えて書類関連も嫌がらずにやってくれる……どころかとんでもなく効率的で優秀すぎるなんて、俺が今一番求めていた人物だよ」

優秀と言われて、言われ慣れない言葉に顔が熱くなった気がした。

処理速度の差を突きつけられながらのその言葉は、素直に頷けなかっただけど。

でも、そんなブラウさんに褒められるのはちょっとむず痒《がゆ》い。そして、そんな時のブラウさんは、ゆったりと尻尾を揺らしていて、見ているだけで癒される気がする。

もともと辺境には商業学校のような施設がなく、そういうことを得意とする者は皆王都を目指して果ては王宮で働けたら、なんて大きな夢を持って辺境伯領を出て行くので、戻って来る人など殆どいない。そのため探すにも限度があり、まあブラウさんが出来るから、なんて彼に全て任せてしまっているのが現状らしい。

まあ、確かに。

一概に事務と言っても、やることは大量にある。

それを手の空いた時にまとめないといけないブラウさんは、もしかしたら寝る間もないんじゃ、と思わせる程にいつでも書類は積み重なっている。

それでもなんとかこの騎士団が回っているのは、彼の仕事が早すぎるせいだ。

横に付いたらよくわかる、ブラウさんの優秀さ。

読んで理解する能力が高く、計算能力が高く。

それを適切に処理する能力がとんでもなく優れている。

だからこそ、ここの仕事がやれてしまっているらしい。

そして、そんなブラウさんの下に付く見習い達は、ブラウさんの望む程度の能力の高さにまったくついていけないみたいだった。

次々と処理されて行く書類の山に、俺はまるで魔法を使っているように見えてしかたなかった。

ある程度区切りが付いたのか、ブラウさんはペンを置いて書類をトンとまとめた。

そして俺が置いておいた処理済みの箱の中にツッコむと、んーと伸びをした。

「あー、もう時間か。ちょっと遊撃隊の打ち合わせ行ってくる」

「はい」

「アッシュはそれが終わったらこっちの決算書を分類別に計算して貰っててもいいか？」

「はい。それが終わったら過去書類の残りをまとめておきますね」

「頼む……ほんと、アッシュが来てくれてよかった」

ニヤリと笑って、ブラウさんは資料を手に出て言った。

その背中を見送ってから、計算器具を使って頼まれた仕事をこなしながら、この騎士団の惨状に溜息を溢した。

「いくらなんでも、書類をまとめるくらいは誰でも出来ると思ってた……」

否《いな》、誰でも出来ることは出来る。でもそのスピードが問題なのか。

自然と動く指で器具をパチパチと弾きながら、遠い目をする。

夕方までにはある程度仕事を終わらせて、俺も鍛錬の時間を取りたい。

ブラウさんが自ら指南《しなん》してくれるって言ってたけど、そんな時間取れるのかな。

でも、ハイデですら軽くいなされるブラウさんに指南して貰えるのはちょっと嬉しい。

……あの尻尾に見蕩《みと》れないように気を引き締めよう。

フリフリと揺れていた尻尾を思い出してしまい、コホンと咳払いしてそれを打ち消した俺は、今度こそ集中するべく真剣に書類を覗き込んだ。


ブラウさんの剣は、まるで舞《まい》のようだった。

動きの一つ一つが速く、洗練されていて、どれほど身体を酷使しても追いつける気がしなかった。

ガキン！　と金属音が響き、俺の手から剣が飛んで行く。

腕が痺れて一瞬感覚がなくなる中、俺は必死で後ろに飛び、飛んだ剣を拾い上げ、構えた時にはもうブラウさんは目の前にいて、俺の首に剣を突きつけていた。

「……まいりました」

俺の言葉と共に、ブラウさんの剣が下がる。

真剣な光を帯びていたその深い蒼の瞳が、フッと鋭さを和らげ、目の前にブラウさんの手が差し出された。

「結構本気になったぞ。気を抜いたら負けそうだ」

「お世辞は結構です」

全然勝てるヴィジョンが見えなかった。

むしろ手加減されていたというか、俺が打ち込みやすい場所に敢えて隙を作り、動き方を教えているような、そんな打ち合いだった。

垂れてくる汗をシャツで無造作に拭い、まだ痺れる腕をさする。

力で勝てないのはわかってる。スピードだって。

「……ありがとうございました」

ブラウさんに頭を下げると、ブラウさんの手が不意に頭に乗った。

わしわし、と剣ダコのあるゴツい手で髪を掻き混ぜられる。

「……アッシュの腕、事務させとくには惜しいな……でも他にこれほど有能なヤツ、いないんだよなあ……」

俺の髪を掻き混ぜながら、ブラウさんがまるで独り言の様にブツブツと呟く。

そして、ハッとした様に俺の頭から手をどけた。

柔らかめの髪は今のブラウさんの攻撃でぐっしゃぐしゃになった。

「ちょ、くせ毛なんですから」

必死に手で直していると、俺の頭をじっと見ていたブラウさんがブハッと噴き出した。

「ごめん、手触りが良すぎてつい。反撃してもいいぞ。ほら」

ブラウさんがほら、と言って少しだけ身体を屈める。

目の前にあの黒くてふさふさな耳が差し出され、俺は目を見開いた。

え、なに。

反撃って、今みたいに手で撫でまくっていいってこと？

「……あとで不敬だ何だと罰せられません？」

「俺が言い出したのに罰するわけないだろ。どうする？　反撃しとくか？　とはいえ俺の髪はまっすぐで硬いから、どれだけ掻き混ぜてもそう変わらないんだけど」

「…………では」

ゴクリ、と喉を鳴らして、俺はそっと手を伸ばした。

周りには誰もいない。手の空いた隙を見て二人で身体を動かしていただけなので、鍛錬時間とは被っていないから。

それでも俺は少しだけ周りを確認してから、初めに会った時から気になっていたその耳にそっと触れた。

ふわり……。

その柔らかくて温かい感触に、胸が一つ高鳴った。

「わ……手触りが……すご、キモチイイ……」

周りの髪よりも若干柔らかい耳の先辺りが特に、指触りが最高に良くて、思わず指で撫で、摘まみ、手のひらで包み込む。

なんだこれ。最高。なんだこれ。

今まで感じたことのない感覚に、俺は一瞬で心奪われた。

「お、あ、アッシュ……？」

「ふわ……すご、柔らか」

指の腹で毛並みを楽しみ、薄い耳を撫でる。

はー……。これは、極上の手触りすぎる。

ヤバい、癖になりそう……。

無心にその最上の手触りの毛並みを堪能する。

「アッシュ、そ、まて、その触り方……っ」

いきなり焦ったような声が聞こえた次の瞬間、ブラウさんの頭がバッと離れていった。

「あ」

なくなった毛並みの感触がとても残念で、俺は名残惜《なごりお》しく思いながらブラウさんの頭上に視線を向けた。

「おま、その顔……って、そっか。アッシュは人族だもんな」

フー……と深い吐息を溢したブラウさんは、一拍後にはいつも通りの表情に戻り、肩を竦めた。

「じゃあ、事務に戻るか。もうすぐ月締めの書類をまとめないといけないんだよ」

その顔はいつも執務室で見せる顔で、俺も気分を変えるべく軽く自分の頬を両手で叩いた。

「言われていた決算書は全て清書済みです。一年前までの書類はまとめて、奥の使われていなかった棚に並べてあるので、何か確認したいときはそこからお願いします。そのうち手が空いたらもっと遡《さかのぼ》って整理しますね」

一旦仕事のことを口に出せば、さっき感じたあの至福《しふく》の時間から仕事モードに切り替わる。

「やっぱ事務に欲しい。アッシュが有能過ぎてヤバいな」

「ブラウさんは褒めて伸ばすタイプだったんですね」

「そういうわけじゃないんだけどな……」

軽口を叩きながら、俺達はまた執務室に戻った。


夜の帳が落ちる頃。

宿舎の部屋であとは寝るだけの状態になった俺は、灯りを消した暗い部屋の中で、ベッドに転がりながらもなかなか寝付けなかった。

ブラウさん、すごく強かったな。

俺なんか足下にも及ばないくらい。

俺も頑張ったらあれくらい強くなるのかな。それこそ、兄さんとミーシャさんを俺の腕で守れるくらいに。

強くなりたい。

手を天に伸ばし、ぐっと握りしめたところで、ふとあの柔らかい感触が手に蘇《よみがえ》った。

初めて触れた、獣人族の耳。

もう少し硬いと思っていたそこは、思った以上に滑《なめ》らかで柔らかくて、そして温かかった。

ずっと触れていたいと思ってしまった。

耳があれだけ手触りがいいってことは、背中に揺れる尻尾もまた……。

艶《つや》やかでふさふさのあの尻尾も、一度でいいから触らせて貰えたら、悔いなしって思う。

思い出しただけで、心臓は少しだけバクバクと脈打ち始めてしまった。

「……あの時の困ったような顔をしたブラウさん……ちょっと、可愛く見えちゃったな……」

こんなことを誰かの前で言ったら不敬になってしまうけど。

あー……もう一回、触ってみたいなあ……。

もう指南のことよりもそんなことしか頭に浮かばなくなって、俺は変な声を出しながら両手で顔を覆った。

同僚の中で誰よりも一番に正騎士になったのは、やっぱりというかハイデだった。

小隊に組み込まれるのではなくて、ブラウさん直属の部下に当たる、遊撃隊への配属だ。あの腕なら確かにそうなるよな、という納得の配置だった。

ハイデは配属されてすぐに遊撃隊として活躍し始めた。

選《え》りすぐりの騎士が集められた遊撃隊は、騎士団内の花形だ。今は総勢四人しかおらず、その四人は団長、副団長を除いてこの騎士団の実質トップの腕前だ。それ故、憧れる見習いも結構いたりする。

俺よりも早くここに入った見習いたちも、腕を上げていつか遊撃隊に所属したいと目を輝かせている。

俺も遊撃隊に所属してみたいとは思う。ブラウさんの下に付いて魔物討伐とかをしてみたいから。

遊撃隊の討伐内容をハイデに訊くと、いつでも一番先に魔獣に深手を負わせるのはブラウさんだと教えてくれるんだ。目を輝かせ、学校時代に話してくれた時と同じように。

その顔を見ていると、実際にホンモノのブラウさんを知った今は、俺もつられて憧れてしまう。

「……見てみたいなあ」

騎士達から上げられた森の報告書をまとめながら、ぽつりと呟くと、隣で辺境伯様に提出する帳簿をまとめていたブラウさんが顔を上げた。

「何を見たいんだ？」

そう問われて、俺はハッと顔を上げて、顔を赤くしながら首を横に振った。

「何でもないです。ブラウさんが気にするほどのことじゃないですから。仕事を続けてください」

ブラウさんは、俺の言葉に少しだけ困惑した表情を浮かべた。

「いや、そんな切なげな顔でそう言われてもな」

「切なげ!?」

そんな顔してない！　と両手で顔を押さえると、ブラウさんが心配そうに俺の顔を覗き込んできた。

「誰かに恋でもしてるのか？」

「こ、恋なんて、してませんから」

そんなんじゃないんだよ。ただブラウさんの討伐姿が見たいと思っただけなのに、どうして恋になるんだ。

慌てて否定すると、ブラウさんは訝《いぶか》しげな顔をした。

「本当か？　何か、思い煩《わずら》ったりしているわけじゃないのか？」

「そそそんなことないです！　ただ、ブラウさんが魔獣を討伐する姿を見てみたいって思っただけだから、恋してるとかそんなんじゃないです」

誤解を生みそうだったので慌てて暴露《ばくろ》すると、ブラウさんは目を大きく見開いてから、フッと細めた。

その顔が、今まで見た中で一番穏やかな表情で。

笑いを堪える目になったブラウさんのその顔に、俺は思わず見とれてしまった。

ああ。この目、好きだな。

そう唐突に思った。

この優しい目が、手合わせの時は鋭く光り、書類を前にするとぐっと細められる。そして、騎士達を見る時もまた少しだけ雰囲気が変わってとても頼り甲斐がある表情になるのがいいな、と思う。

「ほほう。俺の格好いい姿が見たいのかあ」

楽しそうにそう言われて、俺はまたしても顔が熱くなるのを自覚した。

「えっと、どうしてそうなるんですか。ほら、時間がないんですからさっさと計算終わらせてくださいよ」

誤魔化すように机をトントンと叩くと、ブラウさんは面白そうな顔のまま、眉尻だけを器用に下げて見せた。

「俺はアッシュほど計算が速くないんだよ。もうこの帳簿はアッシュの仕事でいいんじゃないか？」

「俺まだ見習いですよ⁉　もっとちゃんと俺の為人を見極めてからそういう大事な仕事を任せるようにしてください。俺が裏切ったりしたらどうするんですか」

「いや、アッシュは……」

ブラウさんが何か言いかけた時に、執務室のドアがノックされた。

「手紙が届いてたんで持ってきました」

俺達の返事を待たずにドアが開き、俺達の次に入ってきた見習い騎士が顔を出した。

その手には三通ほど封筒を持っている。

それを受け取ると、見習いは「届けましたからねー」とさっさと逃げていってしまった。書類整理でもまかされると思ったのかもしれない。

そのまま受け取った手紙をブラウさんに渡すと、ブラウさんは差出人を確認して、一枚を俺に渡してきた。さっき言いかけた言葉の続きは、もう言う気がなさそうだった。

少しだけ気になりながらも、その手紙を受け取る。

「アッシュ宛てだ」

「ありがとうございます」

宛名を確かめると、そこには兄さんの名前が書かれていた。


兄さんからの手紙を読んで、俺は動きを止めた。

「え……、ほんとに……？」

手紙を握る手に力が入る。

じわりと自分でもよくわからない感情がわき上がってくる。

手紙には、こう書かれていた。

『来年の春には家族が増える』


家族が、増える……？

結婚したんだから、当たり前と言えば当たり前のことで、祝福すべきことで。

——兄さんと、ミーシャさんの子供。

俺と兄さんとミーシャさん、三人で住んでいた時は、すごく幸せで。

でも兄さんたちにはもっと幸せになって欲しいからと俺は家を出たはずで。

子供が生まれたら絶対にもっともっと兄さん達は幸せになるはずで。

俺の家族は……。

俺は、兄さん達の家族のままでいていいのかな。

自分でもすごくガキ臭い情けない感情なのはわかってる。

でも、こんな感情のままでちゃんと生まれてくる子を可愛がれるんだろうか。

可愛いと、思えるんだろうか。


「アッシュ？」

不意《ふい》に声を掛けられて、俺はハッと我に返った。

手にした手紙は少しだけくしゃっとしていて、俺は慌ててそれを伸ばす。

声の主は、ブラウさんだった。

「何か嫌なことか気になることが書いてあったのか？　顔色が悪いぞ」

ブラウさんの口調は、俺を気遣ってくれるものだった。そして耳がへにょッと力なく垂れている。

それを見たら、なんだか少しだけ気持ちが落ち着いた。

「いえ、ただ、来春に、兄さん達に子供が生まれるみたいで……」

笑顔を心がけながらそう答えると、ブラウさんの手が俺の頭に伸びてきた。

ゆったりとその手が俺の頭を撫でて、離れていく。

「めでたいことだな。家族が増える」

「……そうですね。兄さん達に家族が、増えますね」

そう口に出して、即座に後悔する。

兄さん達が本当の家族になる。

じゃあ、俺は。

ハイデの「お兄ちゃんっ子」という言葉がフッと脳裏に浮かんだ。

兄さんとミーシャさんの背中を押して、一人兄離れした気がしていたけれど、全然出来てなかった。

自然と顔が下を向いていく。

ちゃんと、可愛がれる自信がない。むしろこんな感情を持つ俺がお祝いしていいんだろうか。

——ちゃんと、祝えるんだろうか。

ふわり、と手を何かが掠《かす》めていった。

なんだろう、と思う間もなく、もう一度。

下を向いた視線を手の方に向けると、黒いもふもふがだらんと垂れ下がった俺の手の甲をフワリと撫でていた。

え……これって……。

一瞬それまで浮かんでいた暗い感情も忘れて、バッと顔を上げると、すぐ近くから深い蒼の瞳が俺を覗き込んでいた。

そして、またフワリと。

とても手触りのいい毛並みが、俺の手を撫でていった。

「子が生まれたら、一度休暇をやるから、里帰りしろよ。そして、生まれてきた子の顔を見てみろ。生まれたばかりの子供ってのは、小さくて柔らかくて、可愛いぞー」

そう呟くブラウさんの顔は、とても優しくて、本当に子供を可愛がってきたんだということがわかるような慈愛の笑みが浮かんでいた。

「……俺、可愛がれるでしょうか」

思わず、さっきの心の濁《にご》りをぽつりと溢す。

すると、ブラウさんの目が細められ、口元がニッと持ち上がった。

「むしろアッシュなら、メロメロになるかもな」

「め、メロメロ……？」

なんで、と瞬《またた》くと、ブラウさんが楽しそうに肩を揺すった。

「だってアッシュ、可愛いのが好きだろ」

「え、あ、え……？」

「お前、たまに俺の耳とか尻尾を見て、うっとりした顔で『可愛い……』って呟いてるぞ。まあこの姿を可愛いとか言われたことがなかったからかなり衝撃を受けたけど、悪い気はしないなと思って、俺の耳に見蕩れるアッシュをたまに堪能してる」

くっくっと笑いながら暴露されて、俺は一気に顔に血が集中した。

うわーーーー！　と叫んでしまいそうになるのをぐっと堪え、真っ赤になっただろう頬を両手で隠す。

「そんなこと……っ、ないですから！」

「そうなのか？　ないのか？　たまに見蕩れられるの、だいぶ面白いんだが」

揶揄われているのはわかってるのに、過剰反応してしまう。

何でバレた？　何でバレてる？　俺、そんなに頻繁《ひんぱん》に見蕩れてた……？

ほ、本人にバレバレなんて！

しかも密かにその耳が可愛いって思ってるの、口に出てたなんて……！

恥ずかしい……！

あまりの羞恥に、俺はガッと椅子を蹴倒して、「鍛錬してきます！」と執務室を飛び出した。

頭を冷やすために鍛錬場に飛び込み、そこで鍛錬をしていた第一大隊と見習い達に混ざった俺は、ただただ頭を真っ白にするために、一刻ほど無心で剣を振り続けた。

そして次の日、寝て起きて吹っ切った俺は、執務室に来たブラウさんに「不躾《ぶしつけ》に見てしまって申し訳ありませんでした！」と頭を下げたところ、ブラウさんに大爆笑されてしまった。


そして約半年後。

兄さんから子供が生まれたという手紙を貰ったのと同時に、見習い卒業の話が持ち上がった。

目の前には、トラスト団長とブラウさんが座っている。

俺の前には、『顧問事務官就任辞令書』と書かれた紙が置かれている。

「頼む。アッシュがブラウの手伝いをしてから、アックスの機嫌が最高なんだ！　大隊に組み込まれるんじゃなくて、事務官になって欲しい！」

「アックス……？」

「辺境伯だ。見違えるように資料が読みやすくなったと大喜びでな。今度こそ事務官を長続きさせろ、絶対に辞めさせるなともものすごい圧を掛けてくるんだ」

肩を竦める団長に苦笑しつつ、辺境伯様直々の指名だということに溜息を呑み込む。

ブラウさんにはよく「アッシュがいてくれてすごく助かる」とか「ずっと俺の手伝いをしてほしい」とか言われていたけれど、それは身内びいきか何かだと思ってた。でも、辺境伯様まで買っていてくれたなんて。

「顧問事務官……ですか」

聞き慣れない役職に首を捻っていると、ブラウさんが口を開いた。

「まあ、今まで俺が空き時間にこなしていた仕事だな。書類整理、提出資料製作、経理関連、在庫管理、シフト調整、あとは物資関連だな」

羅列《られつ》される仕事内容に、気が遠くなった。

俺が今まで手伝っていたのは、書類整理と経理関連、そして資料集めくらいだ。それだけでも大変だったし、ブラウさんがメインで行ってきたから出来たようなものだ。

俺一人でそれを全てやれと言われても、出来る気がしない。

「そもそも提出資料用の書類、ブラウさんじゃないと大隊長達はちゃんと提出しないじゃないですか……俺が行っても揶揄うばっかりで全然出してくれませんし」

「実力行使していい。出さないヤツはアッシュのその腕でコテンパンにしていい。相手が大隊長だろうとも」

ブラウさんの言葉に、トラスト団長がブンブンと首を上下に振っている。

「アッシュの腕は、遊撃隊でもやっていけるくらいだから、大隊長たちだってその腕で黙らせればいい」

爽《さわ》やかにそんなことを言うブラウさんに半眼を向けてから、俺は改めて辞令書を手にした。

そこには勤務条件なども書き込まれていた。

見習い騎士とは雲泥《うんでい》の差の給料、それから夜勤なしの勤務時間。休暇も定期的に取れて、条件的には悪くない。

でも俺はあくまで騎士になるためにここに来たわけで。

正直、森で魔獣を討伐してすっきりしたかったたし、身体を動かしたかった。

悩んでいる俺の手から、ブラウさんが辞令書をスッと取ると、テーブルの上に置かれていたペンを手にしてサラサラと何かを書き足した。

そしてもう一度俺の手に戻した。

「……長期休暇、要相談……」

「アッシュの実家で子供が生まれたんだろ。前に約束した通り、一旦半月の休暇をやるから、その間に正騎士になるか事務官になるか決めておいてくれ」

「ブラウ副団長……」

「気を付けて行ってこいよ。騎士団の馬を一頭貸してやるから。その代わりちゃんと世話しろよ。その間、辞令書は俺が預かっとくから。いいよな、トラスト団長」

「事務官になってくれるならなんの問題もない」

ブラウさんの思いつきに鷹揚《おうよう》に頷いたトラスト団長は、最後に頼む！　とテーブルにぶつける勢いで頭を下げて、団長室から俺を送り出した。


正騎士じゃなくて、事務官。

いまいちどう反応していいのかわからないけれど、これは断っていいことなんだろうか。

それとも辺境伯様の名前が出るってことは、確定事項なんだろうか。

狭いベッドに転がって、先ほどのブラウさんを思い出す。

付け足してくれた内容に、顔が緩む。

長期休暇って……前に兄さんから手紙を貰ったときにブラウさんが約束してくれた里帰りの話は、その場だけのことじゃなかった、ちゃんと気に掛けてくれていたということに、胸がほんわか温かくなる。

正直、兄さん達の間に子供が生まれたという実感が湧かないし、やっぱりモヤモヤと嫉妬心みたいなものが胸にある。

可愛がることができるかもわからない。

でも、ブラウさんが「一度見てみろ」と言った言葉が、俺の背中を後押ししてくれた。流石に俺がメロメロになるとは思えないけれど。

思い立ったが吉日と、俺は次の日には馬に乗って王都へと旅出った。

♡
♡
♡

辺境の馬は、魔獣の血が入っており、三日三晩駆けようとへばることはないと言われている。魔獣と対峙《たいじ》したときでも尻込みしたり怖がったりすることがない。王都で見かける馬よりも一回り大きなその体軀《たいく》は立派で、駆けるその足並みはとても頼りになる。

というわけで、俺は一昼夜騎士団の馬と共に王都への道を駆け抜けた。

ほぼ休みなく馬で駆けた俺は、辺境を出た次の日の夕刻には、汗まみれになりながら王都の実家前に辿り付いた。

ドアに手を伸ばしながら、ドキドキする心臓を深呼吸で落ち着ける。

魔獣に対峙したときよりもよほど心臓が跳ねている気がする。

一年半ぶりの実家。

新しい命の生まれた、俺の家、だったところ。

ノックをすると、中から「はーい」という懐かしい声が聞こえてきた。

ギイ、とドアを開けると、丁度こっちに来ようとしていたミーシャさんと目が合った。

途端に、ミーシャさんの瞳が輝き、その顔に満面の笑みが浮かぶ。

「アッシュ！　おかえりなさい！」

駆け寄って来て、俺にハグをする。

「ミーシャさん、俺ずっと馬に乗ってきたから、汗まみれだよ」

「そんな大変な思いをしてきてくれたのね。ありがとう。会いたかったわ、アッシュ」

更にぎゅっと抱き締められ、躊躇っていた俺も、ミーシャさんの華奢《きゃしゃ》な身体に腕を回す。

手を引かれて家に招き入れられた俺は、工房の先にある居間につれていかれた。

そこでは、ソファに座っている兄さんが、嬉しそうな笑顔で俺を迎え入れてくれた。

そして、兄さんの腕の中には柔らかい布に包まれた小さな何かが抱かれていて、そっと覗き込んだ俺は一瞬声を失った。

「は？　え……？　な、なに、これ、か……」

とても小さな小さな新しい家族を前に、俺は、しばらく固まった後……悶絶《もんぜつ》していた。

「可愛い――――――――――――――――‼」

俺の声に驚いた様にピクッと身体を揺らしてまん丸な目を開けた赤子が目に入る。

うわ――――！　可愛い、こんな可愛い生き物初めて見た！

丸くてふくふくで、ぷよぷよで、本当に小さくて。手のひらなんて俺の指の長さほどの大きさもなくて。

見れば見るほど、息が詰まりそうな程に、愛おしい。

可愛い。

すごく、可愛い。なんだこれ。

「リオンっていうの。アッシュの甥っ子よ」

ミーシャさんに紹介され、兄さんがその小さな手をそっと握って俺にフリフリとする。

「うわあああああ！　かわいい、可愛い！　リオン、リオン？　名前まで可愛いんだけど！　リオン、俺が君の叔父さんだよ！」

大興奮のままのテンションで自己紹介すると、目をぱちくりと開けていたリオンが俺を見上げて、ふにゃりと顔を歪めた。

そして、その小さな身体からは想像も付かないほどに、大きな声で泣き始めた。

「ふわあああ、ふわあぁぁあぁ、ふわあああ！」

「わ、ごめん、俺驚かせちゃった……？　リオン、ごめんね。でも泣き顔もやばいかわいい」

アワアワしながら三人を交互に見ると、兄さんとミーシャさんが同じような顔で俺を見ていた。

「思った以上のアッシュの反応だったな……」

「言ったじゃゃない。アッシュは絶対に可愛がってくれるって」

「んん……」

二人ともリオンが泣いているのにクスクスと笑い始めた。

まって、リオンがめちゃくちゃ泣いてるのにここ笑うところ!?

焦る俺に、更に二人は笑みを深くした。

「とりあえず、着替えてこいよ、アッシュ。帰って来てくれて嬉しいよ、おかえり」

「ただいま……ってリオンが泣きやまないんだけどいいの!?」

「赤ちゃんは泣くのも仕事なのよ」

ミーシャさんにそう言われて、母親の言うことは格好いいと思いながら家を出る前は自分の部屋だった場所に向かう。

部屋に入ると、ここから出たままの部屋がそこにあった。

俺が残していったもの全てが、そのまま残っていた。

「辛かったらいつでも帰って来いって兄さん言ってたけどさ……」

本当にいつでもすぐここで生活できるようになってるなんて。

ふふっと笑って、俺は汚れている服を脱いだ。


身ぎれいになった状態で戻ると、兄さんにハイッとリオンを渡されてしまった。

抱き方を教えて貰い、おっかなびっくり腕の中にリオンを包み込む。

フワリと持たされたその小さな身体はとても軽く、そして、頼りないほどに柔らかい。

「握りつぶしそうで怖い……」

慣れない抱っこに居心地がわるいのか、リオンが身体をもぞもぞと動かす。

「ふわあ……可愛い。え、可愛い」

俺がリオンを抱っこしている間、ミーシャさんがご飯を作るとキッチンに立ってくれて、兄さんはようやくゆっくり仕事が出来るとニコニコしながら扉を開け放ったままの工房に向かった。

「ちょ、え、ここで泣いたら、俺どうすれば……？」

「ミルクか、おしめか、眠いかどれかね」

「俺、ミルク出ないよ⁉」

俺の叫びに、ミーシャさんだけじゃなくて工房にいる兄さんまで声を上げて笑い始めた。

二人ともこんなに笑い上戸だったっけ！

おっかなびっくりおしめを替えて、服を着せようとして怖くて出来なくてと悪戦苦闘《あくせんくとう》しながらリオンの世話をする。

リオンもだんだんと俺に慣れてきたのか、大きなまん丸の目を開けてじっと俺を見つめてくる。

その瞳は俺と兄さんと同じ、蜂蜜みたいな色だった。

「ミーシャさん要素が一つもない……」

リオンは疑いようがないほどに兄さんと同じ色で、水色の綺麗な髪と紫の綺麗な瞳はまったく受け継がなかったようだ。

「でもね、リオンはちゃんと背中に羽根があるのよ」

撫でてみて、と微笑むミーシャさんはどこか誇らしげで、けれど次の瞬間にはフッと一瞬だけ表情を曇らせた。

リオンの背中をそっと撫でてみると、確かに背中の骨のあるところには小さな羽根のような感触があった。

「ここら辺は竜人族の服は売ってないし、私も人族と偽《いつわ》ってるから当分は羽根のお披露目はできないけどね」

「そっか……」

確かに、ここら辺には竜人族なんていないから、どうしてリオンだけ羽根が？　なんて疑われたら面倒くさいことになりそうな気はする。ミーシャさんのここにいる経緯が経緯だから、もしまだ追われていたりしたら……。

「困ったこととかはない？」

リオンをあやしながら二人に目を向けると、ミーシャさんは笑顔で大丈夫と言い、兄さんは一瞬だけ視線を落としてから同じように笑顔を見せた。

兄さんのそんな仕草《しぐさ》は、問題があると言っているようなもの。

「なんかあるんだ」

確信を持って突っ込むと、兄さんは諦めた様に肩を竦めた。

「身の回りのことじゃないんだ。仕事のほうでな」

身の回りのことじゃないという言葉にホッとして、俺も表情を崩す。

「前も魔石鉱山のことで問題あったのにまた？　商業ギルド大丈夫なの？」

軽い口調で返すと、兄さんも軽い口調で「ヤバいかもなー」と返してきた。

「そもそも、この国の魔石の産出量が減ってきたから、帝国からの輸入が増えたんだよな。でも帝国は魔石そのものじゃなくて加工済みのものを輸出したいらしくて。仕事がかなり減ってるんだよ」

「え、それ大事《おおごと》だよ！」

思ったよりも重い内容に驚いていると、兄さんは苦笑しながら、救済措置もあるんだということを説明してくれた。

「帝国に渡って加工職人のところに勉強しに行く制度ができて、俺達みたいな魔石加工職人は補助金が出るとか。家族がいるなら家族用手当も出るし、何よりちゃんと住居を用意するっていう破格の対応らしくて、オッドーネさんが俺もその制度を使った方がいいって勧めてきたんだよ」

行く気はないけどな、と続けた兄さんは、そっとミーシャさんの肩を抱いた。

「他の職人達にとってはすごくいいかもしれない。帝国はこの国よりも広いし国力も高い。でも、ミーシャとリオンを連れて帝国に行く気はないから、とりあえずここで頑張るよ」

「仕事の方は大丈夫？」

「むしろ皆が帝国に行ったら、そいつらの分の仕事も入ってくると思うから、なんとかなるんじゃないかなって。その制度も希望制らしいから」

「無理はしないでね。あ、俺今度見習い卒業するから、給料も上がるんだ」

手伝わせて、という言葉は言わせて貰えなかった。

兄さんが首を横に振ったその顔が、言わせてくれなかった。

ミーシャさんがとても明るい声で手をポンと叩いて話題を変えてしまう。

「見習い卒業おめでとう！　正式な騎士になるの？　お祝いしないとじゃない。アンバー、燻製肉買ってきてくれる？」

「わかった、任せろ。ついでにアッシュの好物の果物も買ってくるから待ってろ」

サッと二人とも動き始めてしまって、リオンを抱いていた俺は、ただ二人を見送ることしか出来なかった。

腕の中で、リオンはすでにすやすやと心地よさそうに寝ていた。

その体温はとても高くて、心地よくて……。


『これをアッシュが持ってて』

首に掛けられた両親の形見。

見た目はいつも父さんが仕入れる魔石っぽいけれど、魔力で加工が出来なかった不思議な赤い石。

ずっと兄さんが大事に持っていたそれは、教会で両親を見送った際に、兄さんが俺の首に掛けて、自分は父さんの道具があるからと、残してくれた宝物。

膝をついて俺を見上げる兄さんは、自身もとても悲しいのに、それをぐっと我慢して、俺に笑いかけてくれた。

まだ小さな手で必死にそれを握りしめて頷くと、兄さんがよかったと微笑んで、腕に抱いた小さな命の光を俺にそっと渡してきて——。


ふと耳元で何かが聞こえて目を開けた。

「あー、あぅー」

俺の横で、ポカリと目を開けたリオンが両手両足を一生懸命ジタバタと動かしていた。

その元気な様子に、ようやく俺は夢から現実に帰ってきた、とホッと息を吐いた。

ぴんと立ち上がる足が小さくて蕩けるほど可愛い。

一生懸命動いている小さな小さな指が思わず笑ってしまいそうになるほど可愛い。

「リオン……？」

「あーぅ」

半分眠った頭のままその小さな手足をバタバタさせているリオンに手を伸ばすと、その指が俺の指をぎゅっと握った。

「……っ」

思った以上に力強いその手の力に、一瞬にして眠気から覚醒《かくせい》する。

「リオンと一緒に寝ちゃってた？」

指を摑まれたままそっと上半身を起こす。

そこはリオンを寝かしておいてと頼まれた兄さん達の部屋のベッドだった。

ベッドに下ろそうとした時にぐずったリオンを宥めるために、隣に寝転んで身体を軽くトントンしていたら一緒になって寝ちゃったらしい。

キッチンからはコトコトと何かを煮込む音が聞こえていて、お腹のすくようないい香りがふんわりと漂ってくる。

リオンはお目々全開で俺を見て、にぱっと笑った。

その笑顔は、寝起きの頭にはとても眩《まぶ》しくて、胸を打ち抜かれる。

うちの甥っ子可愛い。天使か。

「あうー」

「あああああ……リオン、おはよう……っ、可愛い」

「もうすぐ夕方だけどな」

リオンに挨拶した瞬間、兄さんの声が聞こえてきた。

「起こしに来たけど、リオンに起こされたみたいだな。それにしてもリオン、ご機嫌だなあ」

「あうー」

「そうか。リオンもアッシュが大好きなのか。父さんもアッシュが大好きなんだ」

「あう」

兄さんがベッドに近付いてきてリオンを抱き上げようとすると、リオンが更に力を込めて俺の指を握りしめた。

ペチペチと小さな手で兄さんの顔を叩いている。可愛い。

けれど、流石に大人と赤子の力では差が歴然《れきぜん》としていて、リオンの指が俺の指から外れてしまう。

「おいで、母さんがご飯を作ってたから」

「あー！」

リオンが俺に向かって手を伸ばし、嫌がるように怒気のこもった声を上げた。

「リオン？」

「ふあああ！　ふあああ！」

いきなり泣き出したリオンに兄さんが戸惑ったような顔をする。俺も慌てて起き上がると、リオンは更に大きな声で泣き始めた。

「あれ、いままでご機嫌だったのにな。リオン？　お腹すいたか？　ちょっと待ってな。ミルク温めるから」

慌ててキッチンに向かう兄さんの後ろからついていくと、大騒ぎしながらキッチンに入った俺達にミーシャさんが振り返って苦笑する。

「あらあら、大泣きねえ。もう少し待って貰ったらおっぱいあげられるんだけど」

「ミルク温めるから大丈夫。ミーシャはそっちを頼む」

兄さんがリオンを抱いたままミーシャさんの隣に立つ。

その背中を見ながら、ああ、本当に兄さんとミーシャさんは家族になったんだと実感した。

きっとリオンがその腕にいるから。

俺の家族としての理想が、そこにあった。

さっき、兄さんの夢を見たからか、余計にその姿が幸せで。リオンの泣き声までもが、まるで宝物のように思えた。

「片手じゃ無理よ」

「いや、でもミーシャはこの間片手でやってたじゃないか。俺も出来るかなって」

「慣れないと溢すわよ。ああ、ほらあ、溢れちゃったじゃない」

ミルクを溢す兄さんに、笑いながら注意するミーシャさんが、父さんと母さんのようで。

そして振り返るその顔が。二人とも親の顔をしていて。

一瞬だけ、並んでそんな風に笑っている両親が脳裏を過った。

胸が押しつぶされたような息苦しさを一瞬で奥に押し込めた俺は、すぐ側で聞こえたリオンの泣き声に頬を緩めた。

「アッシュ。ちょっとリオン抱いててくれるか？」

片手がミルクまみれのままもう片手でリオンを抱いていた兄さんが弱った顔をして、俺に泣いているリオンを渡してくる。

その顔は外で真っ黒になって帰ってきた幼い俺に向けられた父さんの困り切った顔と本当にそっくりで、思わず声を上げて笑ってしまった。

「リオン、おいで」

クスクスと笑いながら受け取ると、リオンは俺の腕の中でピタリと泣き止んだ。

「あうー」

そして、まだ歯も生えていない口をパッとあけて、笑顔になった。


王都滞在九日目。

明日はここを発つという日の夜、俺は初めて兄さんと向かい合って酒を交わした。

ここを出る前はまだ学生で、安くもない酒を嗜むことはしなかった。

けれど俺もある程度は辺境で酒の味にも慣れたことで、兄さんが酒の席を用意してくれた。と言っても、二人で向かい合うだけだけれども。

ミーシャさんはリオンを寝かしつけるために奥の寝室に行っている。

久しぶりの二人きりに、なにやら少々照れくさかった。

「ところで騎士の方はどうだ。見習い卒業の詳しい話を聞きそびれてたから、帰る前に一度は詳しく聞こうと思ってたんだ」

グラスに入っている琥珀色の酒をちびりと飲みながら、俺は肩を竦めた。

「俺、見習い中ずっと事務の手伝いをしてたんだ。成績とか、兄さんに叩き込まれた商業学校の学習内容を買われて。それで、見習いを卒業したら正騎士じゃなくて事務官になって欲しいって」

「事務官？　それは魔獣を倒すことがない仕事じゃないか」

兄さんの顔が目に見えてホッとする。

ずっと俺を心配していてくれたから。

「そうだね。書類整理とか事務全般がメインになるって。……断ることも出来るって言われたけど」

「断ることなんてない！　アッシュは俺より優秀なんだから、絶対そっちの方がいいよ。危ないこともないだろうし」

「俺、そこまで優秀じゃないよ。兄さんが勉強を見てくれなかったら首位とれなかっただろうし。でも危ないことがないのは、まあ……腕は鈍《にぶ》りそうだけど」

よかった、と呟いて酒を一気に流し込んだ兄さんは、本当に嬉しそうに顔を綻ばせた。

「そんなことより兄さんの方だよ」

俺はそっと声を潜めた。

久しぶりに見た工房にある加工用魔石は、俺達が二人っきりになった時以上に少なくて、ちゃんとした収入になっているのかがすごく心配になる。兄さんの方が大変なんじゃないかな。

そんな思いが顔に出ていたのか、兄さんは苦笑して頬杖をついた。

「俺は大丈夫だよ。食っていけるだけの収入はあるから。リオンもこれから大きくなっていくし、俺が頑張らないとな」

「兄さん……」

「……なんて、本当は結構生活きついんだけどどな。少しずつ土地代も上がっていくし。生活苦しいなら帝国に行けってギルドには言われるし。ここに両親の残した家があるから移動したくないって言ったら、うちの事情を知ってるオッドーネさんも最後は理解してくれはしたんだ」

だから俺は、ここで頑張るよ。と兄さんは頬杖をついたままぽつりと溢した。

けれど次の瞬間にはそのしんみりした雰囲気を敢《あ》えて壊すように、兄さんは明るい声を出した。

「でも、アッシュが独り立ち出来たのはすっごく嬉しいんだよ。だって自慢の弟だ。頭もいいし、強い。だから、アッシュはちゃんと自分のことだけ考えて、しっかり生きろ」

「兄さん……」

「あ、でもたまにリオンに会いに来てくれたら嬉しい。だってリオンはアッシュに抱っこされると泣かないから！　俺が抱っこすると割と高確率で泣くんだぞ？　俺がパパだよって教えても、顔をくしゃくしゃにして泣くんだ。なんでかなあ。リオンは俺よりアッシュの方が好きなのかな。くそ、悔しい」

どん、とテーブルを軽く拳で叩いて、兄さんは自分のグラスに瓶を傾けた。けれど瓶からは酒が一滴ほど出てきただけで、すでに空になっていた。もしかして、酔ってる……？

「酒、なくなったなあ。もう一本あった気がする。待ってろ、持ってくるから」

「い、いいよ兄さん。俺は明日は騎乗だから、あんまり飲むと大変だから」

そう言いながら、兄さんを止める。最初に注いだ俺のグラスの酒はまだ半分以上残っていて。

他は全て兄さんが飲んじゃったらしい。

兄さんって酒に弱かったっけ？

一緒に住んでいた時には酒なんて飲まなかったから兄さんが酔うのなんて初めて見た。

「遠慮するな。そうだ。辺境騎士団からここの騎士団に来ればいい。そうすればリオンは寂しくないし泣かないし……俺だと泣くんだよなあああなんでかなあああ、パパ失格かなああ」

今度はテーブルに突っ伏した兄さんは、完全に酔っていた。これは飲んでクダを巻く騎士達とまったく同じだ。

「はいはい、大丈夫だよ。兄さんだってまだ新人パパなんだから。これからでしょ」

「アッシュはやっぱり優しいなああ。自慢の弟だよ」

顔を赤くしながらううと泣く兄さんを苦笑しながら見ていると、奥の部屋からミーシャさん一人が出てきた。

「リオンは寝た？」

「ええ。私も一緒に飲もうと思ったけど、アンバーが全部飲んじゃったのね」

「ミーシャあ、アッシュは本当に出来た弟でな」

「知ってるわよ。ほら、リオンが寝たから静かにね。アッシュも明日早いんだし、そろそろお開きにしたら？」

「ん……そっか。アッシュは辺境に帰るのか……寂しくなるな」

落ち込んだ声で呟いた兄さんは、ミーシャさんに促されるまま素直に寝室によろよろと歩いていった。

テーブルの上に残った瓶とグラスを片付けていると、ミーシャさんだけが戻ってきた。

「ごめんね片付けさせて」

隣に立ってグラスを布で拭きながら、ミーシャさんは俺を見上げてきた。

「最近少し王都が住みにくくなったから、アンバーもちょっと溜まってたみたい。これで少しは解消してくれたらいいんだけど。慣れない子育てしてるしねえ」

「それはミーシャさんもでしょ」

そうなんだけどね、と肩を竦めたミーシャさんは、小さく息を吐いた。

「……帝国とアクシア王国の親善交流が盛《さか》んになってきたって。それで、貴族街では竜人族が歩いてるってアンバーがギルドから聞いてきて、ちょっとピリピリしてたのよ……それでも、アンバーは私がここにいていいって」

「当たり前でしょ。ミーシャさんはもう俺達の家族なんだから。俺の義姉さんでしょ。ここがミーシャさんの家だよ」

ミーシャさんの震える睫毛《まつげ》を見なかったことにして目を逸らした俺は、このまま兄さん達がここで幸せに暮らしてくれることを心から願った。

きっと、逃げ出した国の人達がすぐ近くにいるって、すごく怖いと思う。

死すら偽装して逃げ出したってことは、もう二度と戻る気はないってことで。

隣国とはいえ国が違えば大丈夫だと思ってたけど、そうとも言えないのかもしれない。

ミーシャさんの家名とかはっきりと聞いたことはなかったけれど、純血の竜人族ってことは、国の偉い人の家かもしれない。平民の俺が知ることが出来る情報なんてたかが知れているけれど、それだけはわかる。この国の獣人だって、純血は貴族だけだ。

直系がミーシャさんだけってことは、もしまだ探してたりしたら、見つかったらミーシャさんだけじゃなくてリオンにも何かしらの影響があるかもしれない。

「もう、この際王都じゃなくて辺境に来たらいいのに。すごく暮らしやすいから」

人族だろうと、王都のように狭い地区でしか住んではいけないなんて、そんなことないのに。

ここの家は大好きだし、思い出も沢山あるけれど、それは全て兄さん達がいてこそだから。

本当に辺境に引っ越してきたらいいのに……。

そんなことを思いながら、俺は滞在最後の夜を過ごした。

「それで、どうだった？」

辺境に戻り、いつものように執務室に向かうと、そこにはブラウさんが俺を待っていた。

そして開口一番訊かれたのがこれだ。

「会ってみて、メロメロになったろ」

「……はい」

ブラウさんの言っていた通り、俺はリオンにメロメロだった。あんな可愛い小さな甥っ子、メロメロにならないわけがなかった。

けれど、それを肯定するのはちょっとだけ悔しかった。なんだか見透かされてるような気がして。

そんな俺の気持ちを見抜いているように、ブラウさんは笑いを堪えたような顔で俺を見ていた。

椅子から立ち上がり、まだ入り口のところに突っ立っていた俺の方に歩いてきて、頭にポンと手を置くと、「憂いが晴れたようで何よりだな」と目を細めて呟いた。

「変わりはありませんか？」

「そうだな……」

ブラウさんを見上げてそう訊くと、ブラウさんはフッと視線を逸らして俺の頭から手をおろした。

「……辺境伯様から、アッシュの事務官勤務を命じられたな」

躊躇うように、ブラウさんは視線を逸らしたまま小さな声でそう言った。

命じられた……ってもしかして俺の選択権はなくて、強制ってことかな。

考えてみてくれって言われてたから断ることももしかしたら出来るのかと思ってたけど。

もともと辺境伯様は俺を買ってくれていたけど、命じるってどういうこと。

少しだけ眉を顰めて考えていると、ブラウさんの耳がへにょッと垂れた。

「……流石に本人の意思を訊いておいて強制ってのもどうかと思ったから、半年に一度長期休暇を条件に盛り込んどいた。事務官になった場合、半年に一度は里帰り出来るってことだ」

すまない、と小さく謝られて、俺は目を瞬いた。

別に嫌だとかそういうことじゃなかったんだけど。元々兄さんと話していて、事務官でいこうかなと思っていたし。兄さんが辺境騎士団の仕事をめちゃくちゃ心配していたから。それに、半年に一度はリオンに会いに行けるってことだったら、勿論否やはない。

「受けさせて貰います。半年に一度の長期休暇」

俺の答えに、ブラウさんがグフッと変な声を出した。

さっきまでの申し訳なさそうな雰囲気は一転、笑いを堪えて肩を揺すっている。

「休みだけもらう訳じゃないよな!?」

「勿論、休みをもらうからには仕事はきっちりやらせて貰います」

キリッと返せば、ブラウさんはよかった、と顔を綻ばせた。

「正直アッシュほど事務関係任せられるヤツがなかなかいなかったんだ。団長に頼んでも脳筋しか連れてこない、辺境伯様のところにいるやつらは森がすぐ目の前っていうこの場所がおっかないらしくて長続きもしない。アッシュだけが頼りなんだ」

それに、とブラウさんが付け加えた。

「騎士志望なのに無理矢理頼むんだからと辺境伯様から手当を上乗せしてもらったから、給料も前に見せた額より高くなるから」

「そうなんですね。そうすると……リオン用の玩具とか服とか沢山買ってあげられますね」

きっとすぐに大きくなるだろうから、服なんて何枚あってもいいくらいだろうし、これから活発になるってミーシャさんが言ってたから、破れたり汚れたりしてもいいように各サイズ作っておいてもいいかも。

「今から注文すれば、半年後にはどれくらい出来上がるかな……っていうか、赤子って半年でどれくらい大きくなるんだろう。街の服屋に聞いてみるのが一番かな……」

でも寝転がってジタバタしていたあんな小さなリオンが、活発に動いたり汚したり歩いたりなんて、想像も付かない。おしゃべりしていた声はめちゃくちゃに可愛らしかったけれど、あの声で俺の名前とか呼んでくれる想像が付かない。

「どんな風に成長するのか、勉強しないとな……」

そう気合いを入れて顔を上げた瞬間、ブラウさんが耳を倒して身体を揺らして笑いを堪えているのが目に入った。尻尾も少しだけ震えてるような気がする。

「……本当にアッシュはいいなあ。俺も里で少しは小さいのの世話をしたことがあるから、教えられることなら教えるぞ」

楽しそうにそう言ってくれたので、俺はさっそく始業時間が過ぎたにもかかわらず、ブラウさんに赤子のことを根掘り葉掘り訊きまくったのだった。

そして正式に、『エスクード辺境騎士団顧問事務官』という職務に就いた。

ブラウさんは事務の仕事を減らし、副団長業務の方に戻った。

というわけで、執務室は週の半分は俺一人の部屋と化していた。

たまにブラウさんが見習いを連れてやってくるけれど、皆長続きしなかった。

「また書類が全然出てない……」

大隊長が小隊をまとめ、その日見回りした場所の状況を詳しく記入して提出するはずの書類は、ブラウさんから俺に事務が引き継がれてからまったく提出されなかった。

五人の大隊長はどの人も癖《くせ》が強く、ブラウさんには従っても俺の言葉は聞き流す人が多く、そのせいで仕事が滞ることが結構続いた。

「というわけで、状況の改善を求めます」

大隊長の態度が悪いよ、というのをまとめ、俺はトラスト団長に直談判した。

だって仕事は山ほどあるのに、そんなくだらないことで躓《つまず》くなんて馬鹿らしいから。

丁度そこにいたブラウさんも面白そうな顔でこっちを見ている。

団長は俺の訴えを聞くと、ニヤリと笑った。

「腕ずくで奪い取っていいぞ。元々めんどくさがって書かねえヤツが多いんだ。俺かブラウに直接言いに来て終わってたし、前はそれをまとめる時間もなかったからな」

「それはわかりますけど、状況報告書をまとめたものが出回ってた時は、皆が森の状況を把握していた分、今よりも怪我がかなり少なかったっていう騎士団発足当時の記録があります。ちょっと予算的に回復薬をバンバン使われると辛いので、もう一度報告書提出は義務としてください」

予算……と顔を顰めたトラスト団長の横から、ブラウさんがいい笑顔で頷いた。

「おう。それは大隊長達に通達しとく。でもまあ、あいつらもめんどくさがりだからなあ……アッシュが好きに回収していい。もちろん腕ずくでもな。責任は俺が負う」

「言質《げんち》取りましたからね。それと最近、酒代がやたら経費に回されていたんですけど……これはどう対処すればいいですか？」

ちらりと団長を見ると、団長はウッとうめいて俺から視線を外した。

「そ、それはブラウがしていたのと同じように……」

「全て雑費でひっくるめろと。聞けない相談ですね。俺が経理をやるからにはそこら辺一度しっかり話し合いたいですね」

「い、忙しいからそのうちな。じゃあ報告書の方は頼んだぞ」

最初のにやり顔などどこかに忘れてきたように俺から目を逸らしながら、あー忙しい、といつもは触りもしない書類に手を伸ばしたトラスト団長に最後にジト目を向けると、俺は団長室を退室した。

団長が書類を止めていた場合はこの手が使えるな、なんて思いながら、俺はとりあえず最初の腕ずく回収を敢行することにした。

「報告書？　ああ、日報のことね。前にあったわね、そういうもの。確か団長がめんどくさがって廃《すた》れたのよ。あれ、まとめなきゃじゃない。でもブラウ副団長はそんな時間ないし……そう。アッシュちゃんがまとめることになったの。いいんじゃない？　頑張って」

一番初めに第二大隊長のクオーレさんのところに行ったら、にこやかにそう言われた。

あれ、団長は大隊長達が面倒くさがるって言ってたような。でも元は団長？

首を捻りながら、報告書の紙を渡すと、クオーレさんは明日までに出すわ、と快諾《かいだく》してくれた。

長い髪を一つに縛り、フワリと花の香りを身に纏《まと》うおしゃれな人だけれど、クオーレさんは三十代の男性だ。口調が柔らかくて周りに気を配ってくれることから大隊長に抜擢《ばってき》されたらしい。そしてちゃんと強い。たまに軟弱だ何だと第三大隊長のウィル様にガミガミ言われているけれど、どこ吹く風でまったく気にしていない。メンタルも強い。

次に、そのウィル様のところに向かった。

彼は辺境伯様の家門《かもん》の男爵家の出で、平民の俺のことをかなり毛嫌いしている。そういうのは口に出さなくても態度でわかる。

「どうしてお前に出さないといけないんだ」

「事務官に就任しましたので、これから俺の仕事になります」

「事務官……？　ついて行けないのなら、辞めればいいだろうが」

「そういうわけではなく……」

「そもそも王都に行く場所がないから常に人員を募集しているここに来たのだろう？　残念だったな！　ここは王都などの軟弱《なんじゃく》な騎士団よりもよほどシビアな場所だ。王都に帰りたまえ」

フンスと俺の話を聞く耳も持たず、行ってしまった。

差し出していた報告書の紙は、一応そっと机の上に置いて行くことにする。

どんな勘違いをして、あんなことを言ってるんだろう。

まあ、会話も出来ないいんじゃ仕方ないよな。

気を取り直して、ガレウス第一大隊長のところに行くことにした。

「ああ？　報告書？　んなもん書いてねえよ」

「提出期限過ぎてますよね。実は腕ずくで奪っていいとブラウさんからお墨付きをいただきまして」

「ほお！　じゃあ早速腕ずくで奪ってみろよ！　まだ書いてねえけどな！」

丁度ここは鍛錬場だ！　とガレウス大隊長が気合いを入れたので、俺も鍛錬用の剣を手に取る。

ずっとブラウさんに見てもらっていた腕、どこまで強くなったのか、自分でも気になっていたから丁度いい。

近くにいた小隊の隊長が審判をすることになったので、中央に立つ。

鍛錬をしていた人達は俺達を囲むように見物の姿勢をとり、小隊長にもっと離れろと注意を受けていた。

「お前さんはずっと書類整理してて、他の見習いの奴らとは鍛錬してねえんだよな」

「そうですね。時間が合わなかったので」

「鈍ってねえといいなあ」

「本当に」

俺を挑発するガレウス大隊長に軽く返すと、ガレウス大隊長も肩を竦めて「冷静じゃねえか」と口角を上げた。

「始め！」

小隊長の合図と共に、飛び出す。

ガレウス大隊長はその場で俺の攻撃を受け止め、少しだけ目を見開いた。

ガキン！　と剣のぶつかる音が鍛錬場に響く。

ガツンと剣を弾かれ、その勢いで俺は後ろに飛んだ。そしてそのまま足に力を込め、踏み込み、もう一度飛び出す。

さっきよりもっと力を込めて。勢いが逃げないように。そして、むこうにより負荷がかかるように。

身体を屈め、剣を躱《かわ》す。次の一撃を剣で受け止め、足の力を使って跳ね返し、今度は自分から攻撃をする。

膝のバネを使って下から切り込み、大隊長の剣を上に弾くと、その剣は手から離れて飛んで行った。

「勝者、アッシュ」

小隊長の声が響いた瞬間、周りの見物人達が湧いた。

俺も、ホッと息を吐く。

ブラウさんにずっと見てもらっていた剣技が、ちゃんと身についていたことが嬉しかった。

剣を下ろしたところで、外野から奢りだ何だという言葉が聞こえてきて、この勝負で賭け事をしている人達がいたことが判明した。

その声に内心呆れながら、真顔でガレウス大隊長を見下ろす。

「明日までに書類お願いしますね」

「え、マジで？」

「そもそも、これは手合わせじゃなくて、力尽くで報告書をぶんどるための勝負ですから」

途中からすごく笑顔だったガレウス大隊長は、俺との勝負がとても楽しかったらしい。すっかり頭から報告書のことが抜け落ちていた。

明日には出すという確約を、ガレウス大隊長ではなくて審判を務めてくれた小隊長から取り、俺はその場を後にした。

「今日は第四大隊は街の警邏《けいら》、第五大隊はまだ森から戻ってきてないから……」

騎士達の行動を頭で把握し、執務室に戻ってくる。

第四大隊のマドル隊長はとても真面目な人だから心配ないとして、第五大隊のカノン隊長はあとでしっかりと釘を刺さないと、と思いながら途中の書類に手を伸ばして、残りの仕事を片付け始めた。

その様子を見ていた騎士達が、俺のことを『鬼顧問』と呼び始めたのは、比較的すぐだった。

言い出したのはガレウス大隊長らしく、それはすぐに浸透《しんとう》し、俺と面識のない騎士達は噂を鵜呑《うの》みにして何やら戦々恐々《せんせんきょうきょう》とした視線を向けるようになったのだった。

♡　♡　♡

「リオン～！　ちょっと逢《あ》わない間に大きくなったねえ！」

顧問事務官に就任して半年後、俺は二度目の長期休暇を満喫《まんきつ》するため、王都に里帰りした。

とはいえ、今回は辺境伯様が王都に一年に一度の報告をしないといけないということで、護衛も兼ねている。

辺境伯様の馬車を護衛して王都に入り、帰りはまた馬車を護衛することになる。

ブラウさんが指揮を執り、クオーレ大隊長率いる第二大隊の約半数、二十五名の騎士が護衛に付く。

王都までの道は、魔獣自体はそこまで強くないんだけれど、辺境伯様の体裁を整えるために、最低でもこれくらいは護衛を付けないといけないらしい。そして辺境伯様の王都の館でも臨時の警護をするらしい。とはいえ、皆休みの日はなかなか来ることのできない王都で遊ぶと大盛り上がりに盛り上がっていた。ちなみにクオーレ大隊長はこれを機に流行の服を新調するんだと嬉しそうだった。

約三日の旅。特に問題もなく王都に着いた辺境伯様ご一行が館に入ってから、辺境騎士団は、割り当ての警護の日以外は臨時の休暇などを貰えることになった。

俺は当初の予定通り、長期休暇を取っていいとのことだったので、辺境伯邸から実家に向かった。

そして実家に入った途端、俺の理性が崩壊し、その場に崩れ堕ちた。

前よりもぐっと大きくなったリオンが、満面の笑みで俺をお出迎えしてくれたから。

こんな可愛いお出迎えがいるなら、やっぱり単身さっさと駆けてくるべきだったかもしれない！

生まれてから八ヶ月のリオンは、すでに自力でゴロゴロ転がれるまでになっていて、そのゴロゴロ移動で俺をお出迎えしてくれたんだよ！　あああ。帰ってきて本当によかった。

「ん～、前よりももっと可愛くなってる気がする！　リオン、俺を覚えてる？　アッシュ叔父ちゃんだよ～」

リオンを抱き上げてぎゅっと頬ずりすると、リオンは笑顔できゃーと可愛らしい声を上げた。リオンが俺を忘れてなくて、本当によかった！

「おかえりアッシュ。リオンが待ちわびていたわよ」

リオンを抱いたまま家に入ると、ミーシャさんが出迎えてくれた。

「ただいまあ！　ほんとに嬉しい。もしリオンに忘れられてたら、俺泣いてた」

「アッシュは本当に泣きそうだな」

工房から顔を出した兄さんも、笑いながらそんなことを言ってくる。

だって忘れられてリオンに警戒されたり脅えられたり抱っこさせて貰えなかったりしたら俺、生きる気力が半分以上なくなる自信ある。

「あーっあ！」

リオンの小さな手が、前よりも力強くなって俺の頬をピタピタと叩く。

赤子のときよりもかなりしっかりしてきたリオンの身体は、前よりも少し重くなっていて、その成長が嬉しくて思わずえへへと笑った。

「アッシュが帰ってきたからには腕によりを掛けて夕食を作らないとね」

「ミーシャさんのご飯は何でも美味しいから、何を出されても嬉しいよ」

「ふふ、ありがと。アンバーも少し休憩して、お茶を飲みましょ。それとアッシュ、その制服、とても素敵よ。格好いいわ」

アッシュは着替えてきてね、とミーシャさんに言われて、頷きながら兄さんにリオンを渡す。

今日は正式に騎士団としてきたから、俺は辺境騎士団の正式な隊服を着ていた。

兄さんも本当になあ、と感慨深そうに俺の姿を見ていた。

実際に仕事中にこの服を着ることはないんだけどね。

これを着るのは街の警邏をする時と、こうして辺境伯様の護衛をする時、それから、式典的な出し物がある時のみ。

森に行くときや鍛錬の時はもっと動きやすい服で、上に防具を身に着ける。

俺はもっと簡易な服で、簡素なズボンとシャツ、それと皮のベストとブーツぐらい。

今回は三日間この隊服を着ていたので、少しだけ肩が凝っている。

リオンは兄さんの腕からあーっと俺に向かって手を伸ばしていたので、ちょっと待っててね、と頬ずりして、俺は部屋に向かった。


半年振りの王都の家は、前と同じように魔石は少なかった。

前よりも更に状況は悪くなっているのかもしれない。

大通りの方は賑《にぎ》わっていたけれど、貧民街に近い場所にある商店街は半年前よりも店舗数が少なくなっていた。

もしかしたら魔石加工職人だけじゃなくて、ここら辺の街全体が景気が悪いのかもしれない。

門からまっすぐこっちに来ていたら気付かなかったけれど、辺境伯様の館がある貴族街から大通りを抜けたからか、余計にここら辺の寂《さび》れ具合が目に付いた。

気になったので夜にそっと兄さんに訊くと、どうやら税金が上がったらしい。

「正式にお触れが出たわけじゃないけど、もしかしたら貧民街が潰されるかもしれない」

「貧民街が？　潰されたらそこの人の行き場がなくなるのに」

「もっとしっかりと職に就いて、きちんとした生活をしろってことらしい。そんな簡単にできればもうやってるって」

「そっか。なんか嫌な雰囲気だね」

「お上の人達は貧民なんて容認できないなんて動きになってきてるっぽいんだよなあ。ここら辺一帯も少し煙《けむ》たがられてるみたいで」

はぁ、と小さく溜息を吐いた兄さんは、色々と苦労しているみたいだった。

確かにここはギリギリ市民街で、二本細い通りを奥に行けばそこはもう貧民街という立地的にかなり危《あや》うい場所にある。

普段の買い物に使っていた表通りの商店街も商業ギルドがある大通りの市民街の商店よりこじんまりとしたところが多い。個人の店ばかりだから仕方ないんだけれど。

「方針を変えるのはまあ別にいいけど、俺達みたいな立場の奴らを切り捨てるってのはちょっとなあ……」

「兄さん……」

もう王都を出てしまっている俺は、愚痴をこぼす兄さんに何も言えなかった。

言葉を詰まらせる俺に視線を向けて、兄さんは少しだけ言いづらそうにしてから、口を開いた。

「この家、もし手放すかもって言ったら、アッシュはどう思う？」

視線が泳ぎ、声に出した瞬間に後悔したような兄さんに、俺はパッと顔を上げた。

「辺境に来る気になったの？　いつでも歓迎だよ。魔獣はいるけど、いい人達ばかりだよ」

努めて明るい声を出す。

前に来たときにもミーシャさんに言った言葉を、兄さんにも向ける。

「この家は父さんと母さんの思い出も沢山あるけど、それは兄さん達が苦しんでまで残しておくことじゃないよ。むしろ兄さん達が辺境に来てくれたら俺もう毎日リオンの顔を見にお邪魔すると思う。何ならミーシャさんとデートしたいときは俺がリオンと二人で留守番するし」

「アッシュ……デートは、いいとして」

ちょっと心がぐらっと揺れたらしい。

「待ってるから」

リオンがすぐ近くに来るなら、俺は大歓迎だよ。

むしろ早く移住を決意して欲しい。

そっと兄さんの背中を押すように、俺は辺境のいいところを次々と兄さんに吹き込んだ。


「リオン、一緒に買い物嬉しいねえ」

「あーう」

今日はリオンと二人で買い物に出ていた。

リオンの服が少しだけ小さく見えたので、リオンを連れて古着屋に行くことにしたんだ。

ついでに何か食料品を買い込んでこようと思いながら、リオンと一緒に道を歩く。

顔なじみの人達に挨拶をしながら、古着屋を目指していると、向こうから見慣れた人が歩いてくるのが見えた。

騎士隊服じゃなく、私服を身に纏っているブラウさんだった。

ブラウさんも、他の騎士達と同じように休暇を貰っているみたいだった。

貧民街に近い寂れた商店の中で、ブラウさんのパリッとした私服は少しだけ浮いて見えた。辺境で着ている私服よりも高級そうなその服は、辺境伯邸がある辺りならとても馴染む服だ。

周りの人達も偉い人が来たのかと、こわごわ様子をうかがっているみたいだった。

「ブラウさん」

俺が声を掛けると、周りを見ていたブラウさんが耳をピクッとさせてこっちを向いた。

「アッシュ。どうやら休暇を満喫《まんきつ》しているみたいだな」

爽やかに手を上げたブラウさんが、足早に俺の方に歩いてくる。

そして、視線は俺の腕の中にいるリオンに向いていた。

「こっちが、アッシュの甥っ子か……すごくそっくりで可愛いな」

フッと目を細めたブラウさんの言葉に、俺は思わず顔を綻ばせていた。

だよね。リオンは本当に可愛いよね。もう天使。最高に天使。うちの子一番可愛い。

ニコニコしていると、リオンがじっとブラウさんを見上げた。

俺と同じ蜂蜜色の瞳をキラキラさせて、視線はブラウさんの頭上に向かっている。

「……最初に見るところも一緒だな」

噴き出しそうになりながら、ブラウさんがぽつりと溢す。

「今日は一緒に買い物か」

「はい。リオンに服を買ってあげようと思って。これから古着屋に行って来ます」

「そっか。俺も一緒に行ってもいいか？」

「もちろん」

顔なじみの店の人達は、俺がブラウさんと話していることで、フラウさんに対する警戒を少し解いたらしい。

俺としてもリオンの可愛さをブラウさんにとくと味わって欲しくて、同行を快諾した。

すぐ近くの古着屋は、俺が小さい頃から世話になっていたところだ。服が破れたまま歩いていた時にはそれを繕《つくろ》って貰ったこともある。

店に入ると、店主であるおばあさんが目尻の皺《しわ》を深くして「いらっしゃい」と歓迎してくれた。

「この子に服を買いたいんです」

俺がおばあさんに伝えると、おばあさんは嬉しそうに頷いた。

「アンバーちゃんの子ね。でもアンバーちゃんよりもアッシュちゃんにそっくりねえ。可愛いわ。いつもはミーシャちゃんがサッときて買っていくだけだったからなかなか会えなかったのよねえ」

「そうなんですね」

もしかしたらリオンをあまり街につれてきていなかったのかな、と思いながら、俺は店の中をぐるりと見回した。

子供用の服から大人用の服まで、色々とおいてある。中には大きな赤い花柄の露出度がえぐいワンピースなどもあり、苦笑してしまう。

「幼児用の服は、そっちの隅にまとめられているのよ。一緒に来たのなら大きさを合わせて買えるわね」

指さされた方に向かうと、その一角に小さな小さな服がずらっと並んでいた。もう少し大きな子供用の服、大人用の服よりも小綺麗に見える。

「小さい子用だけ綺麗……」

思わず呟くと、横からブラウさんが教えてくれた。

「この頃の子供はすぐにでかくなって服が着れなくなるからな。盛大に汚れるか、汚れる前に着られなくなるかの二つに一つなんだ」

「なるほど。じゃあ、おばあさん！　ここの一角のもの、全部ください！」

ちょっと大きめのもあるから、きっとあっても困らないよね。着なかったらまた売りに来ればいいだけだから！

フンスと鼻息荒くそう言うと、横から噴き出す音が聞こえた。

「くく……待て、全部って、流石に買いすぎ……くく、やめとけ、お前の兄さん達が困るから」

肩を震わせるブラウさんに、俺は首を傾げた。

「困りますかね？　だって着替えが沢山あった方が便利じゃないですか。俺は普段は遊ばないからそこそこ貯まりましたし、これくらいしないと叔父としての威厳《いげん》が」

「いや、そんなものいらないだろ。あはは、あー、面白くていいな」

「あうー」

上機嫌でブラウさんの尻尾がゆったりと振れている。リオンはそれが気になるようで、必死でそっちに手を伸ばそうとしていた。

「丁度いい服と一回り大きな服を三枚くらいずつならそんなに困らないだろ。何なら俺からも一枚贈らせてくれ」

ここら辺がいいんじゃないか、と次々に柔らかい色の服を選んで行くブラウさんは、俺とリオンの前に一枚一枚当てては「これは似合うな」「こっちも似合うな」と何やら父性を見せていた。

そして、購入した服の殆どは、ブラウさんが選んだ物になった。

ブラウさんが選んでくれた服はどれも暖色系で、リオンの髪と瞳の色ととてもマッチしていてすごく似合っていたから。

「アッシュもこういう色、似合うからな」

「俺は流石にこんな明るい可愛らしい色はいらないですよ。着飾る機会もないですし」

ブラウさんが手にしていたのは、薄いピンク色のシャツだったけれど、俺はそんな上等な生地《きじ》の服を着ることはないだろうし、普段は麻《あさ》のシャツで十分。似合うのに、と少しだけ残念そうなブラウさんの感覚は、いい暮らしをしていた人のそれなんだよなあ、と苦笑した。


「あうー、あうー」

上機嫌で声を上げるリオンを抱いたまま、俺はブラウさんと街の外れにある広場に来た。

天気もいいし、たまにはリオンをこうして広々とした場所につれてくるのもいいんじゃないかと思ってのお散歩だ。

ブラウさんも普段よりもよほど気を抜いた表情をしていて、俺に抱っこされるリオンを見る目つきは慈愛の目そのものだった。

優しい目をしてるんだよなあ。

緩やかに持ち上がる口角をチラリと見ながら、そんなことをしみじみ思う。

普段は騎士団の執務室と鍛錬場でしか会わないせいか、こうして仕事から離れたところで一緒にいるのが新鮮だった。

「それにしてもリオンは可愛いな。アッシュがあれだけ豪語《ごうご》した気持ちがわかった。ほんと、アッシュそっくりで可愛い」

リオンのぷくぷくほっぺをつつきながらしみじみとブラウさんが呟く。

「可愛いですよね。ほんっと可愛い。ああもう俺リオンとずっと一緒に暮らしたいくらいです」

「……辞めるなよ？」

こちらを窺うような一言に、思わず笑ってしまう。

今、兄さん達を辺境に誘ってるところだから辞めないよ。

何なら俺が兄さん達を養ってもいいくらいだ。

「ねー、リオン」

「うー」

わけもわからず返事をするリオンに頬ずりをしていると、隣に立っていたブラウさんの手が頭の上に乗った。

「帰りはまた護衛だから、集合時間に遅れないようにな」

「十二日後の予定ですよね」

「辺境伯様の王都での仕事がスムーズに終わればな」

「あー、大変そうですよね……」

「まあそこら辺は辺境伯様がなんとかするだろ」

辺境伯様はしっかりと獣人の血を引いているけれど、見た目はまんま人族だったので、もしかしたら王都では立場が弱いのかもしれない。どこに行っても人族は立場が弱いから。

人族は立場が弱い。市井や貧民はほぼ人族か、人族の血が多いハーフばかり。だからうちだって平民街ギリギリの立地に家が建っている状態。いや、自前の家があるだけマシなのかもしれない。

王都にいた時はそれが当たり前だったし、周りも人族ばっかりだったのでそこまで気にしていなかったけれど、獣人族と人族の距離が近い辺境で暮らしたからこそわかる人族の立場の低さに、一番先に浮かぶのは兄さん家族の安寧《あんねい》。

リオンが健やかに育ってくれたら、何も言うことないのに。

目の前にあるぷくぷくのほっぺにぐりぐりすると、モヤモヤした気持ちがスッと晴れた気がした。

「それにしても、いい気分転換になったな。アッシュとリオンは本当にそっくりで可愛かったし」

「ブラウさんもリオンの可愛さに目覚めてしまいましたか……」

「まあ、リオンだけじゃないけどな。今日は楽しかった。辺境に戻っても一緒に飯にでも行くか」

「騎士団の食堂で一緒に食べてるじゃないですか」

「そうじゃなくてな……まあ、アッシュが王都に戻るとか言わないならいいか」

爽やかな風に、ブラウさんのふさふさの尻尾が揺れる。

その目はやっぱりいつもよりも更に柔らかくて、俺はほんの少しだけドキッとした。

その柔らかい視線が、リオンよりも俺に向かっているみたいで。

いつもより早い鼓動を誤魔化すために、俺はリオンの柔らかいほっぺを堪能し続けた。

ブラウさんに見繕《みつくろ》って貰った服を身に着けご機嫌にゴロゴロするリオンを見納め、俺は騎士団の制服を身に着けた。

休暇は終わりで、今日は辺境伯様の館に向かい辺境騎士団に合流。そして、状況次第だけれど明日には辺境へ向けて出発予定だ。

「また半年後かな～リオン、俺を忘れないでね」

「あーうー」

離れがたくて泣きそうになっている俺の顔を真似してか、リオンの眉もへにょっと垂れ下がっている。あげる声も何やら悲しげで、悲壮感があって可愛い。悲しそうな顔が可愛すぎて余計に離れがたくなる。

ここにいた十四日間はやっぱりほぼずっとリオンを構い倒していた俺。リオンの体重が俺の手に馴染み、剣を握るとこれじゃない感が漂《ただよ》うのは騎士団勤務として良くないとは思う。朝の鍛錬は欠かしていないけれど。剣を持つよりリオンを持ちたい。

「リオンまた来るね。絶対ね。リオンも来てね」

「あいー」

「お返事できてえらいよリオン！」

「ほら、時間に遅れるんじゃない？」

ミーシャさんに額を手のひらでペシリと軽く叩かれて、口を尖らせる。

「アッシュ、なんだか子供みたいで可愛いわ」

「いや可愛いのはリオンでしょ。天と地の差があるよ」

「私にとっては同じくらい可愛いわ。気を付けて。たくさんの服と食料をありがとう。でも無理はしないでね」

「俺、もっとお金を貯めてリオンに沢山色々買ってあげるから。アレ欲しいって言われたら即買ってあげられるように頑張るね」

「それ、リオンをダメにしちゃうじゃない……。アッシュが好きなものに使いなさいよ」

「俺が一番使いたいのがそれなの」

まったくもう、と膨れるミーシャさんに泣く泣くリオンを渡して、首元を指で調節する。

「兄さんにもよろしく伝えてね」

俺の言葉に、ミーシャさんは頷いた。今日は兄さんは商業ギルドに朝から詰めていて、別れは昨日の夜に済ませていたんだ。

じゃあね、と俺を見送る二人から離れて手を振った瞬間、リオンが大泣きを始めた。あああ、前にもこんなパターンだった！

何度味わっても辛い。泣かないで、俺も泣きそう。リオンと離れたくない。

リオンの甲高い泣き声が辺りに響き、俺の後ろ髪を引っ張る。この瞬間が一番辛いかも、と思いながらも、本当に時間はギリギリで、俺もつられて泣きそうになりながら足を速めた。

♡　♡　♡

辺境伯様の護衛で王都から辺境に戻ってきてから約四ヶ月後。

兄さんから手紙が来た。

王都での仕事を減らし始めたらしい。ギルドでのけりが付いたら、エスクード辺境伯領に移住したいと手紙には書いてあった。

というわけで、俺は月一の辺境伯様への報告書提出のついでに、移住の手続きについて辺境伯様にお伺いをたてた。

「そうか、アッシュくんのお兄さん家族が移住したいのか。……やはり、陛下達はこの国を獣人族優位の国にしたいのだな……」

ぽつりと呟かれた意外な言葉に、俺は息を吞んだ。

そんな話は聞いたことがない。

でも最近は人族や、人族の特徴しか出なかったハーフにとって王都はかなり住みづらい場所になっているのもわかる。

「アッシュ君とお兄さんは純粋な人族だね。奥さんも人族かな？」

「いえ……」

ずっと兄さんとミーシャさんと一緒に考えていた設定を、俺は口に出した。

「ミーシャさんはほんの少しだけ竜人族の血が流れているみたいで、先祖返りしてしまったリオンは背中に竜人族の羽根が生えてます」

リオンの背中にある本当に小さくて、でも硬くてしっかりしている羽根がパタパタと動くのを思い出し、思わず顔を綻ばす。

「そうなのか。王都を出る際に問題がなければ、この地に移住はむしろ歓迎するよ。なにせ人は出て行く一方で、増えるのは魔獣ばかり。産業も魔獣の素材ばかりという無骨《ぶこつ》な場所だからねえ。それにこれほど優秀なアッシュ君の家族だ。歓迎しよう」

「ありがとうございます。でも、俺はそんなに優秀じゃないです。むしろ兄さんの方がよほど優秀ですよ」

「それは……私の部下にしたいくらいだ」

「就職先があるのであれば、兄さんも安心すると思います」

移住は認めないと言われなかっただけで、俺はホッとして肩の力を抜いた。

そして、提出した報告書の内容を口頭でも伝え、また一ヶ月後の約束をして、辺境伯様の元を辞する。

騎士団の馬に乗り、ゆっくりと歩かせながら、俺は兄さん達が住む家はどこらへんがいいかなと思いを馳せた。


三度目の長期休暇の時期は、森の魔獣の大規模討伐が行われたことで、半分ほどしかまとまった休みが取れなかった。

往復の移動に四日、王都滞在に二日という強行軍だったため、ほぼ移住の詳しい話は出来ず、リオンと戯れただけで終わってしまった。

その後しばらくしてから兄さんから移住のめどが立ったという手紙を貰い、今度こそしっかりと長期の休暇を取った俺は、王都でじっくり兄さん達と話し合った。

移住予定は、丁度リオンが二歳になるかならないかくらいの時期。

商業ギルドの方は次の仕事で終わりにして、脱退をするらしい。

辺境伯領にある商業ギルドには再度登録することはしないんだそうだ。

「ミーシャの情報が流れるとしたら、商業ギルドくらいだからな」

テーブルに座ってお茶を飲みながら、兄さんが溜息を吐いた。

「確かにね。そもそも商業ギルドって帝国とも繋がってるんだっけ」

俺の言葉に、兄さんが肩を竦めた。

「父さん達の代では、この国だけのギルドで、他国に商品を流したりする場合はちゃんと国の方で管理されていたらしいよ。でも今の国王が帝国と懇意にし始めてからは、ギルドも独自に帝国とのルートを確立できたんだそうだ。あの魔石の枯渇《こかつ》が原因らしい。そこからはこっちの国より帝国を優遇《ゆうぐう》してるな。だからこそ、魔石加工職人は殆どが帝国に渡ったわけだし」

「ミーシャさんが特定されたわけじゃなかったんだね」

ホッと息を吐くと、ミーシャさんがふふっと顔を綻ばせた。

「心配してくれてありがとう。アッシュの言葉があったからこそ私たちも決断できたのよ。だから見つかる前にアッシュのところに移動するわね」

「ん。辺境伯様が兄さんを部下に欲しいって言ってたから、猛アピールしておいたよ。俺ですら優秀って言われたから、兄さんのことを知ったら絶対に辺境伯様は手放さなくなると思う。就職先も困らないからね」

兄さんが「猛アピール……」と少しだけ遠い目になったけれど、気にせずぐっと拳を握りしめた。

「じゃあ早めに家を整えないとね。……あ、でも休みをずらして貰って、護衛についた方がいい？」

こっちに来ようか？　と二人を覗き込むと、二人とも苦笑して首を横に振った。

「大丈夫よ。アッシュは私が結構魔法が得意なの知ってるでしょ。魔獣の一匹や二匹、大丈夫よ。それに辺境までの間に出る魔獣はそこまで強くないんでしょう？」

「俺一人でも移動できるくらいの強さではあるけど」

「じゃあ大丈夫よ」

ニコニコと断言するミーシャさんは、本当に魔法攻撃が得意だったので、頷いた。

そして辺境に戻る前の日にはリオンに「いっちょにねよ」とおねだりをされて、蕩けそうになりつつ、王都を発った。

次の長い休みには兄さん達が辺境に越してくるという事実にニコニコしながら。


そして、移住当日――。

俺は、泣きわめくリオンを抱き締めながら、バラバラになった馬車を呆然と見下ろしていた――。

五、幸せな空間

「こらリオン、髪の毛まだ乾いてないから座って」

「やー、ぶあうたんいいの！　あっちゅたんはぶあうたんのちっぽふわーちゅるの！」

最近言葉が増えてきたリオンは、自我もしっかりと芽生えたらしく、こういう風に可愛らしい我《わ》儘《まま》を言う。

今日は久しぶりにブラウさんも一緒に帰ってきたからか、リオンが甘えっ子になっている。

リオンの言葉に対してブラウさんがどう思うのかを確認したくて、俺はチラリとブラウさんに視線を向けた。

俺もブラウさんの尻尾をブラッシングはしたい。でもだからといってリオンの髪を任せていいものか……。

「あっちゅたんわってなるの。ぶあうたんはふあってなるの」

リオンが両手を広げて何やら説明している。

確かに俺が魔法で髪を乾かすと、ものすごく広がってボッサボサになるけれど。

その説明を聞いて、ブラウさんが耐えられないとでも言うようにブハッと噴き出した。

「確かに、アッシュの魔法は雑だな。魔獣を倒すときは頼りになるのにな」

「細かい魔力操作は昔から苦手なんですよ……」

笑われたことが恥ずかしくて口を尖らせると、フワリとブラウさんの尻尾が俺の前に置かれた。

「リオンはこっちにこい。俺が乾かしてやる。その代わり、アッシュは俺の尻尾をブラッシングな。尻尾は繊細なんだ、痛くするなよ」

優しい声音《こわね》に目を上げると、ブラウさんはリオンを抱き上げて膝の上に座らせていた。

手の届く場所にブラッシング用のブラシはある。

俺はバレないようにゴクリと唾を飲み込んだ。

この尻尾を触るときはいつもドキドキする。

長毛で柔らかいブラウさんの尻尾は、見ているだけでも胸が熱くなるのに、それに触れて、ブラッシングできるなんて。

そっと手のひらで持ち上げて、まずはその毛並みを堪能するべく、ゆっくりと撫でた。

「ふぁ……」

その毛並みの滑らかさに、思わず溜息が出る。

尻尾は通常、獣人族専用の尻尾ホールがついているズボンから外に出されている。

普段外気に晒され、時に土埃《つちぼこり》でパサパサになり、時に魔獣の血液でゴワゴワになっているこの尻尾は、手入れをするだけでその艶やかさが増し、手触りも極上になる。

最初に触れたのはいつだったか。

「……そうだ。リオンが生まれる前に、ちょっと悩んだときだ」

ゆっくりと堪能しながら、呟く。

あの時の感触がとても良すぎて、悩んでいたことがスポッと抜けたんだった。

クスッと笑ってブラシを手に取ると、いつものように丁寧に梳き始めた。

梳《と》かしながらブラウさんに視線を向けると、ブラウさんは気持ちよさそうに目を瞑《つむ》っていて、その膝に座っているリオンもブラウさんに出してもらう温かい風が気持ちよかったのか、同じようにうっとりと目を閉じていた。

俺がする時はこんな顔じゃなくてぎゅっと目を閉じて眉間の皺がすごいことになってるのに。

……また、魔力操作の練習をしようかな。とはいえ、壊滅的《かいめつてき》に苦手なんだけれど。


「はー……手触りが最高……」

「はーちゃいこー……」

極上の手触りに仕上がったブラウさんの尻尾をそっと持ち上げて頬ずりする。至福の時間だ。

リオンも俺と同じように尻尾を堪能し、うっとりと目を閉じた。これでこのまま寝てしまうのが大体のパターンだった。

「ぶあうたん、ちっぽかーいい……」

「リオンの羽根も可愛いぞ」

ブラウさんは俺とまったく同じことを言うリオンに苦笑しながら、すっかり乾いてふわふわになったリオンの髪を大きな手のひらで撫でた。

「んむー……」

「リオン、眠くなったらベッドに行こうか」

「あっちゅたんも、いくの……？」

「そうだね、俺も行こうかな。リオンの隣でごろんしたいなあ」

「んー……」

ブラウさんの膝の上で、リオンが眠そうに目を擦《こす》る。

「こっち、あっちゅたん、こっち、ぶあうたんがいい……」

自分の右と左を手で指して、リオンが半目になる。

このままだと本当にここで寝てしまうので、俺は離れがたいもふもふから手を離して、リオンをブラウさんの膝の上から抱き上げた。

「めー、ぶあうたんも！」

リオンの小さな手が、ブラウさんのズボンをしっかりと握りしめている。

「リオン」

ブラウさんの低めの声に呼ばれて、リオンが口を尖らせた。

その尖った口が可愛くて、頬が緩みそうになるのを必死で我慢する。

「俺達に挟まれて寝たいのか？」

「そ！」

「狭いぞ？」

「の！」

ん！　と勢いだけで頷いたリオンに、ブラウさんがわかったと返事する。

ブラウさんの返事を聞いて安心したのか、リオンはようやくズボンから手を離した。

ブラウさん先導の下に向かったのは、ブラウさんの私室。

「え、待ってください。これすごく迷惑じゃ……」

今まで私室で寝たことは一度もなかったから。

三人で夜を明かしたのは、ブラウさんが俺とリオンを抱き締めて気絶するように寝た時ぐらいで。

それは応接室のソファに座りながらだったので、ベッドで三人で寝たことはなかった。

でもブラウさんに抱き締めて貰った夜からは、リオンは俺が一緒であればちゃんと寝ることは出来ていたんだ。まだまだ夜中に夢見が悪くて泣いて起きるけれど。

そんな時は俺も大抵嫌な夢を見ているので、救われた心地でリオンを抱っこしてあやすんだ。その体温が俺の救いだった。

「りおん、えーんちゅるの」

「そうだな、嫌な夢を見るんだったたな」

「あっちゅたんと、ぶあうたんちゅよいの。こわいのをえいえいってできるの」

「あー、なるほど。俺はリオンの怖い夢を追い払えばいいのか」

「あっちゅたんも、こわいこわいだから」

じっとブラウさんを見上げるリオンの瞳は、かなり真剣な光を帯びていて。

俺はその言葉を聞いて、息を呑んだ。

あああ、俺も嫌な夢をみることを、リオンに気付かれてたんだ。

もしかして、夜は俺と一緒にいないほうがいいのかな。でも、泣いているリオンを一人でおくなんて言語道断だし、かといってブラウさんに一緒に寝て貰って俺が独り寝ってなると、ブラウさんにかかる負担が大きすぎる。そうでなくても居候《いそうろう》で、ご飯も用意してくれて、何も不自由がないようにしてくれているのに。これ以上迷惑を掛けるのは良くない。

それに……。

リオンがこの腕にいない夜のベッドは、ゆっくり眠ることはできるけれど、沢山の嫌な夢を見る。

リオンですら俺の側からいなくなってしまいそうな、そんな——。

俺、リオンに強いよなんて言いながら、全然強くないよね。

溜息を呑み込んでいると、ブラウさんの手が俺の背中に回された。

そのまま自室へとグイグイ押し入れられる。

「ブラウさん……」

「三人で寝るのなんてワクワクするな」

「んー！」

クスッと笑ったブラウさんの言葉に、リオンはパッと目を開けてすごい勢いで頷いた。

何やら眠気がどこかに行ってしまったらしく、腕の中でぴょんぴょんし始めた。

「ちゃんにん！　わくわくねー！」

「リオン。ワクワクもいいけど、明日も騎士団に行くんだよ。早く寝ないと行けなくなっちゃうよ？」

「ねるもん！　ねる！」

目をキラキラさせてそんなことを語尾も強く言い切るリオンに、笑いがこみ上げてくる。

「そっか、眠れるのか。リオンはちゃんと眠れて偉いなあ。花丸！」

俺の憂いなんて、リオンのキラキラの目を見たらすっかり消え失せた。

俺が弱くても何でも、リオンを守り通せばいいんだ。リオンが笑って過ごせるように。

リオンは両手を口に当てて、クスクスと笑い始めた。

「はなまう。あっちゅたんちゅよいから、はなまう。ぶあうたん、ちっぽふあふあだから、はなまう！　りおん、えらいからはなまう！」

「俺は尻尾が花丸なのか」

「そ！」

うふふ、と楽しそうに笑うリオンにつられて笑うと、ブラウさんもくくくと肩を震わせた。

早速大きめのベッドに飛び乗ったリオンを挟《はさ》んで転がると、リオンは嬉しかったのかずっとクスクス笑って俺とブラウさんの間をゴロゴロと転がっていた。

今日は二人とも嫌な夢を見て飛び起きることはなさそうだな、なんて、思った。


三人で転がってもまだ広いベッド。

ベッドだけで王都の家にあった俺の部屋くらいの大きさがありそうだな、なんて思ってしまったけれど、あながち間違えていないと思う。

広い部屋の更に奥には立派な本棚があり、そこには書籍がズラリと並んでいた。

あんなに個人的に本を持っているなんて、想像も付かないくらい裕福なんだな、なんて思う。

魔道具を使った製紙技術はだいぶ進んでいるっていうことは兄さんに教えて貰ったけれど、それでもまだまだ紙は安くはなくて。本を一冊手に入れるのに、俺の一月分の給料くらいは飛んでいく。

でも今から少しずつ貯めたら、リオンが文字を読めるようになった時に沢山本を買ってあげられるかな。

実家にあった数冊の本は兄さんが大事に持っていて、こっちに移住してくるときも絶対に持ってくると思っていたけれど。

移住の費用に手放したかそれとも……。

「そういえば兄さんの鞄、中を確認してなかった……」

「鞄？　遺品として戻って来たやつか？　あれは中身が着替えくらいしかなかったと記録されてるが……」

リオンのぽっこりお腹をポンポンしながら、ブラウさんがリオン越しに俺を見ている。

優しいリズムにリオンはうとうとし始めたので、そっとブラウさんごとリオンに毛布を掛けた。

「あの鞄、見た目がボロだからわからないけど、実はだいぶ昔に俺の祖父が手に入れた魔法鞄で、家族しか開けられない様に魔力登録されたものなんです。リオンのお母さん……ミーシャさんの魔力は登録してあるんですけど、リオンの魔力はまだしてなくて。普段使いの服をそれっぽく入れてるんですよ。多分俺しか本来の中身を確認できないやつです」

「そうなのか」

ほんの少しだけ考え込んだブラウさんは、ふむ、と一つ頷いた。

「まあ、何の問題もなくアッシュの手に戻って来たんだ。そのまま使えばいい。でも一応中身がどんなものか聞いてもいいか？」

「大丈夫です。あ、でも部屋のクローゼットにあるので、リオンがしっかり寝入ってから持ってきますね」

「ああ。すまない。……もし、馬車が事故じゃない場合、鞄の中身が原因だったりしたら大変だからな」

ブラウさんの言葉に、俺は初めてそういう可能性もあるんだと気付いた。

でも、多分魔石とか加工用の工具とか、金品ぐらいだと思うんだけれど。

そして見た目は完全に人族の兄さん家族は、金品目当てで荷馬車を襲われるなんてことはないと断言できるから、他の何か要因があるのかもしれない。……それこそ、ミーシャさんに向けられた帝国の追っ手とか。

「……そしたら、ここでもリオンの羽根は隠しておいた方がいいんでしょうか……」

思わず尋ねると、ブラウさんが静かに首を横に振った。

「身体的特徴は、服に詰め込んで無理に締め付けると、変形してちゃんとした形に育たなくなるんだ。だから、きちんと羽根の出る衣類を用意した方がいい。なに、先祖返りなんてよくあることだ」

「そうなんですね……王都では、俺達が住んでいた場所には竜人族なんていなくて、リオンの羽根が目立って目を付けられたらいやだからと兄さん達は隠して育てていたんですよ」

視線を伏せると、リオンを撫でていたブラウさんの手が、俺の頰に伸びてきた。

剣ダコのある硬い指が、繊細な動きで俺の頰を撫でていく。

「ここは、どっちかというと獣人族の方が多いし、竜人族の血を引くハーフの騎士も数人いる。飲むと羽根自慢がすごいぞ。そういう装備も置いてあるしな。だからリオンも堂々とこの可愛い羽根を見せて歩くといい。どっちかというと、純粋な人族の方が今時辺境では珍しいからな。こっちには貧民もいないし」

そう。それは知ってる。辺境に来て一番驚いたのが、人族差別がほぼなくて、人族が集められて詰め込まれた貧民街のような場所もない。

辺境伯様がそういうお方だというのも、驚いた。そしてブラウさんが優しかったのも。

どう見ても、ブラウさんはとてもいいところの出自だというのがその耳と尻尾でわかる。

ここにはほぼハーフでも、特徴が現れている人なんて殆どいないから。でも力やその身体の大きさ、そして強さで獣人族の血だと気付くけれど。

王都にいた貧民街の人族たちは、他の種族との婚姻は絶望的で、家族を増やすには人族同士が婚姻するしかなかった。だからこそ、残っていた純粋な人族。俺達はそのギリギリのところにいて。ミーシャさんは竜人族の特徴は背中に少しだけ鱗があったのと、その髪色くらいだったけれど、兄さんと結婚すると決意してくれたのは本当は奇跡に近くて。

だから、リオンが生まれたのは奇跡。

生まれてきてくれてありがとう。俺の元にちゃんと生きてやってきてくれてありがとう。

それも全て、ブラウさんが現場で色々と手を加えてくれたからだ。

それなのに俺達を世話してくれて。リオンを可愛がってくれて……。

ゆったりと動く手が、心地いい。でも、心地いいだけじゃなくて。

一つ瞬きをして目を開けると、薄暗い中でも、深い蒼のブラウさんの瞳は、光りを放って俺をまっすぐ見ていた。

暗い中でも深く蒼く光るその目は、とても綺麗だった。

多分俺の目は暗がりの中でどこにあるのかもわからないと思う。けれど、きっと夜目の利くブラウさんには俺の表情も何もかも全て見えてるんだろう。

ブラウさんに撫でられる頬が少しだけ熱い。

いつもの表情が出来ていればいいけど。きっとそれは無理だろうな、と思う。


このグルグルする胸のモヤモヤとか、触れられたところが熱いとか。

リオンをぎゅっとしても、リオンのほっぺをぐりぐりしても、この気持ちにはならない。

これって、どんな感情なんだろう。

そして、ブラウさんはどんな感情で、こんな風に優しく俺の頬を撫でるんだろう。

訊きたい。けど、絶対に訊けない。

考えれば考えるほどモヤモヤしてくる胸を誤魔化すように、俺もそっと目を閉じた。


リオンが寝たら兄さんの残した魔法鞄の中身を確認するはずが、俺はそのまま寝てしまったらしい。

気付いたらもう朝で、身体を起こした時にはすでにブラウさんは着替えていた。

「あ……俺」

「おはよう。よく寝てたな。寝顔が二人ともそっくりで笑った」

本当に面白そうにくくと肩を揺らしたブラウさんは、ベッドに近付いてくると、まだぐっすり寝ているリオンの頭をそっと撫でた。

「アッシュたちの出る時間はまだ先だろ。俺は先に出るから、ゆっくりこい」

「はい……あ、おはよう、ございます」

ほんの少しだけ気恥ずかしくて視線を下げつつ挨拶すると、もう一度ブラウさんの笑い声が聞こえた。

「鞄の中身の確認は、今日の夜に頼むな」

「はい……」

やってしまった。

溜息を呑み込んで、部屋を出て行くブラウさんのあとに続く。

俺はそのまま俺が宛てがわれた部屋に行って、鞄を手にそっとブラウさんの私室に戻って来た。そして、そのままリオンを抱えて部屋に戻った方が良かったのでは、という思考に辿《たど》り付く。

本人が不在の状態で私室にいていいのかな。

すやすや天使の寝顔でベッドに転がっているリオンを確認しながら唸っていると、コンコンと小さいノックが聞こえた。

「はい」

返事をすると、ドアが開いてエイミさんが顔を出した。

「あらあら、リオンちゃんはまだぐっすりお休みですねえ。今日はブラウ様が早めに出るということでアッシュさんの食事はどうしようか相談に来たんですよ」

「それは、ありがとうございます……でもまだ普段より早いですよね。いつも通りだと手間ですか？」

「そんなことございませんよ。リオンちゃんに美味しく食べて貰える食事をたんと用意しております。アッシュさんはもう食べますか？」

ニコニコと寝ているリオンを見ながら、エイミさんが朝食の提案をしてくるので、リオンと一緒でと断る。

「ブラウさんがいないのにここにいるのもどうかと思うので、一度部屋に戻りますね」

エイミさんは、俺の言葉を聞いてあらあらと目を細めた。

「ブラウ様がここで寛《くつろ》ぐようにおっしゃっていたので、大丈夫ですよ。寝ているリオンちゃんを動かすのも可哀想ですしねえ。アッシュさんも寝直しますか？　何なら起こして差し上げることもできますよ」

「いえ、大丈夫です。ちょっとやらないといけないことがあるので、起きてます」

「だったら飲み物をお持ちしますね」

最後までニコニコと、エイミさんは部屋を出て行った。

エイミさんのリオンを見る視線は孫を見るそれのようで、俺まで頬が緩む。

その小さな天使は、大きなベッドのど真ん中で、丸くなって健やかに寝ていた。

そういえば今日は夜中に泣きながら起きることもなかったなあ。

俺も悪い夢を見なかったたし。

「やっぱりブラウさんが一緒に寝ると、安心するのかな」

でも、あの手つきで頬を撫でられた時は、安心よりもドキドキというかいたたまれなさの方が割合的に多かった気がするけれども。


エイミさんの、というかブラウさんのお言葉に甘えて、俺はその部屋で兄さんの魔法鞄の中身を確認することにした。

魔法鞄は、中身が入っていても見た目は何も入っていないように見える。もちろん他の人が通常の鞄として使うことも出来るけれど、その場合は魔法鞄としての機能は使えない。

うちにあった鞄は、兄さんが使い始めた時にはすでに見た目は古くなっていて、たんなるボロボロになった鞄に見えていたはず。

俺はサッと自分の魔力を通して口を開けた。

手を入れて、中のものを一つ一つ取り出して、テーブルに置いていく。

そこには、父さんから受け継いだけれどもう使わなくなっていた魔石加工用の工具一式、そして残っていた父さんの仕事に関する手記、兄さんが家族のために貯めただろうお金、そして、小さくなった産着《うぶぎ》が並んだ。

「兄さん、取っておいてたんだ……」

リオンが生まれた時に着せていた産着は、覚えているよりも小さく見えた。

きっとリオンがちゃんと育って、大きくなっているから。今の大きさよりも半分ほどもない小さな産着《うぶぎ》はきっと、兄さんとミーシャさんの宝物なんだろう。

「可愛い……小さい」

三枚ほど出した産着を見て、頬を緩める。

「ほんとに、大きくなったなあ」

見ているだけで、目尻が下がるし顔がデレッとなるのが自分でもわかる。

小さな産着を持ち上げて、そしてそっと畳んでもう一度魔法鞄の中にしまう。

特に追われたり狙われたりするような物は見当たらない。

じゃあ、実は本当に事故だった？

「リオンは、狙われてないってこと？」

だったら嬉しいけど。

他に運んでいた家具や兄さん達の衣類などは、馬車が大破した時に同じように壊れて、使い物にならなくなっていた。

それはリオンの服も同じで、ブラウさんが次の日にリオンの着替えを買ってきてくれた。俺では気が回らなかった。

頼りになるその背中を思い出して、少しだけ胸が熱くなる。

それを誤魔化すように一つ一つ丁寧に鞄にしまっていると、ベッドの上で小さなかたまりがもぞもぞと動き始めた。

「……あっちゅた……？」

むくりと小さな身体が起き上がり、目を擦りながらリオンが部屋の中を探すように視線を彷徨わせた。

俺はすぐに立ち上がってベッドに近付いた。

「おはようリオン」

「あっちゅたん」

ベッドに座った俺の腿《もも》に這い上がるようにして移動したリオンに目を細めて、その軽い身体をひょいと抱き上げる。

魔法鞄に入っていたリオンの産着よりも大きなその身体をぎゅっと抱き締めて、ふくふくのほっぺをぐりぐりと堪能しながらリオンに挨拶をした。

「ぶあうたんあ？」

「今日は先に行くって。あとで詰所で会ったらご挨拶しようね」

「ん……ぶあうたん……」

寂しそうなリオンを宥めるように背中をポンポンしながら、ブラウさんのほうがやっぱり頼りになるよなあ、とちょっとだけ落ち込んだ。

一度部屋に戻り、リオンと自分の着替えを終えると、階下からいい匂いがフワリと廊下に届いた。

「えいみばあや？」

「エイミさんはリオンが大好きな物を作ってくれてるよ。いっぱい食べよう」

「ん」

「いっぱい食べれば元気が出るから、ブラウさんがいる詰所にも元気いっぱい行けるよ」

「ん」

「元気いっぱい挨拶されたら、ブラウさんも喜ぶと思うよ」

俺の言葉に、リオンはハッとした様に顔を上げた。

目がキラキラしているので、きっと機嫌は直ったんだろう。

どうやら朝にブラウさんに挨拶したかったようだ。

……俺よりブラウさんの子になるって言われたらどうしよう。

リオンはうちの子だから、それだけはブラウさんにも譲れない。

またしてもちょっとしたモヤモヤを抱えながら、俺はリオンと共に朝食を食べるためにキッチンに向かった。

「ではね、リオンちゃん、しっかりとブラウ様に届けてね。ばあやからのお願いね」

「あい！」

リオンはしゅたっと胸のところに手を上げて、騎士団の敬礼の真似をした。それが妙に板に付いていて、思わず笑顔になる。

リオンは手に小さな袋を提《さ》げて、もう一つの手を俺に伸ばした。

「ではエイミさん、いってきます」

「はい、アッシュさん、いってらっしゃい。お気を付けてくださいね」

「ありがとうございます」

入り口のところで見送ってくれるエイミさんに挨拶をして、館を後にする。

歩いて詰所まで向かうリオンの手には、エイミさんからブラウさんに渡すように頼まれた、小さな焼き菓子が入っている。

用意をぐずったリオンを、エイミさんがこの焼き菓子を使ってあれよあれよという間に宥めてしまったんだ。

ご機嫌に歩くリオンを見下ろしながら、流石エイミさんだなと感心する。

まだまだ俺はリオンの親にはなりきれていない。

早くリオンに一番に頼られる親になりたい。

「リオン。俺頑張るね」

「ん？　ん、がんばえ」

何もわからないのに応援してくれるリオンはやっぱり世界一いい子かもしれない。

♡　♡　♡

リオンの専用机に小さなリュックを置くリオンを確認してから、俺も自分専用の机に腰を下ろした。

今日も仕事は山積み過ぎて、笑いすら起きない。

「リオン、喉が渇いたりお腹がすいたら教えてね」

「あい」

騎士団の見習い達が作ってくれた小さな椅子に腰掛けて、リオンはいいお返事をして手を上げた。

その仕草にこれからの仕事の山を忘れて和む。

リオンの小さな机の上には、木切れで作った小さなブロックがいくつも置かれていて、リオンは日中俺のすぐ近くでそれを重ねて遊んでいる。

この木が重なるカチカチという音が、今の俺の安定剤のようなものだ。

しばらくはリオンが楽しそうに木切れで遊ぶ音を聞きながら、確認する書類に目を通す。

あー。そういえば武具の修繕《しゅうぜん》発注しないとなあ。

それともう前の大規模討伐から一年以上経ったからそろそろ用意しておかないと。

それと各種請求額をまとめて、とりあえず団長とガレウス大隊長が提出した酒屋の請求書は突っ返して……。

「ん？」

「あっちゅたん？」

書類の内容に思わず声を上げてしまった俺は、俺の声に反応したリオンに笑顔を返してもう一度手元の書類に目を落とした。


——来期騎士団希望人員一覧。


他領から、ここエスクード辺境騎士団に入団希望するもの達の一覧表だ。

あと半年もすると年が変わり、ここでも入団試験が行われる。

例年二十名がいいところで、それも正騎士になるころにはかなり数を減らしている。

見習いから正騎士になるには、その力を認められることが大前提で、長いと三、四年かかることもある。その長い見習い期間が耐えられず、辞めていく者もいる。

俺と同期の騎士も、見習いを卒業したのは約半数。一人は食堂に直雇用され、騎士達の食事を作ってくれているからまだここにいるけれど、正騎士になる力がないと言われた者は、大半がここを去る。

周りが見習いを卒業するころには、正騎士になるには自身の力が及ばないと、自分が一番理解できてしまうからだ。

事務官になった俺と、半年程度で遊撃隊になったハイデは特殊な事例で、なかなかあることじゃないんだ。

けれど、この手元にある志望人数は、五十人を少し超えていた。

俺とハイデが卒業した騎士学校からの希望者が大多数を占めていた。

王都には俺が卒業した学校とは別に、貴族用の騎士学校もあったので、あの学校は主に平民達が通っている。学がない平民は、王都から外に出て農地で働くか騎士になるか、家業があれば継ぐのが普通だからだ。

けれど、大抵は王都で貧民街に程近いところに詰所のある第三騎士団に入団するはずなんだけれど。

「……やっぱり、王都は住みづらくなってるのか……」

家持ちの兄さん達も王都を出ることを決意するくらいだ。

もしかしたら第三騎士団も何かしらあるのかもしれない。

「……とはいえ、これだけの人数が入ってもうちで面倒見れるのかな」

人員は喉から手が出る程欲しいとはいえ、それには実力を伴ったと付く。弱い者は最初に魔獣の餌《えさ》になってしまいかねないから。

それに予算のこともある。

ここは国からの補助金がないから、あまり人を増やせないんだ。

それと、辺境伯様が書類を届けた際に「ここだけの話だけど」と言って教えてくれたことがある。

あまりこの騎士団の規模を大きくすると、反乱の疑いを掛けられかねないから、予算も人数もなかなか増やせないんだと、とても申し訳なさそうに俺に溢していた。

貴族達も色々しがらみがあって大変そうだな、なんて思いながら聞いていたけれど、こうしてみると結構厄介かもしれない。

「ブラウさんに相談案件だな」

「ぶあうたん！　いく？　いこ！」

俺の言葉からブラウさんの名前を聞き拾ってしまったリオンが、目を輝かせて椅子から立ち上がった。

玩具で一瞬ブラウさんのことを忘れていたのに、俺がうっかり思い出させてしまった。

ううう、リオンが目を輝かせてる。可愛い。

こんな期待に満ちた目を向けられたら、応えないと男じゃないよね。

俺はその書類を手にして、リオンを抱き上げた。

「ブラウさん、今日は遊撃隊と森に入ってるって話は聞いてないから、団長室にいるかなあ。そろそろ団長の裁可が必要な書類をまとめる時期だし」

「だんちょー？　いく！　あっちゅたん、かーどで、かちゅ！」

「カードは今日はしないよ」

ぐっと拳を握りしめて大興奮のリオンに頬を緩めると、リオンはへにょっと眉毛を下げた。

「ちないの？」

「お仕事中だからね」

すぐ側で、リオンの口が三角に尖る。

思わずその唇を摘まむと、「んむ」と可愛い声が漏れて、あまりの可愛さに叫びそうになったのをすんでのところで我慢した。


思った通り、団長室には椅子に縛《しば》りつけられて書類と格闘するトラスト団長と、その横で見張っているブラウさんがいた。

文字通り、団長は椅子に縛られていた。

思わずその様子をじっと見ていると、ブラウさんがバツが悪そうに団長の所業を暴露した。

「今朝からすでに二度逃走し、失敗したので、この状態だ。団長の自業自得だな。何ならさっき椅子ごと逃げようとしていた」

「団長……リオンの教育に悪いのでやめてください」

団長に冷たい眼差しを向けると、団長は「俺のせい!?」と焦った声を上げていた。団長のせいでしよ。普通椅子に縛られて執務なんてしないもん。

「だんちょー、ぐるぐるなの？　あしょぶ？」

「遊ぼうとしたから、仕事しようねってブラウさんがああしたんだよ」

だんちょー……となんとも言えない目をリオンに向けられた団長は、一番のダメージを受けていた。

「もう逃げねえ。絶対逃げないからほどいてくれ！　こんな姿をリオンに見られるなんて俺は、俺はもう……」

「落ち込んでるくらいならサインの一つも書け」

殊勝《しゅしょう》な態度を取る団長にも、ブラウさんは容赦《ようしゃ》なかった。

団長に冷たい視線を向けていたブラウさんは、ふと表情を和ませてこっちに向き直った。

その顔は家の中で見せる優しい顔そのもので、リオンもつられてニコッと笑った。

「二人でここに来たってことは、なんかあったってことか？　団長のサインなら、今ならいくらでも大丈夫だぞ？」

「こんなに積んであるじゃねえか！　もう無理！　手首がだめになって剣を握れなくなる！」

「いたいいたいの？　ぽーんしゅる？」

リオンが心配そうに団長に視線を向けたことで、団長は「い、いや、大丈夫だリオン」と慌てて取り繕い、更に心にダメージを受けていた。すっかり顔がしょぼしょぼしている。

「来期の入団希望者の人数が多いので、少し相談をしようと思って来たんですが」

チラリと団長の机の上に目を向けると、ブラウさんは大丈夫と頷いた。

「リオンに逃げないと宣言した以上、しっかりと内容を精査してサインをお願いします、トラスト団長」

「内容精査って。ブラウがいいと思ったならそれで大丈夫だっていつも言ってるだろ」

「俺が誰かに金で買われたりしたら、ここにヤバい書類を紛れ込ませたりするかもしれないんですよ？　ダメでしょ」

「いや、ブラウは絶対にしねえだろ」

何言ってんだよ、という顔でブラウさんを見上げる団長のブラウさんに対する信頼が微笑ましい。内容は恐ろしいけれど。

「いやいや、リオンに玩具の予算を増やせって言われたら、俺とアッシュで共謀《きょうぼう》してそこに玩具代の予算請求書類を挿《さ》し込《こ》みますね」

「なに、リオンの玩具？　それは大変だ。どれくらい欲しい？　リオンはどんな玩具が好きなんだ？　俺が買ってやるよ」

「俺が買ってやるので、団長は遠慮してください」

「いやいや、玩具なら俺がちゃんと買ってあげます！　ねーリオン、今度雑貨屋の親父さんのところにいこうね」

「アッシュ、この間雑貨屋でリオンの玩具を大量買いしようとしてたじゃねえか」

「だ、団長、なんでそれ知ってるんです？」

「警邏中に見かけたんだよ！　第二の奴ら皆大笑いしてたぞ。普段の鬼顧問とのギャップがやべえって！」

団長に雑貨屋でのことを暴露され、俺が驚いていると、リオンは首を傾げてから「おもちゃ！」と嬉しそうな声を上げた。

「あのね、あかいおにいちゃんがね、きをきってくれたの！　リオンのおもちゃ！　こやってね、かち、かちってあしょぶの！」

赤髪の見習いが器用な手先で作ってくれたブロックをリオンが団長に見せたことで、俺達はようやく冷静になった。

遊んでいたまま持ってきたらしく、それをリオンは誇らしげに見せる。

「そうか、それが大事かリオン。ごめんな、俺は心の汚れた大人だったな。アッシュもな」

リオンの純粋さが、俺達の心にはとても眩しく映った。確かに、沢山玩具を買ってあげればいいってもんじゃないいね。

反省していると、団長の言葉に反発したリオンが、ぎゅっと俺の服を握って口を尖らせて訂正した。

「あっちゅたんきたなくない。きれい」

あああああ、うちの子天使。

悶《もだ》えている俺の手からリストがすっと抜かれた。

それをブラウさんと団長が覗き込む。

「ああ、今年は多いな。何人伸びるか、楽しみだ」

確かにここは最初から落とすことはほぼしないけれど、本当にこの人数を全員採用するつもりなのか。

「これって辺境伯様はもう確認しているリストなんですよね」

ブラウさんの膝の上に座ってご機嫌のリオンを撫でながら、隣に座った俺が顔を上げると、トラスト団長とブラウさんは頷いた。

「どうやら王都では、第一から第三までの全ての騎士団が直属に近い血筋か身体的に獣人族の力がある名家のハーフじゃないと取らない方針になったらしいんだ」

「うわ、それは……」

ブラウさんの付け足した一言に、俺は顔を顰めた。

俺の推薦状を書いてくれた騎士も人族だった。第一と第二騎士団は血統第一で、王都の外側にある第三騎士団が能力の少ないハーフや人族の最後の砦《とりで》だったんだけれど。

「その余波《よは》が辺境にまで来ないといいんですが……」

国中に人族を省くようなお触れなんかが出たら、俺はこの国にもういられないじゃないか。リオンを立派に育てないといけないからお金は大事。

っていうかこんな辺境の地にこれだけの騎士志望が集まるってこと自体が既に余波《よは》が来てるってこ

とか。じゃあ、どこの国なら人族は安心して暮らせるんだろう。

「その場合はベルサン王国か……」

「こらこら、そのベルサン王国との国境を守る騎士団長の前で亡命を企《くわだ》てるな。アックスはそんなことをするようなやつじゃないってアッシュもわかってるだろ」

「それはわかってますけど、権力って結局は上が一番偉いじゃないですか。反発した辺境伯様が今度は迫害されたりしたらそれもいやだなって」

採用して貰ったことに始まり、俺の都合なのに長期休暇を許可してくれたり、俺が書類を持って行くたび歓待してくれたり、リオンをとても可愛がってくれたり、書類のまとめ方を毎回絶賛してくれたり……。

「まあ、隣のガンドレン帝国よりはまだ全然マシなんだろうけど……」

トラスト団長が溜息を吐きながら外に視線を向ける。

そういえば俺、ガンドレン帝国は竜人族が治めてるってことくらいしか知らない。

ここよりも更に人族が住みにくいんだったら、国として問題じゃないのかな。

「あそこはほら、人族だけじゃなくてハーフも一段下に見られるから。それに純粋な竜人族でも、見た目でかなり差別されるらしいぞ。羽根がどうの鱗がどうの力がどうのと。前に聞いた話じゃ、獣人族に力比べで負けた竜人族のやつは周りからかなり馬鹿にされたらしいからな。相手が純粋な熊の獣人なんだ、力なんて一番くらいに強いのに」

「それは……住みにくそうな国ですね」

団長の話を聞いて、俺はぐっと眉を顰めた。

もしも、商業ギルドの話に乗って兄さん達がガンドレン帝国に行っていたら、本当に仕事を教えて貰えたのか、仕事をさせて貰えたのか、疑わしくなる。そしてミーシャさんが見つかって、リオンが取り上げられたりしたら……。

ぞわりと背中を嫌な汗が流れた。

もしかして、馬車が事故に見えるように手を加えたのって、そこら辺の何者かじゃ……。

嫌な考えが浮かんできて、俺は一度思考をリセットするため大きく息を吐いた。

知らず、手が胸元を押さえていた。

布越しに触れた家族の形見の硬質な感触が、スッと気分を落ち着けてくれた。

「まあ今まで王都からこっちに来る奴なんてほぼいなかったから、異色ではあるよな」

ブラウさんがリオンの手を掴んでフリフリしながら器用に肩を竦める。

「もしうちで受け入れなかった場合、こいつらが心配だよな」

団長が心配げに呟く。リストから顔を上げて、団長は俺を窺うように見た。

「もし、これだけの人数を受け入れるとして、この騎士団の経営はなんとかなりそうか？」

「そうですね……一人頭の見習いの月収が……予算をカット出来るのは……魔獣の収入が……」

頭の中で騎士団の経理的数字がグルグルと回る。

どう考えてもマイナスになる。

ここの予算が増えない限り絶対に回していけない。

「団長達が提出してくる交遊費《酒屋の請求書》を取り下げて……魔獣を更に二割増しで隣領に買って貰って……隣のよしみで安くって言ってくるところでは他の物を値下げさせて……そうだよな。だいたいうちだけ魔獣の素材を値下げして、こっちに回す食料が定価のままとかふざけた話だよな……隣領の若者だってここで採用してるのに」

「アッシュ……？」

「そもそもがここから逃げ出したやつがいるから酷い扱いをしているのどうのと難癖《なんくせ》付けて値下げしたのがおかしいのであって、それはただ単に逃げ出したやつの根性がないだけでは……？　またそれをゴリ押ししてくるようだったら魔獣の素材売るのやめよう。他でも需要はあるわけだし……」

「アッシュ、アッシュ君……？」

そっと俺を窺う声音の団長の声が聞こえて来たので、にっこりと笑顔を浮かべる。

そうだよね。酒代を節約するだけで、見習い五人分くらいのお金はでてくるし……。

団長は失礼にも俺がニコッとした瞬間ビクッと肩を揺らした。何か恐ろしいものでも見るような顔で俺を見ているけれど、そこら辺に何かいるのかな？　俺には見えないけれど。

「というわけで、酒は自腹でお願いします。それと隣領の素材売買が定価にできれば、まあギリギリ？　出来なくもないかな？　って気はしますので、ちょっと調整してみますね。その際、団長に話し合いの場にいて貰えたらありがたいです。口は開かずに」

「あ、ああ？　ああ……」

「自腹はキツいなあ……」と呟く団長を敢えて放置して、じゃあ方針は一応全員採用ってことで、と俺は手をポンと叩いた。

隣でリオンが俺のポンを真似していたのが視界に入って、思わず内心で悶える。

「あっちゅたん、かっこい……」

目を輝かせて俺を見上げていたリオンは、いったい俺のどこを見て格好いいと思ったんだろう。でもリオンにそう思って貰えるのが嬉しくて、頑張る気が出てきた現金な俺なのだった。


年が明け、入団希望者が騎士団詰所にやってきた。

結局辞退は一人もなく、むしろ王都の騎士学校からここを希望する人数は増え、全員で五十五人となっている。

一気に見習いが倍になる。とはいえ、もうすぐ見習いを卒業する人も結構いるので、見習いが溢れるということはないけれど。見習いの仕事だっていつも人手不足だし。特に政務室が。

「あっしゅちゃん、おなかしゅいた」

少しだけ言葉がはっきり言えるようになったリオンは、俺の元に来た当時よりもぐんと大きくなった。

リオンを育て始めて、もう半年が過ぎていた。

その間、俺はずっとブラウさんの家でお世話になっている。

たたたと駆け寄ってくるリオンの足は更にしっかりとしていて、言葉は少しずつ発音がはっきりしてきている。

正直舌っ足らずな言葉がめちゃくちゃ可愛いので、変わらないで欲しいと思う気持ちが大きい。でも、ちゃんと会話が出来ることが蕩けるほどに嬉しいとも思う。

「はいはい。じゃあちょっと休憩して食堂に行こう。今日のメニューはハンターボアの肉だけど、小さく切ってもらおうね」

「おれ、おおきいのたべたい」

こーれくらい！　と両手をバッと開いたので、思わず声を出して笑う。

いつの間にか自分のことをおれと言い出したリオンは、前よりも顔付きもキリッとしている。

「そうだねえ、そーんなに大きなお肉が食べられるようになるといいねえ」

「たべる！　たべてぶらうしゃんくらいおおーっきくなるの！」

ぐいぐい手を引かれて、はいはいとその可愛い後頭部を見下ろしながらついていく。

リオンはすっかり詰所内部の場所を覚えて、迷うこともない。

通りかかる騎士ににこやかに挨拶し、騎士達もリオンの存在に慣れて気軽に遊んでくれるのがありがたい。

階段を下りていると、外から通じる廊下から遊撃隊が歩いて来た。

それを見かけて、リオンが目を輝かせる。

「あっしゅちゃん、ぶらうしゃんがいた！　ぶらうしゃ！」

「お、アッシュとリオンもこれから飯か？」

「しょう！　いっしょにたべれる？」

「ああ。もちろん」

ブラウさんがリオンの誘いを笑みを浮かべて了承する。

だっこ！　と手を伸ばすリオンを自然に抱き上げると、ブラウさんが俺の横に並んだ。

「ごくろうさん。そういやさっき珍しい魔獣を狩ってきたから、売り捌く算段《さんだん》してくれ」

「珍しい？」

俺が首を傾げると、ブラウさんは頷いた。尻尾がゆらり揺れているから、機嫌が良さそうだ。

「ここらへんにしか現れないキラータイガーの亜種だ。毛皮が通常の黄色と違って、白いから高値が付くんだよ」

「へぇ……見たことない」

「だろうな。前に討伐したのは、多分七、八年くらい前のはずだ」

「超綺麗だったぞー。ちょっと討伐するのが可哀想なぐらい」

後ろからついて来たハイデもそんなことを言ったので、そわ、とその魔獣が気になった。

解体が終わったころにそっと見に行ってみようかな。

高く売れるならどこに持っていこう。やっぱり辺境伯様の姪御《めいご》さんが嫁いで行った侯爵家なんかが有力かな。隣領には絶対に売らない。

ぐっと拳を握りしめていると、ハイデの横を歩いていた遊撃隊の一番の若手ナルがブッと噴き出した。

「アッシュさんの目が金貨を見るときの目になってる」

「こら、鬼顧問に後でコテンパンにされるぞ」

ナルにやっぱり笑いながらつっこみを入れる同じ遊撃隊のスカイさんは、真顔で「俺らだっていつアッシュにコテンパンにされるかわからないからな！」と注意している。冗談のはずなのに冗談に聞こえないのがよろしくない。

何より、俺は遊撃隊の人達をコテンパンに出来るほどの腕はない。

「むしろ遊撃隊の予算を減らされるかも……」

にやり笑いで俺がいる目の前でそんなことをいうのは、遊撃隊の結成当時からずっと現役遊撃隊のエースさんだ。

全員が獣人で、全員がブラウさんにも負けず劣らず強い。

「エースさんわかってないなあ。アッシュはブラウさんに激甘だからここの予算だけは減らさないよ」

ハイデがそう言った瞬間、ブラウさんがハイデの頭にげんこつを落とした。

「アッシュが俺に激甘なのはいいとして、こいつはそんな卑怯なことはしないよ」

「ねー」

ブラウさんの言葉が聞こえた途端、俺は一瞬自分の耳を疑った。

俺がブラウさんに激甘？　まさか。

憧れというか何というか、その包容力とか強さとかリオンに対する態度とか、尻尾とか耳とかその顔とか、好ましいとは思うけど、激甘？　激甘ってどんな態度!?

ってか俺が激甘でもいいの!?

カッと頬が熱くなる。

「俺、ブラウさんに激甘なんですか……？」

頬が火照るのを両手で押さえて隠しながら、俺はブラウさんを見上げた。

ブラウさんは、ん、とちょっとだけ口を引き結んだあと、いや、と肩を竦めた。

そんな俺達の後ろでは遊撃隊の四人がコソコソと話をしていた。

「自覚なしかよ……あんだけ頭良くて大隊長の筋肉達に鬼とか言わしめるアッシュの可愛い一面が見えてしまった……」

「な、エースさん、ギャップやべえだろ。学生の時はもっと淡々としてたんだぜ」

「これに我らが隊長はヤられたのか……」

「ってかアッシュさんって細くて小さいのにそんなに強いんですか？」

「ナルは知らないんだな……アッシュがどうして鬼って呼ばれてるか。こいつはな、大隊長から力尽くで書類を奪い取るえげつねえ事務官なんだぞ。しかも学年で剣の腕は俺に次いで次席だった。ちなみに座学は学校始まって以来のずっと首席。ヤベえやつなんだよ」

全部聞こえてるから。

まるっと聞こえてるから。

これは褒められてるのか落とされてるのかわからない。

俺が鈍いって、反射神経は悪くない方だと思うけど。可愛いっていうのは俺じゃなくてリオンやブラウさんに使う言葉だと思う。

うんざりした俺は、リオンを抱いたままのブラウさんの腕を取って、足を速めた。

「あの人達は放っておいてごはんを食べに行きましょう」

ブラウさんは俺に引かれるまま早足になりながらも、ククッと笑いを溢した。

「じゃあ俺達三人で食うか。な、リオン」

「ん！　はいでちゃん、ばいばい！」

リオンはブラウさんの肩越しにハイデに手を振ると、上がったスピードに嬉しそうに声を上げた。

三人で食事を取った後のリオンはすごくご機嫌だった。

そのため、とても仕事が捗《はかど》った。

予定していたことを終えると、今もニコニコと執務室の端で遊んでいるリオンに目を向けた。

「ぶらうしゃんとー、ごはんたべてー、あっしゅちゃんもーにこにこー」

魔獣の毛皮で作られたよくわからない人形を手に、リオンが何かを呟いている。

俺がニコニコ？　リオンがニコニコの間違いでは。

思わずクスクス笑うと、リオンがハッと顔を上げた。

「あのねー、これがぶらうしゃんで、こっちがあっしゅちゃん！」

両手に黒い毛玉と茶色い毛玉を持って、リオンがそれをブンブン振る。俺達に見立てているのに扱いが雑なことに笑い声を上げると、リオンもえへへへと可愛らしく笑い始めた。

足下にはもう少し小さな茶色の毛玉が転がっている。

これも、魔獣の端材《はざい》を使って見習いが作ってくれた人形（？）だ。単なる丸に糸でジグザグな何かが縫われていて、俺にはどう見ても単なる毛玉にしか見えないのに、リオンにはちゃんと人形に見えるらしい。

「あっ、しっぽがぼっとしてましゅよ！　あっしゅちゃんとかしてくだしゃい！」

リオンがむっとした様な顔で、いきなりそんなことを言い出したので、慌ててリオンに近付くと、リオンはそのまま茶色い毛玉を持って黒い毛玉にくっつけた。

「あい！　おれがふあふあにしましゅ！　しっぽだいしゅきでしゅ！」

大きな声でそんなことを言いながら二つの毛玉をスリスリしているのを見て、俺はその場に頽《くずお》れた。

これはもしや、ブラウさんの家で俺達がしていることを再現しているのでは……？

いやいや、尻尾大好きです！　なんて声に出したことはないけど！　でもブラウさんは尻尾を梳かすように強要するけれども！

まあそれは俺の密かな楽しみなので頼まれると嬉しいけれども……！

リオンにはもしかして、全部理解されているのか……？

愕然《がくぜん》とリオンの一人遊びを見ていると、リオンは黒い毛玉を雑に投げ捨て、今度は小さな毛玉を拾った。

「おれも、あっしゅちゃんしゅき！」

「おれもりおんだいしゅき！　うちのこいちばん！」

うわあ……再現度高すぎ。

「……俺、口に出してた？」

思わずそう呟いていた。

もう後数ヶ月で三歳になるというリオンの記憶力のすごさを垣間見た俺は、これからは行動に気を付けないと、と気を引き締めることにした。

もしブラウさんとあんなやりとりをしているなんて外にバレたら、ブラウさんが困るだろうし。今のところは恋人の影もないけれど、これから先は絶対に恋人とか作るだろうし、そんな時にあんな甘えた俺が横にいたら……そう考えると、罪悪感に眩暈がしそうになった。

……あの尻尾をブラッシングできなくなるのは少し……いや、かなり辛い気はするけれども……。

これだけ世話になってるブラウさんの足をこれ以上引っ張るわけにはいかないのでは？

そんなことを考えたその日の夜――。

リオンが寝てしまうと、早速ブラウさんからブラッシングのお願いがあった。

ちなみに、あれ以来俺達は三人でブラウさんのベッドに寝ている。思った以上に快適で、そしてリオンと俺は悪夢を見ることもなくぐっすり眠ることが出来て、なかなか部屋に戻ることが出来ないでいた。これは絶対に過剰な甘えだよ。

「あの、でも、やっぱりこれは……あまり褒められたことではないのでは……と」

しどろもどろに断りの言葉を述べると、ブラウさんは怪訝な顔をした。

「何かあったのか？　もしかして、誰かに何か言われたとか」

「いえ、そんなことは、ないです」

ただ、リオンの目の前でこれほど甘えてしまうのは、良くないのではと思っただけで、と小さな声で続けると、ブラウさんはしばらくの間沈黙してから、俺の目の前で尻尾をひらひらと動かした。

「つまり、俺の行動が甘えすぎてたと？」

「逆です逆！　俺達が甘えすぎてるのに、これ以上甘やかされたらブラウさんの迷惑になるのでは、と」

「俺が迷惑だと言ったか？」

「言ってません」

「そうだよな。迷惑だなんて思ったことは一度もない」

「は……」

真顔で伝えられて、俺は動きを止めた。

でも、だって。

口からは意味を成さない言葉が出るだけ。

「新人になんか言われたか？　アッシュのことだから言われた瞬間、コテンパンに伸してると思ったんだが」

「いえ、そもそも執務室に誰も寄りつかないので、でもそういうことじゃなくて」

「じゃあ、なんでそんな結論に至った」

まっすぐ綺麗な蒼の瞳で見られて、俺は視線を逸らすことが出来なかった。

黒くて柔らかい耳、ふわふわで最高の手触りの尻尾、どっちも大好きだけど、この綺麗な深い蒼の瞳も、すごく好きなんだ。そこから自分で目を逸らすなんてちょっと無理な話だ。

じっと俺を見つめる瞳は、自ら光を放っている様に見える。

「だって、ブラウさんは男盛りの年だし、副団長だから将来有望で、優しいし強いし性格がすごくいいじゃないですか。俺はブラウさんの悪いところ一個も上げることができません。でもそれほどいい男なんだし、これから恋愛して結婚して家庭を作っていくじゃないですか」

「……」

ブラウさんは真顔のまま、俺の話に耳を傾けている。

「そういう大事なことをする場所に俺がいたら、邪魔ですよね。まだまだリオンの親として未熟で、ブラウさんから見てもとても頼りないですけど、これ以上ブラウさんの手を煩わせるのも……」

「俺は邪魔だなんて一言も言ったことがないが？」

「言われたことはないですけど、ブラウさんは優しいから」

だから、その優しさを好意だと、思ってしまいそうになる俺がいる。

俺はリオンをちゃんと立派に育てたいんだ。だからこそ、恋情に連《つら》なる好意なんて、持っちゃダメなんだよ。まだはっきりと誰かに恋する気持ちを持ったことはないと思うけど、でも、そんな気持ちを持ったら、リオンよりも優先してしまいそうで。でも、このブラウさんに対する気持ちはもしかしたらそろそろ恋に変わりそうな気がして。

俺の言葉に、ブラウさんはフッと表情を緩めた。

呆れたような顔になって、深い息を吐く。

「あのな。まず最初に言っとくが、俺はこの先もアッシュとリオンを追い出すなんてことはしない」

「それは、わかってますけど」

「いや、わかってない。そして、俺はそんなに優しくない。敵と見なしたヤツはどれだけ一緒にいようとその場で切り捨てることだって躊躇わないからな。あと、ここが一番重要なんだが、ここに連れて来たのは、アッシュとリオンだからだ」

「俺だから……？　仕事を引き継げる事務官を大事にしろって辺境伯様に言われていたり？」

それ以外に思い当たらないんだけれど。

そう首を捻《ひね》ると、ブラウさんは残念なやつを見るような目をした。

「くっそ、こんな状態でも可愛いと思うってもう末期だよな……あーくそ、尻尾のケアを頼む時点である程度は通じてると思ったが……これが種族の差か」

本当に小さく何かを呟き遠い目をしたブラウさんは、ほんの少しだけ視線を彷徨わせた後に、俺の両肩に手を置いた。

「最初にアッシュを見た時、本当にうちでやっていけるのか心配になった。でも小さい身体で周りをやり込める様《さま》が見ていて爽快感があった。それに俺と一緒に書類仕事を嫌がらずにしてくれるところも好感が持てた」

顔を覗き込むようにしながら、ブラウさんがほんの少しだけ照れを滲ませた顔で、淡々と告白を始めた。

「でも多分一番最初にぐっときたのは、耳を撫でられた時だ。あの時の手つきがやたらエロくて、かなりやばかった。俺達獣人族は、実は耳と尻尾は特別なヤツにしか触れさせせねえ。家族でも嫌悪感があるくらいだ」

「え、でも俺には」

「そう。ずっと触れてて欲しいと思ったから、どうやって関係を進めるか結構悩んだんだ。アッシュは俺を無邪気に慕《した》ってくれるから余計に。身体目的で手なんか出して、嫌われたくなかったから、姑《こ》息《そく》に距離を詰めようと思った」

六、告白とそれから

俺は、何を聞かされているんだろう。

とてつもなく恥ずかしい話をされているような気がしてくる。

言葉が頭に入ってきてその意味を理解するたびに、俺の頬がだんだんと熱くなっていく。

「リオンを可愛がるアッシュがすごく可愛かった。リオンのこととなると常識を捨ててぶっ飛ぶそのギャップが面白かった。そしてリオンはアッシュにそっくりで、二人でいる姿が目の保養だった。あのいたましい事故で、リオンを抱いてそのまま儚《はかな》くなりそうなアッシュを、どうしても俺の手で守りたいと思ったたし、俺が支えたかった。他の誰にもその役を回したくなかった」

そっとブラウさんの顔が固まってる俺に近付き、コツンとおでこがくっつく。

近い。瞬きすれば睫毛が触れる距離。

その距離で俺を覗き込む蒼の瞳は、まるで俺の心の中を暴《あば》こうとしてるかのようだった。

「無理矢理に近い屁理屈をこねてアッシュとリオンをここに連れ込んだ自覚はある。でも、二人がお互いを信頼して、すぐに立ち直って元気になるのを見ていて、もう二度と一人でここに住むことは出来ないなと思った。アッシュとリオンがいない生活なんて、もう考えられないんだ」

「ブラウさん……」

もうだめだ。

耳が、心臓が、顔が。全てが、熱に侵《おか》される。

俺を間近で見つめるブラウさんの顔も、熱に浮かされた様に見える。

「尻尾を手入れされる間、アッシュの顔が本当に蕩けていて、その可愛い顔が見たくて毎回頼んでたんだ。下心ありすぎて、俺はアッシュが思ってるような聖人君子《せいじんくんし》のいいやつなんかじゃない。……幻《げん》滅《めつ》したか？」

「幻滅なんて、そんな……っ」

バクバクと激しく動き出す心臓がうるさくて、思わずぐっと胸に手を置く。すると、胸元の硬い感触がほんの少しだけ俺に余裕をくれた。

「……幻滅なんて、しないです」

胸に当てた手をそっと伸ばして、ブラウさんのシャツの裾《すそ》を握る。

ブラウさんの後ろの方でスースーと健やかな寝息を立てているリオンを起こさないように、小さく「嬉しい……かも」と呟いた。

「俺、今まで誰かを好きになったことってなかったんです。そんな余裕がなかったっていうか。だから、いまいち自分の気持ちがわからなくて。でも」

クッと裾を引っ張って、落ち着くために一度ゆっくり瞬きした。

視線を上げた瞬間飛び込んで来た蒼の瞳に、ああ、好きってこういうことなんだな、なんて人ごとの様に思ってしまった。

「ずっと、ブラウさんに触れていたい。リオンと一緒にブラウさんとこうやって笑いながら過ごしたい。エイミさんのごはんを美味しいねって皆で食卓を囲みたい、と、思ってました」

でもそれは甘えではと思うと、罪悪感も常につきまとっていて。

「触れていればいい。笑って一緒に四人で飯を食えばいい。むしろ、そうしてくれ。……ずっと思ってたけど、やっぱりアッシュは甘え下手だな」

最後は苦笑になったブラウさんの口が、ちょん、と俺の唇に触れる。

「俺はな、末っ子なせいか、盛大に甘えられてみたいんだ。どっちかというと甘やかされて育ったから、もし俺に大事な人が出来たら、もうこれでもかってくらい甘やかしたかった。アッシュは甘やかし甲斐がありそうだな」

「甘え……ってこれ以上どうするんですか？」

「こうやって俺のキスを受け入れていればいい……ってこれじゃ俺がアッシュに甘えてるみたいだな」

囁くような声に、どうしていいかわからなくなる。

その間にも、ブラウさんの唇は一回、二回と俺の唇に触れていく。

思ったよりも柔らかいその感触に、縋《すが》り付きたくなるような気持ちが湧き上がった。

兄さんやミーシャさん、そしてリオンに対する気持ちとは明確に違うこの気持ち。それは熱を伴って、俺の胸の中で次から次へと溢れ出てきた。

もっと。もっとキスしたい。

唇だけ動かした瞬間、今度こそ唇が深く深く重なった。


ブラウさんの首に腕を回し、膝に乗り上げるようにして唇を重ねる。

絡まる舌がまるで甘味みたいで、クラクラする。

初めてのそのわけのわからない感覚は、一瞬で俺を虜《とりこ》にした。

「ん……っ、は、ブラウさん……」

「アッシュ、可愛い……このまま全部俺のモノにしたい……」

「してほしい……」

熱に浮かれるように応えると、腰に腕が回り、がっちりと身体を抱き締められる。

ブラウさんの大きな手が俺の腰を、背中を優しく撫でていく。

その動きに、腰に甘い痺れが広がった。

誰かと抱き合ったことはないし、余裕がなくて自分ひとりで弄《いじ》ることもほぼないのに、明確にその痺れが性欲だってことがわかった。

舌が絡まり、軽く噛まれる度、下肢が熱くなる。

ズボンの中で硬くなったこと、ブラウさんに気付かれたかも。ブラウさんのも硬くなっているのが布越しにわかり、恥ずかしくて頭に血が上る。

こういうとき、俺はどうすればいいんだろう。

「ふ……っ、ん、ちょっ……と、待って」

「待てない。もっと可愛く喘《あえ》いで」

「は……、あ」

身動《みじろ》ぎした瞬間お互いの熱が擦れ、ビクッと身体が揺れる。

す……とブラウさんの指がシャツの下の素肌を撫でた瞬間、耳に可愛らしい声が飛び込んで来た。

「あ……ちゃん……？」


「残念。起こしちまったか……」

ブラウさんの耳が、ピクリと動いて、今まで互いに貪《むさぼ》っていた唇が名残惜しそうに離れていった。

それと同時に、ブラウさんの後ろで寝ていたリオンの身体がむくりと起き上がる。

「流石に気になって、ゆっくりと抱くのは難しそうだな」

「……そうですね」

残念だと思ったのは、俺ももっとブラウさんと色々したかったからなのかな。

誰かを抱きたいとか、抱かれたいとか。そういうことを思ったことは今まで一度もなかったからよくわからない。でも、明確に俺はブラウさんに抱かれて、甘やかされて、そしてその腕に包まれたいと、思ってしまった。

「……ん、あっしゅ、ちゃん……？」

眠そうな顔で身を起こしたリオンがブラウさんに抱っこされている俺を見る前に、俺は慌ててブラウさんの膝からもぞもぞ下りてリオンを抱き上げた。

まだまだリオンの身体は俺の腕の中にすっぽりと入るほどに小さい。

たった今までブラウさん相手に感じていたドキドキとは全然違う愛しさが胸にこみ上げて、俺はリオンの小さな背中をポンポンと優しく叩いた。

寝ぼけていただけだったリオンはすぐに俺の腕の中ですーすーと眠り始める。

ブラウさんに背を向けてリオンにポンポンしていたら、そっとブラウさんがリオンごと俺を背中から抱き締めて、首に顔を埋めた。

横を向くと、そこには三角の耳がある。可愛い。

後ろから抱き締められているのに、なんだかブラウさんに甘えられているような気がして、俺は思わずフフッと笑ってしまった。

確かに、ブラウさんの方が甘えているみたいだ。でも、それが嬉しい。

「……なんか、一気に嫁さんと子供を授かった果報者《かほうもの》な気分を味わってるんだが、アッシュはそれでいいのか？」

「俺は、でも、多分ブラウさんよりも絶対的にリオンを優先しますけど、それでもいいんですか？」

ブラウさんの問いに反対に問い返せば、ブラウさんは俺の肩に顔を埋めたままくっくっと笑った。

「世の母親は旦那より子供を優先するもんだろ？　そこを支えるのが旦那の甲斐性ってヤツだ」

「いつの間にか、恋人を飛ばして夫婦になってる……？」

「黒狼族ってのは、家族や身内をすごく大事にする種族でね。……愛してるアッシュ。ずっと、大事にする」

優しい、優しい声音だった。

顔が見たいと切実に思った。

家族を二度も失った俺にとって、『家族』というものは憧れて、でもこの手をすり抜けていってしまうようなそんな儚いもので。

ブラウさんの言葉は、家族を失うたびに欠けていった俺の心を修復してくれていった。

顔が見たいと思ったけれど、後ろにブラウさんがいてくれてよかった。

ぽたり、と俺の服を握るリオンの小さな手に滴《しずく》が落ちる。

俺の顔、多分今すごいことになっているから、見られなくてよかった。

「……嬉しい、です」

出した声は、情けないほどに掠《かす》れて小さかった。

♡
♡
♡

ブラウさんと想いを伝え合って、すごくいい雰囲気になったことで、なかなか寝付けないのでは、と思っていたのに、気付いたら朝だった。リオンとブラウさんに挟まれた状態で起きた俺は、その人肌の温かさが心地よくて、これがすんなり眠れた原因かと一人納得した。

いつもはリオンを挟んで寝ていたのに、俺が挟まれて寝ているこの状況に、一瞬で目が覚める。しかも腰に何やら太い腕が乗っていて、がっしりと抱き締められた状態なのがなんともいたたまれない。

昨日の夜のことは、雰囲気に流されたとか、そういうノリじゃ……ないってことかな。

しかも首の下の硬い感触は、絶対に腕枕《うでまくら》状態。

初めての腕枕。首の下にぴったりと塡《は》まっていて、思った以上に快適なことに驚いた。

それにしても、俺が誰かに腕枕されるようになるなんて。俺がリオンを腕枕して寝るのは、まだ兄さんたちが健在だったときからやっていたからなんとも思わないけれども。俺がされるなんて。

後ろにぴったりくっついているブラウさんは、まだ夢の中のようだった。起きる気配がないことに、安堵の息が漏れる。

昨日の初めてのキスを思い出して、顔がかーっと熱くなっている状態で目を合わせたら、俺、いつも通りでいられる自信ない。

そうでなくても朝は元気なのに、昨日のことを思い出したりしたら、生理現象で勃《た》ったのか思い出して勃ったのかわからなくなる。

「……もし、ブラウさんと最後までしてたら俺、顔合わせる自信ない……」

思わずそう漏らすと、俺の上に乗っていた腕が少しだけ揺れた。

そして、耳のすぐ横から、堪えられないというような含み笑いが聞こえた。それすらいつもよりもいやらしく思えてしまう俺は、朝からヤバい人になってる気がする。

「顔を合わせて貰えないのは困るな」

囁くような声が、艶を含んでいるような気がして、心臓が跳ねる。

俺、性欲なんて自分には殆どないと思ってたのに。

「毎日でも抱きたいと思ってるのに、顔を合わせて貰えないのは辛すぎる」

「み、耳元で話さないでください……っ」

息が掛かって、昨日キスしたときと同じような痺れが腰に走る。

慌てて片手で股間を押さえた瞬間、耳にチュッとキスが降ってきた。

「あ……っ、だめ……っ」

思わず顔を下に向けてその唇から逃げると、今度は首元にキスされた。

「朝から生殺しか……？　昨日よりめちゃくちゃ可愛い反応するよな」

「かっ……わいくないです、だめ……朝ですし」

「まだ早朝だし、今日はアッシュは休みだろ。俺も今日は午後イチで辺境伯様のところにまっすぐ行く予定だから……昨日の続きをさせてほしい」

俺がそっと頷くと、ブラウさんはすぐに朝食の用意を始めようとしていたエイミさんを連れてきて、リオンを託して俺を部屋から連れ出した。

「こっちに引っ越すのもいいかもな」

そう言いながら案内された部屋は、どうやらこの館の主が夫婦で使う為《ため》の部屋らしい。

隣には使用人室、そしてここからまっすぐ行ける風呂場などが完備されている。

「あんまり広すぎると落ち着きません……」

ブラウさんの部屋も広いけれど、それでもブラウさんが使っているという生活感があるからこそ安心して居座っているのに。ここは、まだ誰も使ったことがない雰囲気があって、一人でいるのは少し躊躇われた。

けれどブラウさんと二人でこれからしようとしていることを考えると、やっぱりリオンの目の届かないところじゃないと教育上よろしくない気がする。だって、リオンは全て覚えていて、再現しちゃうから。毛玉で。

昨日の流れで抱かれていたらハードルは下がっていたかもしれないのに、改めてこうして誘われるとどうしていいかわからない。

躊躇いながらベッドの縁《へり》に腰を下ろすと、俺を覗き込むようにしてブラウさんがキスをしてくる。

「緊張してそうだな」

「ちょっとだけ。こんな風になること自体がなかったので、一晩寝て冷静になったらどうしたらいいのかわからなくなりました」

「いつものアッシュに戻ったな」

目を細めて、嬉しそうに笑う。そこ笑うところかな。

「優しくする……努力はする」

「努力なんですね。じゃあ、俺も頑張ってブラウさんを悦《よろこ》ばせる努力をしないと……」

バカだな、とそっとベッドに俺の身体を横たえながら、ブラウさんが笑う。

「こうやって触れる許可を貰えた時点で、アッシュが俺に心を許した時点で、既に最高だよ」

「何も出来なくても、嫌いにならないでくださいね……」

騎士達の中には、下世話な話で盛り上がる人達だっているし、そういう話題は俺だって振られる。何もしないで寝てるだけだと飽《あ》きられるかもしれない。でも、自分がどう反応できるのかもわからないから、下手したら寝てるだけになるかもしれない。

そう考えると、ドキドキの興奮よりも不安が頭をもたげる。

「くっそ……可愛い。むしろ初心《うぶ》なのがいい……」

ブラウさんは独り言の様にそう呟くと、俺のシャツに手を掛けた。

一糸まとわぬブラウさんの身体に腕を回し、同じように衣類を全て脱ぎ捨てた自分の身体を晒す。

小さいときから剣を振り回していて、体力も十分付いているはずの身体は、ブラウさんと並ぶと大人と子供並みに厚みが違っていて、ブラウさんの身体に見蕩れる。

筋肉の割れた箇所を指で辿ると、俺よりも更に凹凸《おうとつ》がすごくて、溜息が出る。

「我慢できなくなるからやめてくれ……」

少しだけ顔を顰めたブラウさんは、その腹を撫でていた俺の手をそっと押さえた。

「アッシュの撫で方はほんとエロい。すっげえ愛情がじわじわ染み込んでくるような気がしてきて、耐えられなくなるから」

野性味を帯びた蒼の瞳が俺を見下ろしてくる。

そんなつもりで撫でていたわけじゃないのに。でも、気持ちいいと思って貰えるのは、素直に嬉しい。

顔を綻ばせると、ブラウさんが少しだけ荒く首に口づけた。

キュッと吸われてぞくりと背中を何かが駆け上がる。

「あ、ふ……」

その感覚に慣れなくて、思わず吐息を漏らしてしまう。

ブラウさんはそのまま首元を吸って、甘く噛んで、舌でなぞって、俺の反応を楽しんでいるみたいだった。

本当に俺、何も出来なそう。首を吸われただけで身体がビリビリする。

股間が痛いくらいに張り詰めていて、切ない。

ブラウさんの手のひらが俺の胸と腹を撫でていく。

やばい。俺の身体どうしたんだろう。どこを触られても気持ちいい。

「……触れていいか」

その言葉に俺が頷くと、脇腹と足の付け根を撫でていた指が、痛いくらいに張り詰めていた俺のペニスへ伸びてきた。

「……っ、あ、は……」

羞恥とそれ以上に感じる快感で、俺の身体の中では熱がぐるぐるしていた。

ペニスを包まれ擦られて、それだけで俺は陥落《かんらく》した。

自分以外がそこに触れているというだけじゃなくて、今俺はブラウさんと性的なことをしてるんだと、その感覚でまざまざとわからされてしまった。

抱くって、抱かれるって、いまいちわかってなかったけれど。

前を扱《しご》かれて、その快感に必死で耐えていると、ブラウさんの唇が俺の胸の小さな突起を摘まんだ。

歯で軽くカリッと噛まれると、電流が流れたような感覚が背中を駆け上がった。

「あ、や……っ」

胸を噛まれて吸われて、それだけで達しそうになるのをぐっと耐えていると、我慢するのは許さないとばかりにブラウさんの手が俺のペニスを優しく扱く。

「あ――……っ」

慣れない刺激に、俺はすぐに陥落して、ブラウさんの手に白濁《はくだく》を飛ばした。

これほどに気持ちいいと思ったのは、初めてかもしれない。

だったら、ブラウさんに最後まで抱かれたら、どれ程気持ちいいんだろう……。

でもそう思うと同時に、出したことで少し冷静になった俺は、困ったようにブラウさんを見上げた。

「り、おんが、起きちゃう前に、終わらないと……」

呟いてから、あまりにも無粋な言葉だったかと反省した瞬間、ブラウさんが俺の右頬にキスをした。

次いで、左頬にも。続いて口にもチュッとキスをして目を細めた。

俺を見下ろすブラウさんの細められた目が、可愛いと言っている気がする。

「わかった。早めに終わらせるよう努力はする」

真顔で答えるブラウさんは、ここでやめる気はなさそうだった。

身体を作り替えられてしまうのではという怖さと、それでも俺を欲しがってくれるブラウさんへの気持ちで、俺はぎゅっと眉を寄せた。

「努力……っ、づけるんですか……あの、は、初めてなので……」

手加減して、という言葉は、ブラウさんの口に塞がれて声にならなかった。


「――俺が、やられそうだ」

ぽつりと呟かれた声は、今まで以上に熱が込められていて、その声が俺の官能を刺激した。

ブラウさんは、俺が出した白濁が絡んだ指を、俺に見せるようにゆっくりと舐めると、いつもの穏やかな笑顔とは違う、獰猛な笑みを浮かべて、ペニスの更に後ろに方に指を動かした。

指の腹がゆるゆると、今まで誰にも触れられたことのない場所を確認するかのように撫でる。

ぞくぞく、と背中を何かが駆け上がっていく。

一度出して力なくしていたペニスが、その刺激だけで少し頭をもたげた。

その反応に満足したのか、ブラウさんの指が、俺の中にゆっくりと挿入されていく。

「あ、あぁ……っ」

「痛くないか」

「だ、いじょうぶ」

奥にゆっくりと挿入される指に、異物の感覚と、でもそれだけじゃない何かが身体の中で渦巻き、俺は必死で頷いた。

ブラウさんの指が俺の中を暴いていると思うだけで、心臓が破裂しそうだ。

ブラウさん……と声にならない声で呼ぶと、ブラウさんは俺の口を自分の口で塞《ふさ》いだ。

腹の中と、口の中と。

二つにブラウさんを感じて、頭に熱が上がっていく。

「あ、ふ……っ、ん……っん」

指の動きに合わせて漏れる吐息が、ブラウさんの口の中に消えていく。

内壁を指で擦られ、腰が跳ねる。

ああ、ブラウさんが触れている全ての場所が、蕩けそうで……。

呑み込む指が増えるたびに頭が沸騰《ふっとう》していく。

もう、もう俺……。

弾けそうな身体を持て余して間近にある深い蒼の瞳を見上げると……。


「あっしゅちゃーん！　おはよーじゃいましゅ！　ここでしゅかー？」

トントン、というノックと共に、リオンの元気のいい声が聞こえてきた。

その声に、俺はビクッと盛大に身体を震わせ、慌てて身体を起こす。

その拍子にブラウさんの指が身体の外に抜かれて、一気に羞恥がこみ上げた。

「あ、の！　リオンが来ちゃったから……！」

慌ててシーツを身体に巻き付け、ベッドから飛び降りて脱いだシャツを拾う。

「あっしゅちゃーん、まだねんねでしゅかー」

コンコンというノックと可愛い無邪気な声が部屋に響いて、ブラウさんはほんの少し自身の股間を見下ろして小さく溜息を吐いたあと、肩を竦めて立ち上がった。

ベッドサイドのテーブルに用意されていた布で手を拭い、ブラウさんもすぐに服を拾う。

まだわたわたと裸に近い状態の俺とは対照的に、ブラウさんは一瞬で服を身に着けて、ドアに向かいつつ奥を指さした。

「アッシュは風呂を使えよ。リオンは俺がなんとかするから」

「はい……っ」

俺はシーツを身体に巻いたまま、お願いしますと風呂場に飛び込んだ。

と同時にガチャッとドアが開く音がして、リオンの声が明瞭《めいりょう》になる。

「リオン、早起きで偉いな。おはよう」

「ぶらうしゃん、あっしゅちゃんは？」

「アッシュは今身だしなみを整えてるから、先にエイミのところに行こうか」

「ばあやは、ごあん、よういしゅるって。だから、おれ、よびにきたの」

「そうか、ありがとな。アッシュもすぐ来ると思う」

「あい」

パタン、ともう一度ドアの音がしたので、俺はホッと息を吐きながら、水で濡らした布で汚れた場所を重点的に拭いた。

……俺だけ、気持ちよくされて終わってしまった。

はぁ、と盛大に溜息が漏れる。

それは、最後まで出来なかったことに対してなのか、繋がることに猶予《ゆうよ》ができた安堵の溜息なのかは、自分でも判別出来なかった。

♡　♡　♡

すっきりしてシャツを身に着け、鏡を覗き込むと、胸元に数個の赤い痣《あざ》があるのが見えた。

「こ、これは……！」

きすまーく、というヤツでは……。

身体をすっきりさせて頭もリセットしたはずが、その痣を見て一瞬で頭が沸騰した。

慌ててシャツのボタンを閉めてもう一度鏡を覗き込むと、ギリギリ服に隠れるか隠れないか微妙な場所だった。

「ああもう……」

胸元に唇を寄せるブラウさんを思い出して、頬が熱くなる。

風呂の時と寝るときは壊さないように外している両親の形見を首から掛けて、気分を変えるために、自分の両頬を勢いよく両手で挟んだ。

「よし！」

気合いを入れないと、じわじわと気恥ずかしさがこみ上げてくるから、敢えて真面目な顔で風呂場を出ると慌てて部屋を出て行った二人を追いかけた。


キッチンのテーブルに既に座っていたたリオンは、俺がキッチンに入ると満面の笑みでご挨拶をしてくれた。

すぐに側に行ってリオンの身体を抱き締めながら、「おはよう」と頬にキスをする。

すると、その横に座っていたブラウさんも俺に向かって両手を広げた。

「アッシュ、俺にも挨拶は？」

「さっきしたじゃないですか！」

したのは挨拶だけじゃないけど、と心の中でツッコみながら顔を赤くして口を尖らせると、ブラウさんはククと楽しそうに笑った。

「照れるアッシュも可愛いな」

「照れてません……！」

強がると、ブラウさんは自分から立ち上がって俺に近付き、身を屈めて頬に軽いキスをした。

もう昨日から何度キスをしてるんだろう。

お互いの想いが通じるとこんなに沢山キスするものなのかな。

照れ隠しにそんなことを考えていると、ブラウさんの尻尾がまるで秘密の情事を思わせるようにスルンと俺の腕を撫でていった。


全員で食卓に着くと、俺とブラウさんはさっきまでリオンを見ていてくれたエイミさんにお礼を言った。

エイミさんはニコニコと俺とブラウさんを交互に見て、一つ頷いた。

「リオンちゃんは元気に起きて、とてもいい子でしたよ。アッシュさんがいなくても泣かなくなりましたねえ。私がリオンちゃんの安心できる一人になったとしたら、とても光栄なことです」

「エイミ、すまないな」

「いいえ。……大事にしてあげてくださいまし。まあブラウ様は無体《むたい》はなさらないでしょうけれど。アッシュさん、もしいやだったらビシッとお断りしていいんですからね」

慈愛の眼差しでそんなことを言うエイミさんは、完璧に俺達が何をしていたのかわかっていたみたいだった。瞬時に頬が熱くなり、俺はぎこちなく「だいじょうぶ、です」と返すのが精一杯だった。


食事を終わらせた俺達は、そのままリビングに移動した。

リオンはブラウさんが朝もゆったりと家にいるのが嬉しかったのか、ソファをよじ登ると、ブラウさんの膝に座り込んだ。

そして、「ん?」と首を傾げた。

「ぶらうしゃん、あっしゅちゃんのにおいしゅる?」

クンクン、とブラウさんの匂いを嗅《か》ぐリオンに、ブラウさんが苦笑する。

「……竜人族は鼻も利くんだったな……」

リオンの頭を撫でると、ブラウさんはリオンの身体を支えるようにだっこした。

「リオン。リオンは俺のこと好きか?」

「しゅき」

「じゃあ、俺と家族にならないか?」

「かじょく? ぱぱとままの?」

大きな目をぱちくりと瞬きさせたあと、リオンの手がぎゅっとブラウさんの服を握りしめる。

握られた手が、少しだけ震えている。やっぱりリオンはちゃんと兄さん達が家族だと、そしてあの事故を覚えてるんだ。

「かじょく、や。うちのこになる。かじょく、ばいばいしゅるから、や」

やー……と頭をブンブン横に振って、ブラウさんの腹に顔を埋めたリオンは、いつもの夜のように声を出すのではなく、震えるように泣き始めた。

「おれ、あっしゅちゃんのうちのこなの～」

「リオン……」

丸まってしまったリオンを持ち上げ、腕の中でぎゅっとする。

リオンは生まれたときからうちの子だよ。

そして、家族なんだよ。

俺はすぐにブラウさんの隣に腰を下ろして、リオンの背中を優しく撫でた。

「リオンは俺の家族だよ。大事なうちのこ。リオン、大好きだよ。俺の天使」

顔を上げたリオンのふくふくほっぺを手のひらで撫でて、その柔らかい感触を堪能する。

ブラウさんは、言い方が悪かったか……と呟いてから、リオンの柔らかい髪を優しく撫でた。

「リオン、家族ってのは、増やせるものなんだ。俺はリオンをうちの子にしたい。そして、アッシュを俺の伴侶《はんりょ》にしたいんだ」

「はんりょ？」

聞き慣れない言葉に、リオンが泣くのを忘れて顔を上げる。

「伴侶ってのは、夫婦ってことだ。リオンの、パパとママのような」

「ぱぱとまま？　なかよし？」

「そう。仲良し」

リオンを大きな目をぱちくりさせて、俺とブラウさんを交互に見た。そして、思い出した様に俺の匂いをふんふん嗅いだ。

「まま、ぱぱのにおいしたの。ぶらうしゃん、あっしゅちゃんのにおいしゅる。おなじ？」

首を傾げるリオンに、俺はまたしても赤面しながら、必死で笑みを浮かべて同じと返事した。

兄さんとミーシャさんも、夫婦だからね。一瞬想像してしまいそうになって、必死でそれを消した。

ついさっきまで俺とブラウさんも夫婦の営《いとな》みをしてたからね。


「あっしゅちゃんと、ぶらうしゃんの、うちのこがいいの。そしてばあやのうちのこ！」

ニコニコと目の前にある焼き菓子を食べながら、リオンが宣言する。

エイミさんは「そうなのねえ。嬉しいわ」とリオンの溢したものを拾いながら、同じように笑顔を浮かべて聞いている。

「あのね、おいわいなの。ばあや、とまとぐちゅぐちゅしたの、ちゅくってほしいの。おいわいなの」

「家族になるお祝いですね。もちろん、ばあやが腕によりをかけて作りますとも。ブラウ様はアッシュさんを娶《めと》るのであれば、きちんと旦那様にお手紙を出さないといけませんよ」

「だな」

エイミさんに指摘され、ブラウさんの顔が苦笑気味に歪んだ。

「ついでに今日中に辺境伯様に報告してくるか」

ブラウさんの言葉に、俺はハッと固まった。


「報告……？」

それは、どんな風に報告するんだろう。流石に恋人になりました！　なんて辺境伯様に報告するのはどうかと思うんだけど。

それとも騎士団の中では関係が変わったら上に報告しないといけないとか？　外部のヤツと付き合って知らぬ間に情報を抜かれるとか、そういうパターンの懸念《けねん》もあるって、商業学校では教えていたって兄さんに教わったし。

まさかそのパターンを想定して？　とブラウさんに視線を向けると、ブラウさんがフワリと笑った。

「なんなら、一緒に行くか？　休みの日に遊びに行くというスタンスならまったく問題なく受け入れてくれるぞ、辺境伯様は」

「それは、仕事の邪魔をしてしまうので、遠慮します」

「いや、むしろリオンに会いたいと行く度に大騒ぎしているんだ。どうやら自分の孫とでも思ってるらしい。いつ来てもいいようにお菓子を常に用意してそわそわしてるらしいぞ」

「……孫かー、リオンは可愛いから……」

リオンはうちの子なのにその愛らしさと可愛い舌っ足らずな言葉でどこに行っても大人気だから。

可愛がって貰えるのはすごくありがたい。ありがたいけど……。

リオンはうちの子だからね。美味しいお菓子で釣っても、リオンはあげない。

「可愛いから誘拐とかもあり得そうで心配すぎて大きくなっても一人で外に絶対出せない……！」

思わず顔を覆ってワッと声を上げると、リオンがその仕草を真似した。

「ゆうかいいない！　おれ、ちゅよくなる！」

ぐっと握りこぶしを作る真似をするリオンが可愛すぎて、本当に誘拐されそうだと俺はハラハラしてしまった。


リオン用の服は買ったばかりだし、家の中にこもっているのもよろしくないからと、結局は誘われるまま俺とリオンは辺境伯様のところに遊びに行くことになった。

そんな気軽に遊びに行けるような場所じゃないんだけれど。

貴族家の館で、この土地の領主の館だ。仕事で行く分には躊躇《ためら》いはないけれど、こうして休日に遊びにお邪魔するというのはとても躊躇ってしまう。

けれど、ブラウさんとともに館に着くと、入り口で辺境伯様が両手を広げて待っていた。

「リオン君！　待っていたよ！」

くれた。

「おじしゃん！」

リオンの呼び声に、溜息を呑み込む。発音がおぼつかない時に「辺境伯様」と言いづらそうにしていたリオンに、辺境伯様が「好きに呼びなさい」と提案して、リオンがすんなり受け入れたんだ。

「休日にお邪魔して申し訳ありません」

俺が頭を下げると、辺境伯様は目尻を下げてリオンの頭を撫でながら「いいんだよ」と中へ通してくれた。

通されたのは、いつもとは違う応接室。いつもはもっと執務室に近い、話し合いしやすい無骨な部屋だけれど、今日通された部屋は日当たりが良く、庭園がよく見えてとても居心地がよかった。

その応接室一つで、リオンを本当に歓迎してくれているのがよくわかる。

リオンは目を輝かせて外で綺麗に咲いている花を見ていて、その瞳は日光を受けていつも以上にキラキラと黄金色《こがねいろ》に光っている。

背中の羽根も、パタパタと嬉しそうに動いているのが可愛い。

辺境の古着屋さんが、リオンの羽根を見て「キツいのは可哀想」と、特注で背中に羽根を出す場所を作ってくれたんだ。元が古着だからほぼ変わらない値段で売ってくれるのがありがたい。

いつもはいないメイドさんが部屋に控えていて、辺境伯様が呼ぶとすぐ様対応してくれる。

ブラウさんは既に執務室の方に行ってしまって、ここにはいない。仕事が終わったら一緒に帰ることになっている。本当に俺、遊びに来ただけみたいだ。こんな風にただ遊びに来ることって殆ど経験がないからちょっと緊張する。

「おじしゃん、おれね、おいわいなの」

「ん？　何のお祝いなんだい？　誕生日かな？」

「あのね、おれ、ぶらうしゃんのうちのこなの」

リオンの言葉に、ニコニコ顔のまま辺境伯様は「ん？」とこっちを向いた。

「ブラウとアッシュ君の祝言かな？　ここ、ギリギリ見えてるよ」

辺境伯様がご自分の胸元を指でトントンとしたので、俺はそっと視線を落とした。

鏡で確認して来たのに……！　ギリギリ、大丈夫だと思ったのに……！

カッと頬が熱くなって、顔が上げられなくなる。

「くっくっく、若いねえ。獣人族がマーキングするのは普通のことだよ。ブラウがアッシュ君を可愛がっているのは周知のことだったから、ようやくかとホッとしたよ。諦めなさい。多分それでも隠れるあたりまでで我慢しているようだから」

「そ……そういう習性《マーキング》が獣人族にあることを、知りませんでした……」

目を逸らして熱くなる頬を気にしながらなんとかそれだけを口にすると、辺境伯様は盛大に笑い声を上げた。

「ははは！　確かにこのような知識は学校では教えんからな！　それにしても……ブラウは喜んだ

だろうなあ……ははは！」

「ぶらうしゃんうれし？」

「そうとも！　きっとすごく嬉しいだろう！」

あはははとソファに寝転がりそうな勢いで笑い始めた辺境伯様に、俺は更にいたたまれなくなって身を縮めた。今度真剣に獣人族のそういう習性を教わらないと、醜態《しゅうたい》をさらしそうだ。

「よしよし、だったら、リオン君の養子手続きをしてしまおうか。ブラウの家の子になるためのな。きっと離れて暮らすブラウの家族は喜んでくれるだろう。それにしても、そんな大事なことがあるなら、仕事よりも先に報告すべきものだろうに。副官とブラウをここに呼んできてくれ。婚姻届出書と養子手続の紙も忘れずにな」

「かしこまりました」

部屋に立っていたメイドさんが、辺境伯様の言葉に頭を下げて、スルリと部屋から出て行く。

それを見送った辺境伯様は、テーブルの上に置かれていた茶器に手を伸ばし、手ずから俺の半分ほど減っていたカップに注いでくれた。

「まあしかし、なんだな。ブラウの懐に入るのは、いいことだと思うよ。あの家はかなり力が強いから、強風が吹いてもへこたれないし、皆愛情深い。それに、ここも、王都の風は少しは吹いてしまうからね」

自分の茶器にも注いで、辺境伯様はそれを一気に飲み干した。

王都の風。人族排除の風潮《ふうちょう》かな。ここは辺境伯様が守っているから、数少ない純粋な人族たちは他の人達と同じように暮らしていられる。街に暮らす人族たちは、皆毎日が楽しそうに笑顔でいるのをいつも見ているからわかる。

でも、それがとても大変なことだっていうのも、前に王都の隅に住んでいたからこそわかる。一番簡単なのは国の方針を受け入れることなんだけど。

それをしないから、俺は辺境伯様をとても信頼しているし、尊敬しているんだ。

「正直、王都の風は私には寒くてね。けれど、年に一度は顔を出さないといけないのが辛いところだ……アッシュ君はここを守っていてくれると助かるよ。リオン君も」

「まもる！　おれ、ちゅよくなって、まもる」

辺境伯様の言葉に、一番に力強く応えたのはリオンだった。そして、その顔はいつものにこやかな顔とは違って、とても真剣だった。

ブラウさんが辺境伯様の側近と共に俺達のいる部屋に来ると、辺境伯様は立ち上がり、ブラウさんの前に立って、真面目な顔でその胸元をトンと小突いた。

「まったくもう……仕事よりも先に報告しなさい。それで、祝儀はなにがいい？」

「今まさにその手続きをしてもらっていました。それに俺達は、ようやく昨日想いを伝え合ったんですよ。もう少しゆっくり関係を深めていきたいんです」

「要するに独り占めしたいだけか！」

真面目な顔を一変させた辺境伯様は、とても楽しそうに声を上げて笑った。

その声をどこか遠くのことのように聞きながら、俺は落ち着くために出されたお茶を口に含んだ。

……展開が早すぎる。

ブラウさんはすごく真面目だから、軽い気持ちで俺との関係を持った訳じゃないのはわかっていたけれど。こんなに早急にことが進むとは思わなかった。

思わず顔を覆ってはぁ……と溜息を吐いていると、ブラウさん達の視線が俺に向いた。

「……もしかして、ブラウは無理矢理……？」

「俺が無理矢理するとでも思ってるんだったら、見くびられたものですね」

「でもアッシュ君はあんなに大きな溜息を吐いているが。もしかして君の愛が重すぎるんじゃないのか？　実はもっと気軽に付き合いたいだけだったとか身体だけでよかったとか」

「アッシュがそんな人物なわけないでしょう？」

コソコソと話す言葉は、声を潜めていても目の前すぎて、俺に丸聞こえだった。

辺境伯様、気軽ってなんだ、身体だけってどういうこと。

違うんだよ。そういうことじゃない。関係自体は後悔とか全然してないし、気持ちもちゃんと嬉しいんだ。

は、初めてあんな関係になったばっかりの俺には、この流れがあまりにも早すぎて溺《おぼ》れそうなんだよ……。

真剣にひそひそと言い合う二人に、俺はどう反応していいのかすらわからなかった。

ああ……いたたまれなさすぎて早く帰りたい。でも、リオンは嬉しそうにお菓子を食べていてすごく眩しい笑顔だから帰りたいとも言えない。

無垢《むく》すぎるリオンの笑顔が唯一の癒しだ。

俺は思わずリオンの身体をぎゅっと抱き締めて、そのふわふわの頭に頬をスリスリした。

「はぁ～……リオンが可愛い……」

「リオンを可愛がってるアッシュが可愛い」

俺の呟きの後に呟かれたブラウさんの声に、辺境伯様は今日何度目かの大笑いを繰り出した。


ブラウさんは、仕事ついでに俺を自分の庇護下に置くための手続きをしていたらしい。

それが通ると俺とリオンはブラウさんの実家から分家した家名を名乗ることになるんだそうだ。

貴族から分家した者のための簡易婚姻届のようなものなんだそうだ。

愛を誓った翌日に婚姻届ってどういうこと。

獣人族ってこんなに仕事早いんだ。皆こうなのかな。

説明を聞いて、俺はふとブラウさんを見上げた。

家が権力があって、そこの三男っていうのは聞いたことあるけれど、ブラウさんのことで知ってることってそれくらいしかない。実家の場所も何も知らない。

「俺、ブラウさんの家名って聞いたことないです」

俺の言葉に、ブラウさんは苦笑して持っていた書類を見せてくれた。

「ああ。騎士団で家名は名乗ってないし、サインにも使わないからな。爵位もないし、単なる分家した家名だから、実家の庇護下にあるという証明なだけなんだ。俺の立場的には平民と変わりないから。でもこれからはアッシュも必要があるときはその名を名乗るようになるから、覚えておいて欲しい」

見せて貰った書類には俺とリオンの名前の後ろに、聞き慣れない家名が書いてあり、書類には、家名を名乗る権利を有するということが記されていた。

後は辺境伯様のサインだけで申請が通るらしい。

「リオン・ネロ・ルパンド……」

「ノワール・ルパンド侯爵家の分家って事だな。アッシュ・ネロ・ルパンド、リオン・ネロ・ルパンド。この証書はこの家名を持つ俺が申請して、その地に住む領主が許可を出せばその家名が名乗れるという証明書のようなものだ。もちろん、法的な効力もある」

「アッシュ・ネロ・ルパンド。……今まで家名なんて持ったことがないので、少しくすぐったいです」

こういう手続きは一応騎士学校に入る前に勉強していたとき、兄さんに聞いたことがある。

気に入った者を手に入れたいときや、その者を保護する場合、貴族に準ずる者が市井の者と結婚したい時に使う手続きだと。

市井の家名のない者同士だと詳しい戸籍もないから結婚も簡単だけれど、どちらかに家名がある場合はもう少し難しいんだって。

市井の者の身辺を捜査して、問題ない場合しか申請が通らないって。

そんなことを思い出している間に、辺境伯様がサッと書類を取り上げてさっさと記名をしてしまった。

「……申請が通るのが、結構難しいって……」

聞いたのに、と呟くと、辺境伯様は呆れたような顔をした。

「私はアッシュ君が優秀でそして誠実な者だというのを知っているからね。これがどこの誰とも知れない馬の骨を連れてきたりしたら、私は徹底的に調べ上げて、粗《あら》がないか探し尽くして、何もないことがしっかりとわかってから許可をするよ。なにせブラウの父親とは懇意にしているからね」

ほら、とサインの入った証書を俺に見せてから、辺境伯様はブラウさんと一緒に来ていた側近の方に渡した。受け取った側近の方は恭《うやうや》しく頭を下げて、そのまま部屋を出て行った。

ブラウさんは仕事は終わりとばかりに、リオンの横に腰を下ろした。俺とブラウさんに挟まれたリオンは更に眩しくて可愛い天使な笑顔になっている。

「とはいえ、騎士団のサインは今までと同じでいいし、家名を使うことなんて殆どないけどな。もう俺は貴族じゃないから。変わることと言ったら、あの家が間借りしている場所じゃなくて、アッシュとリオンの本当の家になるだけだ」

ブラウさんの家が、俺達の家になる。その言葉が、一番嬉しい気がした。

つい顔を綻ばせると、目の前からゴホンゴホンとわざとらしい咳払いが聞こえてきた。

「まあとりあえず若い二人と可愛らしい天使に祝儀を包んでおくから、帰りに受け取ってくれよ」

辺境伯様のひやかしに、俺の顔はまたも熱くなった。

♡　♡　♡

エイミさんが作ってくれた燻製肉のトマト煮を食べた日の夜は、流石に何事もなく三人で就寝し、次の日は三人で騎士団詰所に出勤した。一応、首まできっちりあるシャツを身に着けての出勤だ。

ブラウさんと入り口で別れると、リオンと共にまっすぐ執務室に向かう。

誰にも会うことなく執務室に着いた俺は、ホッと一息吐いてから、リオンを遊ばせながら仕事を始めた。

しばらくすると、ノックと共にハイデがひょこっと顔を出した。

「よう、アッシュ、リオン」

「はいでちゃん！　よう！」

「リオン、ああいう挨拶は真似しなくていいんだよ。おはようハイデ。何かあった？」

「午後の森の巡回のことでちょっと聞きたいことがあって」

部屋に入ってきたハイデは、リオンを持ち上げてくるくると回った後、俺の方に来ようとして、ふと足を止めた。

「……なあアッシュ。お前、ブラウさんの尻尾とか触ったことあるか？」

いきなりの質問に、俺は瞬いた。

どうしていきなりそんな質問をされるんだろう、と首を傾げていると、まだハイデに持ち上げられていたリオンが先に答えていた。

「あのね、あっしゅちゃんはしっぽがかりなの。ふわふわにしゅるのがおしごとなの」

「尻尾係……ふわふわがお仕事……ブラッシングしてるのか。なるほど」

リオンの言葉にハイデが妙に納得した様に頷いた。

「え、何かあった？　もしかしてブラッシングダメだったとかじゃないよね。ブラウさんが許可してくれてたっていうか、して欲しいっていわれてたけど」

「それ、俺らの種族の求婚だよ。アッシュ、ブラウさんに求婚されてたのか……道理でブラウさんの匂いが付いてるわけだ」

はぁ……と大きな溜息をついたハイデは、もう一度リオンをくるくる回した。そして「ったくブラウさんは」と悪態を吐く。

待って、匂いって……っ。

昨日は何事もなく寝たし、キスマークだって隠してて、どこに匂いが付いてるって……。

「めちゃくちゃブラウさんの匂いを纏ってるぞ。一緒のベッドで寝たりしてるんじゃないのか？　ってか、一線越えたよな。ブラウさんからはアッシュの匂いがしてたから」

フンフンと自分の身体の匂いを確認していると、ハイデにズバリ指摘されて、顔が沸騰した。

「あー、その反応はやっぱりな。ってことは、アッシュとリオンはもう俺らの一族ってことか」

真っ赤になった俺を見て、ハイデはニヤリと笑った。

「……昨日、辺境伯様のところで、手続きはしてもらった、けど……」

「はいはい、なるほど囲い込んだわけだ。ブラウさん、女っ気ないと思ってたけど、アッシュみたいなのが好みなら今までそんな浮いた話がなかったのもわかるなあ。ブラウさんの周りには妖艶《ようえん》セクシーなやつばっかり集まってたからさ」

「仕事！　午後の森の話だろ⁉」

これ以上致命傷を負わされるのは勘弁して欲しくて、俺は慌ててハイデの話を止めた。

ちょっとだけブラウさんの周りの妖艶セクシーが気になったけれど、それはそれ。今はもう一杯一杯。

「午後の巡回って、どこかの小隊に混ざって巡回するのか？」

ハイデはリオンを下ろすと、頭をひと撫でしてから、あー……と変な顔をして首を横に振った。

「違うって。昨日の午後に森を回ってたところからの報告で、ちょいと気になる爪痕《つめあと》があったからって、遊撃隊が出ることに決まったんだよ。って、やっぱりアッシュまで話来てない？」

「来てない。昨日ってことは、ブラウさんは辺境伯様のところで打ち合わせをしていたから、話をまとめたのは団長……？　報告が来てないことについて後で文句を言ってやる。じゃあとりあえず信号魔石と回復薬は今から出す。無理せず無茶せず安全に。終わったら報告書をよろしく」

ようやくいつもの調子に戻った俺は、席を立って、執務室の横にある書類置き場から備品の信号魔石と予備の回復薬各種を遊撃隊の人数分取り出して、ハイデに渡す。

「大丈夫大丈夫。ブラウさんも出るっていうから、安心して待ってろよ。んでもって、大物討伐して来たらご褒美にエロいことでもしてやれよ」

「エロ……っ」

口をカパッとあけて絶句していると、ハイデは手にした物を掲げて「サンキュ」とそそくさと部屋を出て行った。

我に返った時にはもうハイデはいなくなっていて、文句も言えなくなってしまう。

「ごほうび？　ぶらうしゃんごほうびなの？」

「リオン……」

無邪気にハイデの言葉を口にするリオンに、俺はどう言っていいのかわからないままがっくりと肩を落とした。

ここはもしかしなくても、リオンにとって教育上とてもよろしくないのでは？

昼休み、リオンを連れて食堂に行くと、ほぼ満席に近い状態になっていた。

いつもはここまで席が埋まることがないんだけれど。

「いっぱーい……」

「そうだねえ。沢山いるねえ」

出入りも激しいので、俺は自分で歩いて来ていたリオンを抱き上げ、食堂に足を踏み入れる。

なんなら膝に乗せて食べればいいから、椅子が一つでも問題ないなと注文口に向かっていると、見慣れない顔の者達が俺達に注目していた。

身に着けている物が見習い騎士用に支給した服なので、新入団の見習いだというのがわかる。

「そっか。今年はいつもの三倍近い人数が入団したから」

じゃあ多いわけだよね。

見習い達が休憩の時間帯に来るんじゃなかったかな。

でもリオンお腹すいてるし、これ以上待たせると可哀想なんだよなあ。俺も仕事の切りがいいところまでって待たせちゃったし。お腹がすいて口が尖っているのが可愛いけど。

「リオンは何を食べたい？」

「たまご！」

「じゃあ今日は卵スープが付いているやつにしよう。パンもちゃんと食べるんだよ」

「ぱん、とまとある？」

「トマトはないなあ」

「えー」

リオンはトマトの挟まったサンドイッチが食べたかったらしく、更に口を尖らせた。

摘まみたい、その口。

尖る唇に和みながら、残念だったねえと言っていると、後ろから「早く進めよ」という言葉が聞こえてきた。

振り返ると、俺達の後ろに見習い騎士が数名並んでいた。

「あ、すみません。すぐ注文しますね」

「あい」

謝ると、見習い達は顔を顰めて悪態をつき始めた。

「どうして騎士団に子連れのヤツがいるんだよ」

「こいつどう見ても人族だろ。でもこのちび竜人族だぞ？」

「大方かみさんが人族に愛想尽かして出てったんだろ」

「ちがいねえ。ちび可哀想だな」

あははと声が上がったときには真後ろにいた男は遥《はる》か後方に飛んでいた。

声を上げて笑っていた見習い達が動きを止め、驚いた様な顔で俺を見ている。

身体を半回転させて馬鹿にしたやつに蹴りを入れた俺は、思ったよりも後ろに飛ばなかったことが少しだけ悔しかった。もっとド派手に蹴ればよかった。でも、それだとリオンが怖がるかもしれないし、どこか痛くなったら大変だ。

「リオン、怖くなかった？」

「あっしゅちゃんかっこいい！」

リオンはさっきまでの不機嫌はどこかへやってしまったらしい。

抱っこされたままの回し蹴りが、とてもお気に召したようだ。

とりあえずテーブルの方に被害がなかったのは計算通り。

これ以上うちの家族を馬鹿にするなら、再起不能も視野に入れる。

「喧嘩なら買いますよ？」

周りの見習い達を一瞥《いちべつ》して伝えたけれど、その後動く者はいなかったのでまたリオンと前を向いた。

「リオンが怖がらなくてよかった。じゃあ卵スープ頼もうか。お野菜とお肉も食べるんだよ」

「ん！　あのね、おにく、いっぱいかむ！」

「偉いよリオン。たくさん噛んでたくさん食べて大きくなろうね。メイト君、卵スープと肉団子のセットを一つお願いします」

「はいはーい。派手だねえアッシュ。あまり周りは壊さないようにね」

「大丈夫。蹴る方向は考えたから」

俺と同期で入って、食堂の方に正式採用されたメイト君が苦笑しながらスープをトレイに乗せてくれる。

「でもさあアッシュに喧嘩売るなんて怖い物知らずだよねえ。もし問題が起きたらブラウ副団長にさっさと相談しろよ」

「ありがとうございます」

片手でトレイを受け取り、リオンとトレイを腕に端の方の空いている席に向かう。

さっきので注目されたかな。でも、ああいう風に馬鹿にするやつを放置するのは絶対に無理だ。


テーブルにトレイを置いて、リオンを椅子に下ろすと、一つ向こうのテーブルでランチを食べていたガレウス第一大隊長が俺を見て笑っていた。

「もっと鬼顧問の怖さを教えれば良かったんじゃねえの？」

「もし鍛錬時間が被ったらその時はそうしますね」

「ちなみに今日の鍛錬、新人見習いの監督は俺らなんだよなあ。ああいったのを見ちまったからには教育的指導だな。今年のやつらはちょっと粋《いき》がってるやつが多いのがめんどくせえ」

ガリガリと頭を掻いて、ガレウス大隊長はスープを一気飲みした。

リオンは一人で上手にスプーンでスープを掬い、フーフーしている。

ふーが強すぎてスープがテーブルに飛んでしまったときには、へにょっと曲がった眉のあまりの可愛さにさっきの男のことなんてすっかり頭から消し飛んでいた。

「こぼした……」

「おかわり出来るから大丈夫だよ」

テーブルを濡れた布で拭きながら、俺は顔が緩むのを止められなかった。

「パンも食べようね」

「ん……あ！」

パンをリオンに渡したところで、リオンが声を上げて椅子から立ち上がった。

止める間もなく椅子を飛び降りて、入り口の方に駆けて行ってしまう。

俺も慌てて席を立って振り返ると、リオンがブラウさんに抱き上げられているところだった。

「リオン、飯食ったか？」

「すーぷ！　じぇんぶたべる！」

「お、一人で全部食べるのか。そりゃあ大きくなるな」

にこやかに会話をしながら、ブラウさんがこっちに近付いてくる。

そして、俺の前に立つと、フワリと尻尾を俺の手に絡めてすぐに下ろした。途端に食堂内全体に動揺の声が上がる。

「これから森に行ってくる。ハイデに聞いたか？」

「はい。気になる爪痕があったとか。ハイデに聞きましたが、団長からは聞いてませんね」

「ああ、ちょっとトラブルがあったから、手が離せなかったんだろ。悪いな連絡遅くなって。とりあえず遊撃隊だけで出るから、よろしくな」

「トラブル……？」

眉を顰めると、ブラウさんは肩を竦めてから、俺達の座っていたテーブルの上をチラリと見た。

「ご飯沢山食べろよリオン」

「ん！　たくしゃんたべてぶらうしゃんくらいおおきくなる！」

椅子に座らせて貰ったリオンは、ブラウさんに抱っこしてもらったからか、ニコニコとスープに取りかかり始めた。さっきのへにょん眉はもうどこにも見当たらない。すごく可愛かったのに。ニコニコ顔もまた可愛いけども！

リオンの顔に満足していると、ブラウさんがスッと横に立ち、身を屈めた。

そして、俺のこめかみに軽いキスをして、身を起こした。

そこでまたも食堂内に動揺が走る。

「あー……夜が待ち遠しい……」

「ブラウさん……わざとですか？」

「ああ。アッシュは可愛いから牽制しとかないとだろ」

「もう……」

食堂を出て行くブラウさんを見送りながら、呆れたような声を出す。

牽制って……誰も俺に懸想《けそう》なんてするわけないじゃないか。鬼顧問なんてクソダサいあだ名まで付けられているんだから。

席に座り直して、俺もランチに手を付ける。

周りから視線を集めているのは全部無視だ無視。ガヤガヤと俺のことを言ってるのはわかるけど、何も聞こえないったら聞こえない。心の耳を塞いで無心でパンを咀嚼《そしゃく》する。

リオンは一生懸命スープを飲み干し、それだけでお腹が満足したらしい。ぶらうしゃんにほめてもらう！　と気合いを入れていた。可愛い。


執務室に設置してあるリオン専用の簡易ベッドで昼寝をしているリオンに毛布を掛けて、ふと外を見ると、森の奥の方に何かが見えた。色的に多分大物魔獣の討伐終了のサインだ。

いまいちよく見えなくて、俺は眉間を指でもんだ。最近書類を見ていると、目がだんだんと疲れてよく見えなくなるんだ。書類の見過ぎかな。

んー、と身体を解すように伸びをして、俺は時計を見上げた。

昼休みから約三時間。あれからすぐ森に入ったとして、もう討伐終了したのか。やっぱり遊撃隊は強いなあ。

「誰も怪我してないといいけど」

寝息を立てている天使の寝顔のリオンをひと撫でして、俺は今手元にある仕事をさっさと終わらせようと、手を動かした。

等級の高い魔獣は、素材が高く売れるから、狩ることさえ出来ればそれは辺境騎士団の収入になる。

「見習いが多いから、備品の減りも早いし回復薬も思った以上に減ってるんだよなあ」

酒代がもうここに入らないのはとても心穏やかになるけれど。

少しでも経費を削減して、もう少し余裕が欲しいものだ。

予備の防具だって草臥れてきているし、そろそろ剣も打ち直して貰いたい。切れ味が落ちるとそれだけで命の危険があるから、経費削減する項目も頭が痛いところだ。そもそもどこももう削減できないほどにここはギリギリだった。

そっと出そうになる溜息を呑み込む。

「とりあえず高く売れる魔獣を討伐しに行きたい……！」

防具の強化にキラーワイルドベア系の毛皮を大量に欲しいし、鉱石リザードを討伐して腹の中に溜めてる鉱石を手に入れたい。

もう森に入って魔獣の討伐なんて、どれくらいしてないんだろう。

騎士学校で王都周辺の森の魔獣を討伐して以来、まともに魔獣を狩ってないんじゃなかろうか。

王都と辺境の往復は、特別な馬のおかげで魔獣に襲われることもなかったし。

対人の鍛錬だけじゃ腕が鈍りそうだ。

リオンの格好いい親でいたいからこそ、腕が鈍るのは良くない。

「あっしゅちゃん……おしっこ……」

ぐっと握りこぶしを握ったところで、リオンがむくっと起き出した。

「じゃあおトイレ行こうか。教えてくれてありがとう」

「ん……」

寝ぼけ眼《まなこ》で両手を伸ばして来たので、デレッとしながらリオンを抱き上げる。

執務室を出てトイレに向かっていると、裏の鍛錬場が目に入った。

もうすぐ遊撃隊が獲物を持って帰って来るので、鍛錬をしている班は解体場に向かっているはずなのに、その鍛錬場にはまだ見習い騎士が数人残っていた。

「人数が多いから割り振りがちゃんと出来ていないのかな」

休憩しているようにも見える見習い達を見下ろし、首を傾げる。

「あっしゅちゃん、ぶらうしゃんは？」

リオンも外を見ながら、キョロキョロと視線を動かす。

「鍛錬場にはいないよ。今ブラウさんは森に出てるからね。大きな魔獣を持ち帰ってくるよ」

「まじゅう！　みる！」

「怖くない？」

「ない！」

リオンが腕の中でジタバタし始めたので、慌ててトイレに駆け込み、ズボンを下げる。しない、まじゅう！　と騒ぐリオンをなんとか宥めて用を足させると、リオンはズボンを上げた瞬間に解体場の方に走り始めてしまった。

リオンの足は速く、階段前でようやく摑まえることが出来た。

「やー、まじゅう！　えいってしゅる！　おれ、まじゅうやっちゅける！　ままとぱぱがぶってしたまじゅう、えいってやっちゅける！」

ジタバタしながら叫ぶリオンの言葉に、俺は胸が痛くなった。

やっぱりリオンは馬車の事故を覚えてるんだ。

でも怖がってるだけの状態から、やっつけると言える様になったリオンがとても強くて、違った意味で胸が熱くなった。

ううう、やっぱりうちの子は最高だよ。

「無理はしちゃだめだよ？」

「ん！　おれもけん、えいってしゅる！　あっしゅちゃんにおしえてほしい！」

俺はその言葉に、口を押さえて足を止めた。

リオンが、俺に剣を教えて欲しいって。え、俺が、教えていいの？

感動で打ち震えていると、リオンに早くと急かされて、俺は我に返った。

「そうだね、リオンが三歳になったら、体力作りから始めようね」

「あい！」

シュッと手を上げたリオンに、俺は今度こそ「うちの子最高！」と頰をくっつけてぐりぐりと堪能した。


解体場に付くと、かなり混雑していた。

見習い騎士達が解体作業が見える場所に陣取って、見学をしようと場所取りをしていたから。

中ではガレウス大隊長が一期前に入った見習い騎士達に解体道具の準備を指示していた。

「わ、あの人、食堂の……」

「鬼って呼ばれてる人だって」

「大隊長があの人だけには手を出すなって言ってたけど、見る限り強そうには見えないよな……」

俺が解体場に足を踏み入れた瞬間、見習い達がざわめいた。

全て聞こえてるんだけど。

リオンも聞こえていて、ちゃんと意味もわかったのか、あっしゅちゃんちゅよいもん！　とぷんすか怒っている。可愛い。

「来たのか。無事討伐出来たみたいだな」

「ええ、上から信号が見えたので。いったいどんな魔獣だったのかわかりますか？　昨日の森の巡回は第一ですよね」

「ああ。見つけたのは俺んとこの第二小隊の奴らでな、俺も見に行ったんだが、爪痕の周りが腐食してるようなおかしな状態だった。副団長はアックス様のところだったし我らが顧問殿は休みだったから団長に伝えたわけだ」

「……今朝俺のところに遊撃隊が出る連絡は来てませんでしたけどね」

真顔でそう返すと、ガレウス大隊長は顔を手で押さえて「あちゃあ……」と声を上げた。

「ちなみに食堂前の掲示板にもそれらしいことは書かれてませんでしたね」

ハイデから聞いて驚きました、と続けると、ガレウス大隊長はとてもしょっぱい顔をした。

「団長そういうの忘れがちだからな……と、愛しのブラウ副団長が帰ってきたぞ」

「なんですかそれ……！」

背中をバンと叩かれ、顔を顰めると、ガレウス大隊長がしょっぱい顔から一転、ニヤニヤとし始めた。

「あれだけ熱烈に人前でアピールしてたじゃねえか。尻尾絡めてちゅーっと」

「あのね、おれ、あっしゅちゃんとぶらうしゃんのうちのこなの。おいわいしたの！」

口を突き出したガレウス大隊長が見ていられなくて少し距離を置こうと思った瞬間、リオンが大声で暴露した。

嬉しそうな顔なので、やめろとも言えないのが辛い。

隠したいわけじゃないけれど、こうやって揶揄われるのはちょっと不本意だった。

こういう場合は開き直った方がいいのかもしれない。

俺は深呼吸すると、ガラガラと荷台を引く音を聞きながら、ガレウス大隊長に向き直った。

「アッシュ・ネロ・ルパンドになりましたが、何か？」

にっこりと笑って伝えると、ガレウス大隊長は目をぱちくりさせた後に、「ガチだったのか……！」

と衝撃を受けたような顔をした。

♥
♥
♥

厄介《やっかい》な魔獣を前に、ブラウは昼のアッシュの顔を思い出していた。

どうしてこんな人前で、とその可愛い顔には書かれていた。

そりゃあ、あの可愛いアッシュが自分のものになったなら牽制は当たり前だろう。

獣人族にとって、人族は自分よりも格下の存在だという意識がある。何かが起きても、相手が人族なら罪も軽微なものになるという意識は、大抵どの国にも根付いている。それはここアクシア王国もまた然《しか》り。

しかも最近では人族排除に動く高位貴族も出てきている。ブラウの実家や辺境伯領では人族だろうがハーフだろうがその土地に住む者は等しく扱うが、それはかなり少数派だ。王族派を名乗る貴族達は、積極的に獣人族の優位性を主張している。

実際、数ヶ月前に王都に住む伯爵令息が面白ずくで貧民街の人族を数名斬り殺した事件があったようだけれど、それはまったく罪に問われず、むしろ王都の膿《うみ》を吐き出してやったとその令息は豪語していたらしい。その事件は表沙汰になるどころか、噂にもならずに消えていった。それほど、人族の命は軽いものだと思われている。

ブラウは最初、獣人族にあらゆる面で劣《おと》ると言われる人族であるアッシュが、騎士団の鍛錬について来られずすぐ音を上げると思っていた。周りに潰されないよう、気を配っていた。

けれど蓋《ふた》を開ければ、アッシュはあらゆる面で他の者を凌《りょう》駕《が》する実力を持っていた。事務官、正騎士、遊撃隊全てに欲しいと思われる存在なんて、今までいなかったほどだ。ブラウも早々にその頭脳と実力は認めていたし、ふとした時に見せる緩んだ顔と普段の涼しい表情のギャップが面白かった。

そしてアッシュの顔が唯一緩むのが自分の耳と尻尾を見た時というのが気に入った。

その後、自分の耳や尻尾よりも更にアッシュがデレデレした顔を見せ始めたその存在に、ほんの少しだけ嫉妬した。

けれど会ってみればアッシュそっくりな可愛い子供がいて、ブラウもそのアッシュそっくりの顔にやられてしまった。

馬車の事故で見つけた時に、即アッシュと共に保護する程に。

周りへの説得は少々強引だったのは自覚している。けれど後悔はまったくしていなかった。


アッシュやリオンの身の回りについては、懸念もあった。

まずはリオンの家族に起こったことは事故なんかではなく、暗殺か何かだろうということがリオンの発言でわかった。そのリオンの言葉は辺境伯様にも伝えたので、辺境伯様も間違いないと言っている。

ただ、どうして平民夫婦が暗殺されなければならなかったのかが、まったくわからなかった。

ということは、次もあるかもしれないということ。絶対にないとは、決して言い切れない。

調べに来る者がいたとして、辺境伯様のところにある書類だけなら、生存者はいないことになっている。けれど、辺境伯領で聞き込みをすれば、アッシュが甥を引き取って育てているというのはすぐにわかってしまう。

それに、事故から半年経った今頃になって、アクシア王家から辺境伯様に親書が届くという異例のこともあり、まだ何かあるだろうと辺境伯様とブラウは二人、溜息を呑み込んでいた。

『乗っていた片方の人物は竜人族だという話も出ている。今ガンドレン帝国との国交も盛んになって来た時期にこのようなことになり、大変遺憾《いかん》である。よければ詳しい話を聞かせてくれないだろうか』

こんな内容をとても回りくどく書かれた親書を見せられ、ブラウは思わず顔を顰めてしまった。

アッシュとその兄は生粋の人族なので、竜人族というのは、アッシュの義姉にあたるミーシャの血筋だろう。

王都ではミーシャは国籍不明のハーフと教会に登録されており、リオンの背に羽根があるのは血筋のどこかに竜人族のものが入っている先祖返りだろうとミーシャのことを調べた辺境伯様の手の者が言っていた。

どこから来たのか、王都で聞き取りをしてもわからなかった。ただ、アッシュの兄のところに押しかけ嫁としてやってきたという話しか出なかった。

髪の色、身体的特徴から、人族に程近いハーフじゃないかと近所の者達は言っていたそうだ。

アッシュも詳しい話は何一つ言わなかったことから、もしかしたら知らないのではないかと思っている。

もしかしたらリオンはアッシュの兄の子ではなく、力のある竜人族の子供では、と一瞬だけ頭を過ったけれど、あまりにもそっくりなアッシュとリオンに、それはないなと思い直して、ブラウはアッシュたちが何かに巻き込まれているのではと眉を顰めた。

アクシア王家が何を思ってあんな親書を辺境伯様に送りつけたのかはわからないけれど、だったら二人とも守ればいい。その力が自分にはある。そうブラウは改めて誓う。

書類上では既にアッシュもリオンもブラウの家族だ。ということは、実家である黒狼族の庇護下《ひごか》にあるということでもある。

だったら、二人にもし何かがあれば、ブラウが堂々と反撃できるということだ。

両親や兄たちには事後報告となってしまうが、もう家を出て新たな姓を使っているので問題ない。

報告はこれからきちんとするけれど。

どんな文句を言われても関係ない。

「……王宮で何が起きてるのか、アッシュのことを報告するついでに調べるのもありか」

魔法攻撃によって倒れ伏した魔獣を見下ろしながら、ブラウはそう呟いた。

家族を守るのはその家の主の努め。その教えを徹底して身体にたたき込まれて来たブラウは、アッシュを伴侶にすると決めたときから、全力で守るために、動き始めた。

愛しいアッシュを全ての憂いから守るために。そして、自分の子となったリオンも。


アッシュとそっくりの笑みで駆け寄ってくるリオンを思い出し、顔が綻ぶ。

「早く家に帰りたいな……」

猛毒《もうどく》の魔獣用の手袋を装着して息絶えた魔獣を荷台に載せながらブラウが呟いた言葉は、周りにいた遊撃隊全員の耳に入っていた。

今朝方、集まると同時にアッシュは自分の庇護下に入ったと告げられていたメンバーは、その惚気《のろけ》とも取れる我らがリーダーの言葉に笑いを堪えた。

使えなくなってしまった手袋を外しながら、ハイデがくくと笑う。

「さっきアッシュのところに行ったら、めっちゃブラウさんの匂いしてたんすけど。もう抱いたんですか～手が早い」

腐食防止のロープで魔獣をくくりつけていたスカイが、ハイデの言葉にしかめっ面を作って反論する。

「いや、早くないぞ。アッシュが入団してからずっとブラウ副団長はアッシュを囲ってたじゃないか。たまに粉掛けたりしてもアッシュに気付かれずに落ち込んでたりしたぞ。片思い歴三年、四年か？」

わざと驚いたような顔をしたエースも、チラリとブラウに視線を向けて口を開く。

「そう聞くと長いな。副団長、今までそっち系の噂なかったから堅物《かたぶつ》なのかと思ってたけど」

魔獣の血が付いて爛《ただ》れた皮膚に回復薬をかけていたナルも参戦した。

「アッシュさんは見た目めちゃくちゃ小動物だから、そういうのが好みだったんじゃないですか？なかなか周りにいないじゃないですか」

「なるほど」

「お前ら……」

魔獣を運ぶ準備をしながら好き勝手に会話する部下達をブラウがじろりと一瞥するけれど、誰一人それに怯《ひる》むことなく、むしろ面白そうに笑った。

アッシュのことを気に掛けていた態度はそれほどにあからさまだったかとほんの少しだけ反省したブラウは、けれど皆の認識がそういう状態であることにホッとした。

誰もブラウが外部の何者かからアッシュとリオンを守ろうとしていることには気付いていない。

誰もが、ブラウがアッシュに懸想していてようやく抱いた。囲い込んだと思うだろう。

あの辺境伯様の親書を見せられていなかったら、兄家族を亡くしてリオンを引き取り必死で頑張っている最中のアッシュに気持ちをぶつけることなんてしなかった。もっとゆっくり、アッシュに余裕が出てきてから改めて愛を囁こうと思っていた。

実家の権力を使って強引に庇護下に入れることも視野に入れていたけれど、アッシュが想いを受け入れてくれたことは、ブラウにとっては存外に嬉しいことだった。

抱かれているアッシュはとても可愛くて、愛しくて、泣きそうな程に幸福だった。

だからこそ、すぐに自分のものだと主張するため、アッシュを伴侶にしてしまった。

まだすべてを手に入れた訳ではないけれど、時間はたくさんあるんだから、そっちはゆっくり関係を深めていこう。……本当は、すぐにでも愛を育みたいけれど。

これで、何者かが手を出そうとしたら、正々堂々と反撃が出来る。

空に討伐終了の合図を打ち上げながら、ブラウの口元は弧を描いていた。

to be continued...

初出一覧

うちの子は誰にもあげません！　～子育て事務官はもふもふしっぽにいやされる～

※上記の作品は「ムーンライトノベルズ」（https://mnlt.syosetu.com/）掲載の「うちの子は誰にもあげません！」を加筆修正したものです。
（「ムーンライトノベルズ」は「株式会社ヒナプロジェクト」の登録商標です）

リブレの小説書籍

四六判

毎月19日発売

ビーボーイ編集部公式サイト
https://www.b-boy.jp

話題のWEB発BLノベルや
人気シリーズ作品の
スペシャルブックを
続々刊行！

弊社ノベルズをお買い上げいただきありがとうございます。
この本を読んでのご意見、ご感想など下記住所「編集部」宛までお寄せください。

リブレ公式サイトで、本書のアンケートを受け付けております。
サイトにアクセスし、TOPページの「アンケート」から
該当アンケートを選択してください。
ご協力お待ちしております。

「リブレ公式サイト」
https://libre-inc.co.jp

うちの子は誰にもあげません！
～子育て事務官はもふもふしっぽにいやされる～

著者名　朝陽天満

発行日　2024年12月19日　第1刷発行

発行者　是枝 由美子

発行所　株式会社リブレ
〒162-0825 東京都新宿区神楽坂6-46
ローベル神楽坂ビル
電話03-3235-7405（営業）　03-3235-0317（編集）
FAX 03-3235-0342（営業）

印刷所　株式会社光邦

装丁・本文デザイン　arcoinc

Printed in Japan
ISBN 978-4-7997-6996-6